光文社文庫

退職者四十七人の逆襲

プロジェクト忠臣蔵

『蟻たちの矜持』改題

建倉圭介

光　文　社

本作は、赤穂事件や忠臣蔵の世界を、現代に移して描いたフィクションです。登場する団体名、個人名はすべて架空のもので、実在する団体、個人とは一切関係がありません。

目次

アカベック

内野匠也　代表取締役社長
石倉良雄　代表取締役副社長
片平右子　秘書室　東京分室リーダー
先崎吾郎　内部監査室
堀井武史　営業本部　第2営業部　課長
赤羽賢太郎　国際業務部　課長
原島惣介　管理本部　総務部長
奥山重夫　法務部　課長
前田宗太　営業本部　営業企画部　係長
大竹忠雄　生産本部　生産管理部　係長
島岡佑樹　管理本部　財務部　係長
磯辺久志　秘書室　東京分室
岡本佳秀　技術設計本部　設計部
富永春帆　広告宣伝部
吉村　忠　顧問
近藤行生　開発本部　開発部　課長
菅原利之　開発本部　開発部　課長
高松君平　営業本部　第2営業部
寺岡信行　契約社員　システムエンジニア
奥野将良　専務取締役
大野知和　常務取締役　管理本部長
藤井　茂　常務取締役　東京支社長
安井公彦　取締役　営業本部長

宍戸勇次　高車会
トリイ　マサトシ　高車会
マニー・ゲイツ　米国人ブルシア駐在弁護士
マルトノ　ブルシア人調査員
小林通夫　三友商事　経営企画室長
伊丹春樹　デイトロン　社長
上原憲明　三友商事　取締役会長
脇坂通照　弁護士　保全管理人
黒部史郎　三友商事　専務取締役
神津義孝　神津ケミクス　社長

退職者四十七人の逆襲　プロジェクト忠臣蔵

第一章　罠(わな)

1

外務省国際協力局の会議室に入ると、初対面の人物がドアの脇にあるハンガーを示して、どうぞお使いくださいといった。ほかに顔見知りが二人、席についていた。

内野匠也(うちのたくや)はオーバーコートをハンガーにかけてから、あらためて名刺を初対面の男に差しだした。

「アカベックの内野でございます」

男はいくつかある国別開発協力課の一課長のはずだが、名刺はださずに姓だけを名乗って椅子を勧めてきた。

「もちろん、お二人のことはご存じでしょう」

匠也は旧知の二人に軽く会釈をした。

年配のほうが神津(こうず)ケミクス株式会社社長の神津義孝(よしたか)、若いほうが株式会社デイトロン社長の伊丹春樹だ。医療機器業界の同業三社のトップが集ったことになる。

　ドアがノックされ、女性職員が匠也の分のお茶を持ってきてくれた。

「さて、みなさんがお揃いになりましたので本題に入りましょうか」課長がもったいをつけるようにいった。「じつはいまブルシア国内に最新の救急医療機器を普及させる計画があるんです」

　ブルシアは東南アジアでも南のほうに位置し、イスラム教徒が多いことでも知られている。他の近隣諸国同様に経済発展中の国だ。

「資金源は我が国のＯＤＡなんです。ご存じだと思いますが、先進国が開発途上国へ技術や資金を援助するものですね。じつは日本のＯＤＡ案件を他国が落札してしまうケースがけっこうな割合になっているので、はなはだ遺憾に思っているところです」課長がお茶を一口すすり「今回も国際入札になっていて、ドイツと中国の企業が積極的に動いています。我が国としても、ただ指をくわえて見ているわけにはいかないじゃないですか。しかしながら本件は対象機器の範囲が広いので、海外の巨大企業は単独で参加できますが、日本の場合はたとえ大手企業でも一社ですべてを揃えられるところはありません。そこでわたしからご提案申しあげたいのは三社が共同で入札に参加してはいかがかということなんです。形式上は本件の入札だけを目的とした会社を三社でつくることになるでしょう。いわばジョイントベンチャー（ＪＶ）ですね」

　課長が英文の入札仕様書を匠也に手渡した。「アカベックさんは優秀な携帯型心電計や移動式免疫蛍光分析装置などをお持ちだし、神津さんのところはＡＥＤや超音波画像診断装置が強い。デイトロンさんは移動式Ｘ線診断装置のラインアップが豊富です。そうすると、三社が手を組めば、完全に仕様を満たすことができるじゃないですか」

「いやあ、いいお話だと思いますよ」神津が何度も頷きながらいった。「うちは海外事業を長く手がけているけれども、いつも苦労するのが欧米の巨大企業を相手にしなければならないことです。それをＪＶという形で対抗できるなら、チャンスが広がると思いますね。いかがですか、内野さん、伊丹さん」

年長者の神津がその場を取り仕切るようにいった。年は六十代半ばで、大正時代創業の会社がもとになっている医療機器メーカーの三代目だ。会社は従業員数が八百名ほどの規模で、現在は三友商事の子会社になっている。

伊丹も即座に同意した。大学を卒業して大手商社に入ったが三年で辞めて翌年ベンチャー企業を立ちあげた人物だ。十年の間に従業員数二百名規模の会社にした。若く才気ばしった経営者で、近いうちに上場を目指すと公言してはばからない。

匠也が父親の急逝により社長になったのが四年前の三十四歳のときだから、二歳下の伊丹のほうが社長歴は長い。

匠也は黙っていた。三人がじれたように顔を向けてきた。しばらく間を置いてから口を開いた。「お話はわかりましたので、持ち帰って検討させていただきます」

「いい話だと思いますがね。まあ、早めにお返事をいただきたいですね。アカベックさんと組むのと、他社さんと組むのとでは、我々の戦略もおおいに変わってきますから」

神津が眼鏡ごしに上目遣いで睨んできた。

匠也は地下鉄築地駅をでて、築地三丁目の信号を右へ曲がった。昔の商店街の名残なのか古い構えの店がある一角を抜けると、景色が変わってオフィスビルやマンションが多くなる。正面に聖路加国際大学が見え、その手前を左に曲がる。しばらくいった先を右折したところにある八階建てのビルが東京支社だった。

アカベックの本社は赤部市にある。兵庫県南西部に位置する人口約十万人の地方都市だ。東京と大阪に支社があり、これらの三拠点が互いに連携をとって会社全体が運営されている。匠也は社長就任後に社長室を東京支社内に移した。父のように赤部から睨みをきかせられる力はないと自覚していたし、営業の最前線に身を置いて生の情報に接したほうがいいと考えたからだった。

玄関を入ると、正面の受付カウンターにいる女性社員二人が立ちあがって「おかえりなさいませ」といいながら頭をさげた。匠也は右手を高くあげて応じ、一階の奥にある会議室へ向かった。出席を予定している社内改革プロジェクトの会議開始時刻を五分ほど過ぎていた。

社内の部署間の情報伝達は、発信側が受け手側の仕事がやりやすいように配慮して行うのが暗黙のルールになっているので、大きな問題は起きていないのだが、このまま情報量が増え続けると社員の力量に頼るだけでは齟齬を生じる懸念があった。そこで社内情報を一元管理するシステムを構築するために社長直轄のプロジェクトを立ちあげたのだ。主な部署から有望な社員を選んで結成したので、総勢二十二名の大がかりなものになっていた。

会議室では東京支社の十一名の社員が大画面のモニターを見ていた。そこには、画面が二分されて赤部本社の十四名、大阪支社の七名がそれぞれの会議室に集まっている様子が映っていた。もう一つの大型モニターに会議資料が映しだされている。

プロジェクトリーダーを務めている堀井武史が前にでて話していたが、匠也が入ってきたのを見ると場所を譲った。

匠也はテレビ会議システムのカメラの位置を確かめてから口を開いた。

「ちょっとプロジェクトとは別の話をしていいかな？　みんなの意見を聞きたいことがあるんだ」メンバーが頷くのを待って続けた。「じつはいま、外務省から戻ってきたところなんだが――」

匠也が概要を話すと、営業部員から「いい話じゃないですか。東南アジアは巨大なマーケットです。進出の足掛かりになるんじゃないですか」という意見がでたが「組む相手が神津ケミクスじゃな。あそこの営業はえげつないことを平気でやってくるんだ。ああいう連中と一緒にやったら、うちの会社の評判を悪くしてしまいそうだ」と、同じ営業から異論もでた。これには同調する声が相次いだ。

「でも、今回は三社で扱う製品はお互いにバッティングしないわけでしょう。だったら、海外進出の機会を逃すべきではないと思うんですがね。それに官庁が絡んでいるんですから、引き受けたほうが将来的になにかといいのではないでしょうか」技術陣から賛成の声があがる。いつもなら、商機が広がる話に営業が乗り気になり、慎重な技術屋が反対する。今回は逆だった。神津ケミクスを知っているものとそうでないものとで意見が分かれた恰好だ。

匠也は最後に堀井に訊いた。年は三十代後半で、新規顧客開拓を担当する第2営業部の中では最も若い課長である。

「たしかにみんながいうように神津ケミクスと組むのは気をつけなければならないんですが、政府筋からの話じゃ、断るわけにはいかないでしょう。うちの製品は海外での知名度が低いので、こういう機会を利用してあげていかなければならないと思います。やりましょうよ、社長」

「よし。では、前向きに取り組んでいこうか」

最後は匠也が結論づけた。

翌日、匠也は神津に電話でＪＶに参加すると告げた。すると神津が機嫌のよさそうな声で「よい決断をなされました。まあ向こうでのことはわたしどもに任せてもらえれば、問題ありません。大船に乗った気分でいてください」と返してきた。

東南アジアでのビジネスでは神津ケミクスに多くの実績があり、アカベックやデイトロンは商社を通しての輸出はあるが、現地での活動経験がないのは事実だった。

2

アカベック社内では、関連部署が連携してブルシア向けのプレゼン資料の作成が進められた。今回の協業に関する各種契約書は神津ケミクスが用意してきた。出所は三友商事だろうが、アカベックにはノウハウがないのだから、これは受け入れるしかなかった。

ブルシアへは国際業務部から三名、営業本部から二名を送り込んだ。彼らは現地の要望を詳細に聴きとったり自社製品の説明会を催したりする。

中でも国際業務部は張り切っていた。これまでの主な仕事は、商社を通しての原材料の買いつけや製品輸出事務程度で、海外での業務がほとんどなかったから、現地で活動できることが嬉しいのだ。

内野匠也が国際業務部のある三階におりると、課長の赤羽賢太郎(あかばねけんたろう)が受話器に嚙(か)みつくようにして怒鳴っていた。

「そのくらい我慢しろよ。あそこはそういう会社だとわかってるだろ。いちいち頭にきてたら、きりがないぞ」

匠也はそばにいた係長に、どうしたと訊いた。

「向こうにいっている連中が、神津ケミクスとはやってられないと、不満をいってきているんですよ。それを課長が宥(なだ)めているというわけで」

宥めている口調ではなかったが、それが赤羽らしいところだった。

「なにが不満なんだ？」

「神津の連中の言い方がまるで下請けにいっているような感じらしいんです」係長が苦い顔をしていった。

ＪＶの契約は対等なものだし、他社から顎で使われる覚えはない、というのが現地の声だった。

「それに」と、係長は少し声をひそめてつけ加えた。神津ケミクスの連中は、ブルシアの役人の接待と称して、ゴルフや贅沢な食事の席を頻繁に催しては自分たちだけがいき、アカベックとデイトロンの社員に実際の仕事を押しつけてくるのだという。

「まったく」赤羽が大きなため息とともに、受話器を置いた。「あ、社長。困ったもんですよ」

「話は聞いたよ。かなりひどいらしいね」

「向こうにいっている連中のストレスはそうとう溜まっています。担当を替えてくれと弱音を吐いているものもいるんですよ。けっこう気が強いやつなんですけどね。神津ケミクスの本社に抗議してもいいですか」

「それはまずいだろう」いつの間にかきていた藤井茂東京支社長がいった。「相手は神津というより三友商事だ。うちの販売先だぞ。逆らうわけにはいかないんだよ」

「でも、支社長。あきらかに向こうがビジネスの基本から逸れているんです。うちのモットーは、発注元だろうが、発注先だろうが、対等のビジネス。威張ることもなく、威張られることもなくです」

「それは理想だ。現実は、お得意様には勝てないんだよ。この際よけいなプライドは捨てろ」

この藤井を東京支社長に据えたのは、匠也の父だった。おそらく血気盛んなものが多い東京支社を暴走させないために、あえて、ことなかれ主義の藤井を選んだのだろうが。

「うちの社員はプライドを持てる会社だから、いつも胸を張って仕事ができるんです。これは非常に大事なことですよ」赤羽が唾を飛ばしながらいう。

「よし、わかった」と、匠也は最後を引きとった。「わたしから向こうの社長にいってみよう。現地でうちの社員がどんな扱いを受けているのか、事実をまとめたものを用意してくれないか」


匠也は神津ケミクスに電話をして神津社長に繋いでもらった。

「今日はまた、内野社長直々にどんなご用ですか」

受話器からしわがれた声が聞こえた。

「じつは現地で、お互いの社員同士に誤解があるようなのです。そのご相談なのですが」

現地の神津ケミクスの社員が、アカベックやデイトロンを下請けと勘違いしているらしく、命令口調で指示をだし、ときには怒鳴りつけることもあるということを、できるだけ遠回しに柔らかい表現にしていった。

「わたしもね、聞いておりますよ。御社の社員の方は、あちらははじめてだとかで、なにもご存じないようですな。下手にお任せすると取り返しのつかないことになりそうなので、いちいち細かく指示だしをしなければならないという話でした」

「経験不足は申しわけなく思っておりますが、それにしても言い方があるのではないでしょうか。お互いに協力し合っていかなければならないわけですから」

「それでは間に合わないんですよ、内野さん。我々はドイツや中国の企業に遅れをとっているんです。悠長なことはいっていられない。御社もね、ほんとうに下請けに入ったつもりで指示通り動いてもらったほうがいいんじゃないですかね。下手の考え休むに似たりと申しますでしょう。なにも知らない人たちに下手に動かれても困るだけですから。あなたから、社員の方によく言い含めてもらったほうがいいと思いますね」

なにがおかしいのか、受話器から高笑いが聞こえた。


匠也は神津社長への談判が失敗に終わったことをみなに詫びた。

「向こうにそこまでいわれて続けることはありませんよ。そのくらいの売上はほかでなんとかします。契約を解消しましょう」堀井武史が真っ先に発言した。

「なにをいってるんだ、きみは」藤井支社長が苦り切った顔つきでいう。「外務省の肝いりだぞ。それに神津ケミクスのバックには三友商事がついているのを忘れるな。多少馬鹿にされたくらいでいきりたつことはないんだよ」

「支社長のおっしゃる通りですよ」営業本部長の安井公彦が追随する。「うちのような会社は我慢するしかないんです。わたしらの時はね、とにかく仕事をとりたい、その一心でどんな屈辱にも耐えたもんです。それが最近はなんですかね、妙にプライドが高くなってしまった。困ったもんです」

「わたしはすぐにでも部下に引きあげてこいといいたいですよ」赤羽がため息まじりにいった。

「まあしかし、いまさらやめるわけにはいきませんから。現地には、ここは会社のために堪(こら)えてくれといいますけどね」

感情的な言葉の応酬が終わると、結局は忍の一字に落ちつく。この程度のことで契約を解消するわけにはいかないと、ここにいる誰もがわかっているのだ。

3

駅へ向かう途中の公園に満開の桜の木を見つけ、内野匠也は足をとめた。これは早咲きの品種で、近くにあるソメイヨシノはまだ蕾(つぼみ)だった。しばらく桜を観賞したあとで再び歩きだした。

築地駅から地下鉄を乗り継いで東京駅につくと、丸の内(まるのうち)口と八重洲(やえす)口を結ぶ通路を抜けて、八重洲地下街に直結した三友八重洲ビルへ入った。このビルの十二階から十五階までが神津ケミクスの本社である。

十五階の受付で名乗ると、同じ階の応接室に通された。デイトロンの伊丹春樹が先着していて、当たり障りのない挨拶をしているところへ神津義孝が現れた。

「わざわざご足労願って、申しわけありませんでしたね」

続いて制服のスーツを着た女性が、お茶を運んできた。受付の女性も、廊下ですれ違った女性も、それぞれ別の制服を着ていた。茶葉にも凝っていて、玉露のいいものを使っているようだ。温度もちょうどよく、きちんと湯冷ましの手順を踏んで淹れたのだろう。

神津が湯呑茶碗を置き、身を少し乗りだすようにして口を開いた。

「今日の話題はいささかセンシティブなものなので、そのつもりでお聞きください」神津が、匠也、そして伊丹を順に睨む。「かの国の事情はいろいろお聞き及びかとは思いますが、最後にものをいうのは金なんですよ。これはあのあたりの国はみなそうです。いろいろ批判はあっても現実はどうしようもない。つまり入札の決定権を持った人物数人に、我々も相応の金を渡さなければならないということです」

「今回はきちんとプロポーザルを示せばいけると聞いています」匠也は強い口調でいった。

神津が一度鼻で笑ってからいった。「いいですか。敵もやっていることですよ。向こうがやって、こちらがやらないと不戦敗になって終わりです。金を渡してようやく同じ土俵に立てる。技術的な勝負はそこからなんです」

「しかし――」

匠也がいいかけたのに、神津が言葉を被せてきた。

「そう。しかし問題があるのですよ。うちはご存じの通り三友商事の子会社でして、それが足かせになっておりましてね。三友の会計監査は厳しいし内部統制もうるさい。監査法人は融通がきかないので有名なところです。そういうわけで裏金がつくれないのですよ」神津は一瞬言葉を切って軽いため息を漏らすと、続けた。「こういってはなんだが、アカベックさんとデイトロンさんは、幸いにして未上場じゃないですか。そういう金をつくることができる余地がおありでしょう」

「上場しているかいないかは関係ありません」匠也は気色ばんだ。屁理屈にもなっていない。「裏金をつくっていい会社などあるわけがない」

「建前の話をしているのではないんですよ。それに、あれですよ。湾岸戦争のときに、日本が軍隊をだせないから金をだしたでしょう。おたくたちも、現地の交渉をうちの社員に任せっぱなしなんですから、金で役に立つしかないんじゃありませんかね」

「なにをおっしゃいますか。弊社の社員も現地にいっています」

「いやいや、わたしは実質的な話をしているんですよ。なんの役にも立たない人は数に入れられない。違いますか」

「わたしどもは、やらせてもらいますよ」横から伊丹が発言した。「金額次第ですが」如才のない言い方だった。

「内野さんは、どうします?」神津が微笑みながらいった。

「うちは無理ですね。できません」

「どうしても?」

「どうしてもです」

「この案件をとりたくないと？」

「いえ、そういう意味ではありません。今回の仕事はぜひひとりたいと思っています。ですが、あくまでも正攻法でいきたいだけです」

「わたしがなぜ社長だけの話し合いをもったのか、わかっていないようですね。知っているのが我々だけなら、秘密も保たれるというものですよ」

「いくらいわれても無理なものは無理とおこたえするしかありません」

「そうですか。では、内野さんにはお引きとり願いましょうか。これから伊丹さんと具体的な話をしますので、さぞかしあなたは聞きたくないでしょうからね」

「わかりました。では、失礼します」

匠也は席を立ち、神津と伊丹を一瞥(いちべつ)してから応接室をでた。

4

四月に入った。内野匠也は新入社員の入社式に合わせて赤部本社へいき、三日間過ごした。帰路は赤部駅から午前五時台の始発に乗った。在来線に三十分ほど揺られて姫路(ひめじ)へいき、東京行きの新幹線に乗り換え、東京支社へついたのは午前十時半だった。

社長室へ入った直後に国際業務部の赤羽賢太郎がやってきた。

「社長、急な話なんですが」ブルシアの案件で緊急に対応しなければならない事態が発生したのだという。「今回の案件では、ブルシア側がとくに重要視している製品がいくつかあるんですが、うちが担当している携帯型心電計もその一つでして――」

ブルシア側はドイツや中国、そして日本の企業から提案されている製品にあまり満足しておらず、実際に納品されるものは改良品にしてほしいという要求をつきつけてきた。ついてはどのように改良されるのかをプレゼンするコンペティションの場を設けるというのだ。期日は一週間後と決められた。

携帯型心電計はドイツや中国の企業が得意としている機器なので、いまの段階では日本側は不利だ。そこで図や言葉だけのプレゼンではなく、試作品をだして一挙に挽回しようと決定したのだという。これは三社が合意したというより、神津ケミクスがアカベックに強引に押しつけてきたらしい。

「神津ケミクスは、これまで形勢不利だったのをコンペに持ち込んでやったのだから、ありがたく思えという言い方をしているようです」

「神津の連中のいいそうなことですよ」堀井武史が入ってくるなりいった。「コンペの件は聞きました。いったいどの程度のものをつくればいいんだ?」最後のほうは赤羽に向けていった。

赤羽がスペック表を匠也と堀井に見せた。

「これが競合製品のスペックなので、最低限これ以上。そして使い勝手で差をつけなければなりません」

「けっこう厳しいですね。この仕様以上のものを、いまよりコンパクトにつくるのはかなり難しいでしょう。それも一週間後ということは、実質四日間しかありません」堀井がため息まじりにいった。

そのとき、電話が鳴った。匠也は、立ったまま受話器をとった。

「神津ケミクスの神津様からお電話です。お繋ぎしてよろしいですか」

匠也が承諾すると電話が切り替わる音がした。

「内野です」

「もうお聞きおよびだと思いますが、試作品のことでお電話を差しあげました」

「神津さん、あれは無茶です。実質四日間しかありませんよ」

「内野さん、この前お話しした件は、うちとデイトロンさんでやったんですよ。向こうのキーマンの一人をなんとかこちらに引き入れて、ドイツか中国のどちらかにしようという段階になっていたのを、製品勝負まで持ってきたわけですよ。おたくはビタ一文だしていないし、汗もかいていないでしょう。四日間だろうがなんだろうが、きちんと試作品をつくってくださいよ。それくらいしか、働き場所はないんだから」

「神津さん」

「では、よろしくお願いしますよ」

押しつけるような語尾を残して、一方的に電話が切れた。

「本社とテレビ会議だ。心電計を担当している設計と製造の部課長を集めるようにいってくれ」

匠也がいうと、本社に連絡をとるもの、会場をセッティングするものたちが動いた。

会議室の大型モニターに本社の会議室が映しだされた。技術設計本部から設計部の部課長と担当者が入ってきて席につくところだった。そのあとから生産本部の製造部長が入ってきた。

匠也と赤羽がことの経緯を説明した。

「その機能を追加するのなら、設計は一日あればなんとかできます。以前検討したときに、試作レベルの図面は一度引いたことがありますから」

設計部の課長がいった。

「問題は、製造だな。見てくれも大事なんでしょうね？」

製造部長が、カメラに向かっていった。

「むろんです」赤羽がこたえる。「コンペですから」

「設計部が試作レベルというからには、回路と配線がわかる図面があるということでしょう。外観デザインは？」

「スケッチくらいなら、夜までにはなんとかなるだろうけど」

「そういう情報だけで製品をつくるとなると、できるやつは限られるな。一人いるんだが、あいにく、いま休んでいる。怪我をして入院中なんだ」製造部長が首を振りながらいった。

東京支社の会議室で、大量のため息が漏れた。

「なんとか倍の時間、もらえないかね。それなら、なんとか」

「それは無理です。なにしろ、プロポーザルの日程が向こうで決まっているので。こっちの都合では延ばせないんですよ」

「いつもうちの工場は優秀だといっているのにな」

藤井支社長の発言に、モニターの向こうにいる製造部長が険しい顔つきになった。

「設計図がきちんと揃っていれば、寸分違わずに製品化できます。その点、うちの連中は優秀ですよ。しかし今回の条件は、通常ありえないわけだから。まったく想定していない状況なんですよ」

「よし、わたしがなんとか、できそうな人を捜してきますよ。設計部はとにかくあすの朝までに図面を完成してもらえませんか」

そういったのは堀井だった。

「じゃあ、設計部はすぐにとりかかってくれ」最後は匠也が締めくくり、会議を終えた。

「堀井さん、なにかあてがあるの？」

「社長は、現代の名工というのをご存じですか」

「もちろん、知っている。残念ながらうちからはまだでていないけれども」

「わたしの飲み仲間に一人いるんです。その人は看板の名工なので、うちとは関係ないんですが、一緒に表彰された人といまでも連絡をとりあっていると聞いたことがあるんですよ。その線をあたってみます」

「堀井さんは顔が広いからな。頼むよ」

「では」堀井が、会議室を足早にでていった。

設計部ではすぐに臨時のチームがつくられた。つくるものさえ決まれば、各部署、各メンバーがそれぞれの役割を認識して自発的かつ自律的に動く。そういう会社を匠也の父はつくってきたのだ。

アカベックの創業は古い。匠也の曽祖父が昭和初期に赤部体温計という小さな会社を興したのがはじまりだった。戦前は社名の通りに細々と体温計をつくっているだけの町工場だったが、祖父が戦後に引き継いでから血圧計や心電計、脳波計と事業を拡げていき、精度の高さで定評のある企業にした。匠也の父は四十歳のときに会社を継いだ。バブルが終わったころだったが、先行投資したマイコンの技術を結実させ、医療機器業界の大手企業に負けない体力をつけていった。今では従業員千二百名の中堅企業として認知されている。

匠也は大学を卒業してアカベックに入った。ほんとうはほかの会社にいきたかったのだが、このときの父は強硬な態度で絶対に許さなかった。他社で修業して跡を継ぐのでもいいじゃないかといっても、まったく聞いてくれなかった。

いま思えば、自分の父親が六十代で亡くなり、自分もいつ死を迎えるかわからない、という考えがあったのかもしれない。できるだけ早く、アカベックの経営哲学を息子に伝えたかったのだろう。

匠也は入社して八年間は営業、調達、生産、管理部門の現場を二年ずつ経験した。九年目には取締役になり、その二年後には常務になった。そしてその二年後に父が亡くなり、社長を継いだのだ。

父が息子を性急に昇進させたのは、やはり自分の死期を悟っていたのかもしれない。死に際に、なんとか間に合ったか、といったのだ。そしてこうもいった。鷹揚な経営ができるのは大株主であるおまえだけだ。この会社に関係している人たちのためにやってくれと。身内可愛さで昇進させたのではなかったのだ。

鷹揚な経営という言い方は父独特の表現だが、実際に経営者となって四年経ち、ようやくその意味がわかるようになってきた。

夕方になって堀井から職人探しのために急遽大阪へきているという伝言が入った。

設計部から図面が仕上がったと連絡があったのは翌朝だった。これまでの複数の検討用図面を合成したので、完全には冗長な部分を排除できませんでしたという注釈がついていた。技術者たちの悔しさが伝わってくるが、時間的にはぎりぎりだった。あとは、器をコンパクトに仕上げて、使い勝手と印象をよくしていくしかない。

昼近く、堀井から、大阪で定年退職したばかりの名人級の職人を見つけたと報告が入った。明日の朝、赤部へいってもらえることになったという。

「うちと近い業種でやられていたので、すぐに対応できそうです。お仲間も誘ってくれるそうです」

翌日、匠也は始発の新幹線に乗った。赤部市の工場についたのは、堀井が名工二人を連れて到着したのと同じころだった。

一人は短髪ごま塩頭で、背は低いがっしりした体軀の男だった。もう一人は禿頭で、ひょろりとした体型だった。二人とも睨みつけるように工場内を観察している。

「噂には聞いとったが、ええ工場やね」

「うん、さすがや。気持ちようやれそうや」

二人が口々に工場をほめる。満更お世辞でもなさそうだった。工場の清掃と設備の手入れを徹底的にやれと、父がことさらしつこくいっていた。それがいまも引き継がれているのだ。

工場長が二人を試作品の製作場所に案内した。手作業用の工具が揃っているところだ。

中堅の社員を三人つけることを伝えたとき、設計担当が紙の図面を持ってきた。同時に作業場のデスクにあるパソコンを動かして、モニターにＣＡＤの図面を映しだした。ラフなものだが三次元のモデルもあり、画面上で回転させて見ることができる。詳細な部分は現場で合わせていくしかない。

職人たちは、簡単な打ち合わせで行動を開始した。マニュアル化された作業手順ではこうはいかないだろう。幾重ものチェックを済ませなければ実施段階にいくことができないからだ。

父は究極の効率化は属人化と性善説だと豪語していた。もちろん裏切られることもあったが、それは採用した自分が悪いのだといっていた。

そういうことがいえるのはオーナー社長だからこそであり、雇われ社長であれば、そんな悠長なことはいっていられない。

父の経営方針は、上場しているような企業とは正反対だった。上場企業は不正が起きない会社だと株主に示すために、いたるところで牽制（けんせい）機能を働かせた厳格な承認フローをつくらなければならない。要は性悪説が基本だ。また社員の誰かがいなくなっても、業務がとまらないように工程を細かくわけて単純作業に落とし込むなど、極力属人化を避けなければならない。

それを不正は起きず、仕事は熟練者がするものだと割り切ることで、よけいな手間を省いてきたのだ。いまとなっては批判が多い旧式の経営手法を、あえて貫いているといっていい。

先代はさらに賃金は決してさげないと公言していた。基本給を決める等級号俸は、基本的に毎年あがり続ける。成果主義と称して給与をさげることも辞さない企業が多くなってきたが、そうするためには精微な人事評価制度が必要となり、評価者の時間を多く費やさなければならない。評価するためのコストが減額分の何倍になるのかということである。そんな時間があったら、もっと稼ぐために使ったらいい、というのが持論だった。

基本給の昇給率が横並びの分、プラス評価は賞与に上乗せするのである。

また、役職への抜擢（ばってき）はよくやった。

ただし、役職手当はそれほど高くはない。リーダーとしてのスキルが高いものと、管理業務をさせるのが勿体ないほど実務に精通しているものを同列に捉え、両方とも重んじる。会社はリーダーだけでは成り立たないし、実務者だけでも成り立たない。両者がうまく機能して、はじめて生産性があがる。会社への貢献は、ポジションだけでは測れないのだ。

自らの仕事に誇りを持った職人的な社員は、自分のスキルを余すところなく発揮できる環境こそを喜び、上司が年下でもわだかまりを持たない雰囲気がある。リーダーの素質を持ったものはグループをまとめて、組織的な効率を向上させる役割を担う。その棲み分けが社員の間で許容される企業風土が醸成されている。

各部署内では習熟度の高い社員がリーダーのもとで自律的に動くので非常に効率がいいのだが、いろいろな部署にまたがるようなプロジェクトには弱いという側面がある。とくに今回のような想定外の事態が発生すると対応が遅くなってしまいがちだ。先代のころはその弱点を社長の強い統率力で補っていた。

匠也が社内改革のプロジェクトを立ちあげたり、今回の案件を引き受けたのは、自分が父親にどれだけ近づけたのかを測る意味合いもあった。しかしまだまだ力不足だと感じることのほうが多かった。

ふと、副社長の石倉良雄ならどうするだろうかと思った。彼はいま会社の経営方針にほとんど口をださないが、先代の経営哲学をもっともよく継承している人物だと、匠也は思っていた。

十年ほど前、アカベックは経営危機に陥ったことがある。血球計数装置、免疫発光測定装置と立て続けに製品リコールをだした上に、多額の費用を要した新製品の開発に失敗し、財務状況が悪化したのだ。数十年リコールをだしたことがなく、まさに想定外の事態だった。悪いことは重なるもので、陣頭指揮をとっていた先代社長が重度の憩室炎を発症して入院を余儀なくされた。

そのときリコールに対応するための社内横断プロジェクトを率いるとともに、失敗に終わった新製品開発から生まれた要素技術を既存製品の改良に応用して競争力のある製品に仕上げ、いくつもの医療法人グループへの大量導入を実現したのが当時まだ平取締役の石倉だった。リコールによる損失を最小限に抑え、開発費の回収をして財務危機を乗り越えたのである。匠也が管理部門で修業しているときのことで、財務の数字が改善していくさまを目の当たりにしたものだ。

匠也は工場と隣り合わせの本社屋へ入り、副社長室に石倉を訪ねた。

「そうですか、賄賂を断りましたか」

匠也の話を聞いて、石倉が笑顔を見せた。ふくよかな顔で微笑まれると、穏やかな気持ちになる。

「石倉さんなら、どうしますか？」

「やはり断るでしょうね。ビジネスは真っ当にやるのが、結局は一番いいんです」

「今回のプロジェクトの進め方に関して、アドバイスはありませんか」

「いまの社長に、わたしの助言など必要ありませんよ。思うようにやられたらいい。大丈夫です」

石倉がそういって、大きく頷いた。

5

赤部市からアカベック東京支社に戻ったのは午後四時少し前だった。内野匠也が社長室に入ると同時に、秘書が神津様からお電話が入っておりますと告げてきた。

電話にでると、神津はこれから急遽ブルシアへ発つところだといった。

「向こうの政府のお偉いさんを紹介してくれることになりましてね。こちらも社長クラスでないと釣り合いがとれんというんですよ。それでわたしが代表していくのですが、その筋を紹介してくれた人、日本の方なんですが、今晩わたしが接待することになっていたんです。とにかくあちらに強力なコネクションを持っている人物でしてね、宍戸さんというんですが」神津が意味ありげに言葉を少し切ってから続けた。「この方の機嫌を損ねるわけにはいかんのですよ。それでわたしが留守にしている間だけでも内野さんにお願いしようと思いまして」

「どうすればいいのですか」匠也は警戒しながら訊いた。

「きょうのところはわたしが予約している料亭で食事してもらいましょうか。名前は内野さんに変更しておきますから。そのあとクラブかどこか、できればきれいな女性がいるところに案内してもらうだけで結構です。近いうちにゴルフもいきましょうという話をしていたので、そちらのほうもよろしくお願いします。いまは非常に機嫌がよく、我々の陣営に好意的に動いてもらっていますから、それを入札の結果がでるまで、なんとか繋いでいかなければなりません。

なあに、この前の話のような危ない橋じゃない。通常の接待費の範囲内でつきあっておいてもらえればね。あ、それから大事なことですが、本件は内野さんが一人で担当してください。宍戸さんはデリケートな役職についている方なので、あまり我々との関係は知られないほうがいいですから」

例によって神津は押しつけるようにいい、最後に相手の携帯番号と、予約している料亭の連絡先を告げて電話を切った。

匠也は気が進まなかった。元来、接待というものが苦手なのだ。しかし今回の案件では、みなが必死に無理な注文にこたえようとしているのを見れば、社長がなにもしないわけにはいかなかった。

「なかなか、いい店ですな」宍戸勇次(ゆうじ)と名乗る男が、ホステスから渡されたおしぼりで手を拭きながら、嬉しそうにいった。神津が予約した料亭で食事をし、そのあとは匠也の裁量に任されていたわけだが、匠也自身は宍戸が望むような店など馴染(なじ)みがなかった。ここは父がよく利用していたクラブだった。匠也も二、三度連れてこられたことがあったが、代替わりしてからは一度も使っていない。今回は、父がさんざん使った金に免じて、席を確保させてもらった形だった。

宍戸はよく喋(しゃべ)る男だった。この手の店は慣れているのか、ホステスたちをよく笑わせ、座持ちがうまかった。匠也はただ座っていればよく、楽といえば楽な相手だ。

年は四十代半ばから五十二、三の間。腹がでていて、いわゆる恰幅がいい。濃紺のダブルのスーツ。黒々とかたそうな髪をポマードで撫でつけてオールバックにしている。

どんな業界に身を置いているのか。ブルシアの要人とコネがあるというからには、向こうの重要な産業に関係しているのだろうか。そういえばブルシアの大統領は元映画俳優だから、芸能界ということも考えられる。遠まわしになにを生業にしているのか探りを入れてみるのだが、はぐらかされていた。

「おい、社長。なにをしんみりしてるんだ」

宍戸がかなり酔った調子でいった。「サロンのいいやつがあるそうだ。みんなで乾杯といこうじゃないか」

匠也は、隣のホステスを見た。

「つまり、高いシャンパンということです」と小声で教えてくれた。

「宍戸さん、いいじゃないですか。いきましょう」

こんなことで商談がスムーズに進む世界とは、どんな世界なんだ、と思いながらシャンパンを注文した。

翌日の夕方、神津がブルシアからだといって電話をかけてきた。

「こちらはけっこう大変ですよ。思ったより形勢不利ですね。いまはありとあらゆるコネを総動員して有力者とのパイプをつくらなければならないんです。そこで内野さんに助けてもらいたいことがありましてね。ある企業、それほど大きなとこじゃありませんが、古くからブルシアにものを売っているところで、ブルシア政府の要人にパイプを持っているんです。そこが我々に協力する代わりに、懇意にしている運送会社へ仕事をだしてほしいといってきているんです。いわば、バーターというわけです」

「運送会社ですか」

宍戸という男の接待もそうだが、人脈やコネを重視するのが神津のやり方のようだ。自分とは相容れないスタイルだなと、匠也は内心ため息をついた。

「それでちょっと困っていましてね。ご存じのように、うちは三友の関係で内部統制がうるさいんです。取引先を決めるにも面倒な手続きが必要で、すぐに仕事をだすわけにはいかない」

「すぐに仕事をだす必要があるんですか」

「あるんですよ。実績を見なければ協力はできないといってましてね、それでわたしも困っているところなんです。御社は内野さんの一声で、発注の一つや二つは軽くできるでしょうが、うちは逆に役員が直接現場に指示をだすのが問題視されるような窮屈な会社になっているんです。それでお願いというのは、御社から一つ、その運送会社に仕事をだしてほしいのです。なあに、全部とはいいません。ほんの一部でいいんですよ」

いまアカベックは主に大手の運送会社を使っている。赤部本社では地場の企業に仕事をだしているが、それ以外はとくにしがらみがあるわけではない。一部の仕事をスポットで新規の会社にだすことは可能だろう。

「ですが――」神津の依頼を素直に受けたくない気持ちが働く。

「内野さん、このくらいのことは引き受けてもらわないとＪＶとはいえないでしょう。違いますか。ほかの交渉は全部わたしどもにやらせておいて、なんの協力もしないというのは虫がよすぎるというものだ」神津が粘っこい口調で言葉を繋いできた。「現地でのプレゼンが終わったからといって安心じゃないんですよ、こういうことは。最終決定まで陰でプッシュし続けなければならない。内野さんが断ったことで、その一押しが足りずに敗退してしまったら、あなたはどう責任をとるつもりですか」

まただ。神津のことだから、失注したら全部の責任をアカベックに押しつけ、ＪＶ契約違反だといって損害賠償を請求するくらいのことはやりかねない。

「なんという運送会社ですか」

「引き受けてくださいますか。それでこそ内野さんだ。会社名はリバーウエスト運輸といいます。連絡先を申しあげますよ」神津がゆっくりと電話番号と担当者の名前をいった。「発注は可及的速やかにお願いします。ブルシアの決定後ではなんの意味もありませんからね。いやあ、助かった、助かった。感謝しますよ。では、これで」

匠也は握った受話器をしばらく眺めた。

気をとりなおしてインターネットでリバーウエスト運輸を検索すると、静岡県にある会社が見つかった。沿革によれば戦後間もない一九四八年創業の会社だった。創業者の名前が西川徳市となっており、社名の由来がわかった。現在の社長は西川姓ではないので、創業家系ではないのかもしれない。社員は百名程度で、長い間地道に続いてきた企業という印象だった。

歴史があるというのは、それだけでも企業に力があった証にはなる。この規模の会社であれば本来は何期分かの決算書を要求して、財務状況の健全性を確認した上で仕事を依頼することになっているが、緊急性や重要性のないスポットの仕事を依頼するなら、それほどのリスクはないだろう。そんな思いが頭を過(よぎ)った。

匠也は自社の工場間の部品搬送を担当している部署へいき、リバーウエスト運輸を使ってみてくれと指示をした。

「あまり大きな会社じゃないみたいですね。与信チェックをしてもらいますか?」

「いや、今回はスポットでやってくれないか。とにかくすぐにでも一度発注してほしいんだ。ちょっとした義理だてなんだけどね、質が悪かったら今回だけで取引を終了してかまわない。うちの社名をいえば話が通じるようになっているから」と、つけ加えた。

次の日に担当から発注しましたと連絡がきた。先方は積極的で、六日後の来週水曜日に赤部工場から東京倉庫に製品を運ぶ仕事を請けてもらったという。


週末の日曜日には、宍戸とゴルフ場へいった。内野家が祖父の代から東京近郊の名門といわれるゴルフ場の会員であることを知って、宍戸がいきたいといったのだ。

匠也はつきあいに困らない程度にはゴルフをやる。別にきていた二人組と一緒に回ったのだが、宍戸は夜のクラブでの饒舌(じょうぜつ)さに比べればおとなしく、純粋にゴルフを楽しんでいるようだった。さすがに名門クラブだ、雰囲気がいいし、キャディもよく訓練されているとさかんに感激していたが、ラウンド後は、思っていたより時間がかかったので急いで帰らなければならないといって、風呂も使わずにタクシーで帰ってしまった。しかし、ゴルフだけのつきあいで終わったのはありがたかった。

匠也は車できているので、ノンアルコールビールを手にしてラウンジの椅子に腰をおろした。スマートフォンをとりだし、片平右子(かたひらゆうこ)に電話した。彼女がでると、厄介な仕事が終わったところだよ、といった。

「あら、そんな仕事が入っていました？」

「あまり他言できないことだから黙っていた」

「困りますね。わたしにだけはおっしゃってくださらないと。社長のスケジュール管理が仕事なんですから」

「すまない。あとで事情は話すよ。いまなにしている？」

「これから夕食の材料を買って帰るところです。二人分にして持っていきましょうか？」

「きてほしいけどね」

「まだ用事があるんですか」

「いや、そういうわけじゃないけど、いまはみんな休日出勤までして頑張っているんだろう」

「例の試作品のことですね」

「そう。そんなときに、ぼくだけが楽しい時間を過ごすわけにはいかないよ。この案件が決着するまでは自重しようと思って」

「わかりました。一人分の材料を買って帰ります」

「じゃあ、明日は赤部に直行するから」

「試作品、うまくできるといいですね」

匠也は電話を切ると、グラスを空にして、勢いよく立ちあがった。

翌月曜日は始発の新幹線で赤部市へ向かった。

赤部につくと、本社には寄らずに隣接している工場へいった。そこには事務のものたちまで落ちつかない様子で集まっていた。

外部の二人の名工は、互いに短い言葉をかけ合いながら作業を続けている。一言一言が鋭く厳しい響きを持っているのは、時間が切迫しているからだ。ブルシアに運び込む社員は製品輸送用のバッグを持って待機している。出来次第、関西空港に向かうことになっていた。

二人の名工についているアカベックの社員が機敏に動きまわっている。すでに互いの呼吸が合っているように見えた。

社員の動きがとまった。名工のうちの禿頭のほうが部品をごま塩頭に渡して手をとめた。最後の部品がおさまったのだ。ごま塩頭が検査機器で電気系統やセンサーの動きを確認している。

三十分ほど、誰一人声を発することなく過ぎた。二つにわかれていた外装部分が合わされて、一つになった。

「できたよ」ごま塩頭が、社員に手渡した。

周りから安堵のため息と歓声があがった。

受けとった社員がすぐに、完成品のテストを開始した。

「おい、あと二十分ででな、間に合わんぞ」運び役の社員が腕時計を見ながら叫ぶ。

「わかってる」

「だったら、はよう」

「ちょっと、黙っとって」

喧嘩腰のやりとりがあって、時間ぎりぎりで試作品が手渡された。

工場の前に停まっていた車のエンジンがかかる。運び役の社員がバッグを抱えて後部座席に飛び乗った。見送りにでた社員たちが口々に荒い激励の言葉を浴びせかける。

車が見えなくなったあとで、匠也は二人の名工に礼をいった。

「いやあ、社長さん。あたしらも、ひさしぶりに血が沸いた。それにしても、あんたんとこはほんま、ええ社員かかえとるわ」

「いやあ、お二人の足手まといにならないか、心配しておりました」

「あたしらのやることを察して、何事も先回りして整えてくれはるんや。しっかり訓練されてるいう証拠や。感心したわ」

「ありがとうございます」

「社長のその笑顔がええわ。社員をはめられて、ほんまに嬉しそうにする、その顔や」

匠也は、工場長に二人を丁寧に慰労するように指示して、すぐに東京へ戻った。

翌日の夕方、ブルシアでの製品コンペは無事に終了したと報告があった。先方の反応はよかったようだ。あとは総合的なポイントでの勝負になる。結論がでるのは六日後の来週月曜日だった。

6

内野匠也は卓上カレンダーを眺めながらつい吐息を漏らした。先週の火曜日からの一週間余りは神津に振り回されたようなものだった。

いまごろはリバーウエスト運輸のトラックが、アカベック製品を赤部工場から東京倉庫へ運んでいるはずだ。とりあえずはこれで神津からの依頼事はすべて片がつく。

電話が鳴った。

匠也は背もたれに預けていた身体を起こして受話器をとった。反射的に時計を見ると、午前十時を回ったところだった。

「赤部工場から電話があったのですが、リバーウエストという会社は大丈夫か、というんです」

今回の発注を担当した社員からだった。

「大丈夫かとは、どういう意味だ?」

「言葉遣いとか態度が、どうも危ない感じだったらしいのです。つまり、ヤクザっぽいと」

「なんだって」

匠也は工場に電話をしてすぐにリバーウエスト運輸の応対をした社員を呼びだしてもらい、詳しい説明を求めた。

「最初にトラックを運転してきた人と話したときに、口調がなんか変だなと思ったんです。ちょっと凄みがあるなと。で、トラックの荷台の扉をあけたときに、妙な臭いがしました。かすかですが油となにか揮発性の薬剤の混じったような臭いです。ふだん、どんな荷を運んでいるんだろうと思ってしまいました。向こうは運転手を入れて二名できたんですが、荷をあげているときに一人の袖口からちらっと入れ墨が見えました」

電話を切ると、匠也は椅子の背もたれに深く背を預けた。ため息がでる。

いまは、ありとあらゆる契約書に暴力団排除条項や反社会的勢力の排除条項が入っている。代表者や役員が反社会的勢力でないことはもちろんのこと、反社会的勢力に対して資金等を提供したり便宜をはかったりするなどの関与をしていないことが求められる。これに抵触すれば、直ちに取引を停止されても文句はいえないのだ。

社長自らそんな危険な会社との取引を指示してしまった悔恨の念は大きかった。しかしまだ確定したわけではない。まずはこの目で確認するのが先決だった。

匠也は会社で使っている調査会社にリバーウエスト運輸の調査を特急で依頼してから会社をでた。

東京駅につくと、新幹線に飛び乗った。新富士駅でおり、タクシーでリバーウエスト運輸の所在地へ向かった。車は富士川沿いに走っていく。景色もなにも目に入らなかった。近くまできたのを運転手に確認してタクシーをおりた。

右が富士川で左側は民家が並んでいる。所々に小さな建設会社や食品工場があった。しばらくいくと脇道があり、目的地はその先のようだった。緩い坂道を七、八分ほど歩くと、住宅が途切れ山林の入り口のような場所にでた。その先に何台もトラックが並んでいる。いまここから見えるのは大型が六台。そのうち三台はダンプカーだった。ほかの二台は平台のタイプで一台だけ屋根があるバンタイプだった。

ダンプカーは砂利や土砂を積むのだから、企業の製品や部品の配送には使われない。思わず舌打ちがでた。それが合図のようにスマートフォンが鳴った。

相手は調査会社だった。「お急ぎということなので、とりあえず現在わかったところまでお知らせしておきます」

匠也はスマートフォンを耳に当てたまま、道から少しはずれて高木の下で佇んだ。

「リバーウエスト運輸は創業者が亡くなり、息子が跡を継いだのですが、あとが続かずに事業承継が問題になっていたようです。もっともそのときは事業が下降線をたどっていて清算するか事業継続するかという段階だったらしいのです。そこへ会社を買ってもいいという先がでてきました。従業員もそのまま雇うという話だったので、売却をしました。買収したのは、暴力団の息がかかったファンドだったんです。暴力団というのは東京を本拠とする高車会です。堅気の会社の名前が欲しかったのでしょう。従来からいた社員は半年のうちに全員辞めていったようで、いまでは実質的には高車会の組員で構成されているようです。ようするに暴力団のフロント企業です。おそらく産廃の違法投棄などにも手を染めているんじゃないでしょうか」

電話を切ったあと、スマートフォンを強く握りしめたまま歩きだした。

リバーウエスト運輸と書かれた看板を横目で見ながら敷地に足を踏み入れた。靴底で鳴る砂利の音が不快に響く。

正面に二階建ての建屋がある。一階の入り口は上半分がガラスで、下が茶色のアルミでできた引き戸になっている。近づくと建屋の中に十人ほどの人影が見えた。

引き戸を開けると、中にいた男たちが一斉に顔を向けてきた。グレーのツナギを着ているのが五人いて、ほかはジャンパーやスーツとばらばらだった。

「わたしはアカベックの社長をしております内野と申します。本日、御社に赤部から東京まで製品の運送を依頼したものでして」

それがどうした、という顔をされた。

「その取引を受けられた方にお話があってまいりました」

男たちが互いに顔を見合わせた。

「ああ、そりゃ、おれだな」

白いジャンパーの男が声をあげて、入り口へ近づいてきた。浅黒い顔をして、年恰好は四十代半ばといったところだ。

匠也が名刺を差しだすと、男は片手で受けとり、一瞥もくれずに手で弄(もてあそ)びはじめた。

「社長さんがこんなとこまできたっていうのは、どういうわけなんです？」

「じつをいうと今回の仕事は、わたしが個人的に頼まれて御社に発注したものなんです。ですから本来は会社からではなく、わたしが個人として直接依頼しなければならなかったわけで、きょうはあらためて書類をそのようにしていただきたいとお願いにあがった次第です」

「よくわかりませんが、どうしてほしいんです？」

「まずアカベックからの注文書を返していただきたいのです。それで、支払いはわたしからいたします。そのようによけいなお手間をとらせるわけですから、金額は倍額お支払いしたいと思います。できれば、請求書がない形にしていただければありがたいのですが」

一気に喋って相手の反応を待った。

「なんだか、ややこしいな。ごちゃごちゃいってるが、ようするに、おたくの会社とうちの会社の取引をなかったことにしてくれっていってるようだが、そうなのか」

いい終えてから、男の唇に笑みが浮かんだように見えた。

「なかったことにというより、本来の発注はわたし個人がすべきだったので、その通りに修正するということになりますか」

「だけどよ、仕事はおたくの会社の品物を運ぶ仕事だぜ。ちょっと無理があるんじゃねえのか」

「それはこちらの都合ですので、御社にはご迷惑をかけない形で」

「つまり、なにかね。うちのような会社と取引があると、いろいろと都合が悪いってことか」

「いや、そういう意味では」

「なあ、社長さんよ。うちも歴とした株式会社なんだよ。おたくの会社とおんなじで、注文書があって動いているわけだ。注文書がなくなってしまえば、なんのためにトラックを関西くんだりまでいかせたか理由がなくなっちまうじゃねえか」

「ですから、ご迷惑をかけたぶん、金額面でも」

「金じゃないんだよ。コンプライアンスってやつだな。法令遵守だ。わかるだろう？」

相手のほうが正論なのだ。しかし男の態度はこちらをからかっているように見える。その意味を考えているときに、奥からでてきた男の顔を見て愕然とした。

「おお、内野さん。こんなところで、なにをしているんですか？」

それはこっちが訊きたい。目の前に現れたのは宍戸勇次だった。ブルシアにパイプを持つとされ、神津から接待するように頼まれた男だ。

「宍戸さんこそ、なぜ、ここに？　リバーウエスト運輸の方だったのですか？」悪い予感を抑え、声が震えないように訊いた。

「違う、違う」宍戸がおおげさに手を左右に振って否定した。「ここの社長と知り合いなだけだよ」

この際、この会社の人間だろうが知り合いだろうが、同じようなものだ。

「神津さんとはどういうお知り合いなんですか？」

「知らないな、そんな名前」

「神津ケミクスの社長ですよ」

「知らんね」

「あなたをわたしに紹介した人です。覚えているでしょう」

「紹介された覚えはないな。おれはあんたから連絡があって、指定された店にいったんだ」

「結果はそうですが、その前の話です。もともとは神津さんと会う約束をしていたのではないですか」

「いやあ、そんなことはなかったな」

「わたしは神津社長から頼まれて、あなたに連絡をしたんです。第一、宍戸さんの携帯の番号を伝えてきたのが神津さんなんですから」

宍戸の顔に一瞬憐(あわれ)むような表情が浮かんだ。「それはそっちの話だろう。おれには関係ない」

「そんな」

「ところで、社長はなんの用でここにきたんだ?」

宍戸が匠也と応対していた男のほうを見た。

男が経緯を説明すると、宍戸がまた気の毒そうな顔をした。

「いろいろあるんですな」と匠也に顔を向け、すぐに男たちに向かって片手をあげた。「じゃ、帰るわ」

男たちがいっせいに「ご苦労様です」といって頭をさげた。

匠也は茫然と宍戸の背中を見ていた。


翌朝、社長室に入るなり、神津ケミクスへ電話した。神津がでるまで、やけに時間がかかった。その間、匠也の右指はデスクを叩き続けた。

「神津です」

やっと、のんびりとした声が返ってきた。

「神津さん、どういうことですか」

「いきなり、なんですか」

「リバーウエスト運輸ですよ。それと宍戸という男もだ」

「いったい、どうしたというんですか」

「両方とも暴力団じゃないですか。あなたはそれを知っていてわたしに紹介したんでしょう」

「ちょっと待ってください。まるでわたしが内野さんに反社勢力を紹介したように聞こえますよ」

「その通りじゃないですか」

「わたしは内野さんに、なにか紹介したことはありませんけどね」

「なにをいっているんですか。リバーウエスト運輸ですよ」

「そのリバーなんとかという会社は知りませんね」

「宍戸もそうじゃないですか」

「宍戸という人も知りませんね」

「なにをいっているんですか。あなたは電話で——」

「電話？」神津が言葉を挟んできた。「電話で紹介されたというんですか？　そうすると、誰かがわたしの名前を騙った可能性がありますね。あるいは内野さんの勘違い、記憶違いか」

「ふざけないでください」

「失礼な。いいがかりの電話なら、これで切りますよ」途中から声が遠くなり、切れる直前に「馬鹿なやつだ」と聞こえた。

この日匠也は何度も神津ケミクスに電話したが、神津は外出中ということで一度も繋がらなかった。

翌日は午前中に神津ケミクス本社へいき、面会を求めた。しかしそのときも不在といわれて会えなかった。

匠也は会社へ戻り、社長室で夕方まで憂鬱な時間を過ごした。今回のことは社員の誰にもいっていなかった。いえば、その社員は問題解決のために行動をとらなければならなくなるが、しかしどんな行動をとれるというのか？

匠也は鬱々とした気分で会社をでた。一階にいた社員たちが、礼儀正しく腰を折って挨拶してくれる。いつもなら一声かけるところを、仏頂面で通り過ぎてしまった。それればかりか、きょうは誰が報告にきても生返事をしてしまった。

築地駅に近づいたとき、二人の男に呼びとめられた。一人はカメラを持っていた。

「内野さん。アカベック社長の内野さんですね」

無遠慮な態度だった。正直に認めるのがはばかられるような雰囲気だったが、匠也はそうだとこたえた。

「週刊フロントのものです。内野さんは暴力団高車会の幹部と親しくしているようですが、どういうご関係なんですか？」

「なんですか、いきなり」

「暴力団の幹部と、ゴルフにいったり、クラブにいったりしているのは摑(つか)んでいます。どういう関係なのかを、伺(うかが)いたい」

ゴルフにクラブ――。宍戸という男のことをいっていると、容易に察しがつく。

「心当たりがあるんでしょう。いつからのつきあいですか」

「違うんです。あれは」

「会っていたことは認めるんですね」

「ちょっと待ってくれ。いったいこれは」

「いいんですよ。否定してくれてかまわない。こちらには証拠があるんで、内野さんが認めようが否定しようが書かせてもらいますから」

「証拠ってなんですか」

「高車会の幹部と内野さんが親しげに並んでいる写真とかね」

「どこで、そんな」

「暴力団とのつきあいを認めますか」

「そんな人とは知らなかったんだ。人の紹介で会っただけだから」

「わかりました」

そういうと、記者はあっさりと引きあげていった。まるで当事者に取材をしたという体裁だけを整えたかのようだった。

7

週末の土曜日、匠也は神津の自宅を突きとめるために、医療機器業界の知り合いに電話をかけ続けた。私的な年賀状のやりとりなどがあれば、自宅の住所を知っている人がいるかもしれないと思ったのだ。やっとのことでわかったのは夜になってからだった。

翌日曜日は神津の自宅を訪ねた。しかしここでも留守だといわれた。居留守を使われていると思い、近くで神津が外出するのを待ったが、ついに姿を現さなかった。

眠れない晩を過ごし会社にでたが、仕事が手につかないまま時間が過ぎていった。

夕方になりドアがノックされて片平右子が入ってきた。

「ODA案件に関わった社員たちが大会議室に集まって結果を待とうといっていますが、社長はどうなさいますか」

今日はブルシアのＯＤＡ案件の入札結果が発表される日だった。現地の午後三時に発表される予定なので、日本時間では午後五時に当たる。あと十分ほどだった。

「ぼくはここにいるよ」

「匠也さん」右子が吐息をもらし、声を小さくしていった。「どうしたんですか。なにか問題でも？」

右子が会社で匠也の名前を呼ぶのは滅多にない。それだけいまの自分は精彩のない顔をしているのだろう。

「うん。いや、なんでもないよ」笑顔をつくってこたえた。

「わたしにごまかしはききませんよ。話してください」

「いずれ話すよ。いまはちょっと一人で考えさせてくれ」

右子が気づかうような顔をしたまま、わかりましたといって部屋をでていった。

四十分ほど経って、再びノックの音がした。先刻より力強かった。

「社長、日本のＪＶが勝ちました」右子がドアを開けるなり、右手の拳を握って叫ぶようにいった。「苦労したかいがありましたね。みんな喜んでいます」

「そうか。よかった」匠也も拳を掲げてみせた。

「それから四日後に、向こうの大統領主催の晩餐会に招待されたそうです。各社の社長の出席は必須だというんですが」

「四日後というと、金曜日か。なにか予定が入っていたような気がするが」

「ええ。十六時から九重製作所さんの新製品発表会とそのあとの懇親会が入っていますが、どうされますか」

急な話だが、神津と直に会える機会であることはたしかだ。

「晩餐会のほうに出席するよ。手配してくれないか」

「では、発表会は支社長にいっていただきます。飛行機は至急手配します。でも向こうはわかっていたんですよ、きっと」

「なにが？」

「入札に勝った側の社長が招待されることをです。大統領主催の晩餐会なら、かなり前から決まっていたはずですから。前もっていってくれていれば、それなりの準備ができたと思うんです」

右子が軽く口を尖らせた。

「べつにいいさ。大して準備は必要ないだろう。この身一つでいけばいいんだから」

「晩餐会の出席者のうち、挨拶をしておいたほうがいい人物などを調べておきます。それとどんな名目の会なのかでドレスコードも違うでしょうから、これはしようがないので、神津ケミクスに訊いてみます」

翌日には晩餐会の詳細がわかった。出席は各社四名までというので、匠也のほかに国際業務部から赤羽賢太郎、営業本部から堀井武史、そして秘書室から片平右子が出席することになった。ドレスコードは男性がダークスーツで女性はカクテルドレスだという。

晩餐会はブルシアの産業振興のために海外各国との親交を深める目的で開催され、招待客は外国大使館員やすでにブルシアで事業展開している企業の幹部が主体らしい。大統領は元映画俳優のせいか、派手なパーティー好きで通っているということだった。

8

成田空港からブルシアの首都ピニョン市にある空港までの八時間、内野匠也は神津に会ったらどういうふうに問い詰めてやろうかと、そればかりを考えていた。

飛行機は定刻通りに到着し、手荷物引渡所で堀井武史と赤羽賢太郎、そして片平右子と合流した。堀井たちが話しかけてくるが、どうしても生返事になってしまう。右子が成田からずっと不安そうな顔で見ているのはわかっていたが、取り繕う余裕がなかった。

荷物をとって到着ロビーへいくと、現地に派遣されていた社員が迎えにきてくれていて、彼の案内で車の乗降場へ向かった。前後を中国人の団体に挟まれて、甲高くけたたましい話し声を聞かされながら移動した。

外にでると湿った熱気に包まれた。空港は郊外に位置しているらしく、周りはヤシやゴムの木々で囲まれている。

案内してきた社員がワゴン車のリアハッチを開け、みなの荷物を積み込んだ。

車へ乗り込む前に、匠也は運転席に向かう社員に小声で訊いた。「東京から、なにか連絡はなかった？」

「いえ、とくにありませんでした」

「そうか」

週刊誌の記事がいつでるのかが気になっていた。あんなものがでたら、今回の祝勝ムードに水を差すばかりでなく、会社全体が大変なことになる。

宿泊先のホテルでしばらく休憩したあと、ＪＩＣＡ（ジャイカ）やブルシア政府機関、協力会社への挨拶回りをした。それは翌日も続き、晩餐会の準備のためにホテルに戻ったのは午後五時半ごろだった。

部屋でシャワーを浴びていると神津の顔が脳裏に浮かび、気持ちが波立ってきた。あくまでも冷静に……匠也は自分自身にいい聞かせながら服を着た。チャコールグレーのスーツに蝶ネクタイをする。腕時計も服に合わせてフォーマルなものに替えた。

ドアがノックされた。同行する三人が待っていた。

男二人は黒のスーツに蝶ネクタイをして、いくぶん緊張した面持（おもも）ちで立っている。

右子は赤い膝丈のカクテルドレスを着ていた。緩いウェーブがかかったミディアムヘアによく似合っている。身長が百六十五センチと女性にしては高いほうなので、華やかなドレスが着映えする。

エレベーターの前へいくと、すぐに到着を告げるチャイムが鳴った。扉が開き、先客が二人いるのが見えた。

「内野さんも、このホテルでしたか」

デイトロン社長の伊丹春樹だった。タキシードを着ている。もう一人は社員のようで、スーツに蝶ネクタイをつけていた。

「奇遇ですね」匠也はそうこたえながら胸騒ぎがしてきた。「ところで、タキシードはどこからか指定があったのですか？」

「ええ。神津さん自ら伝えてこられました。今夜のドレスコードは、社長はブラックタイだと。代表者は大統領に近い席ということで。あ、内野さんは？」

伊丹がはじめて服装の違いに気づいたというように匠也を見た。

「いや」なんと返していいか迷ったところで、ケージが一階についた。

「では、会場で」といい合って別れた。

「社長」赤羽が顔を紅潮させながらいい、視線を右子に移した。「片平さんが聞いたんだよね」

「ええ。神津ケミクスの秘書課から聞きました。男性はダークスーツだと。ブラックタイならタキシードになるので、何度も確かめたんです。それで向こうも、もう一度確認しますといって、あらためて同じ内容を伝えてきたんです。そう、社長に確認しましたといっていました」

「わかった。誰の聞き間違いでもないんだ。神津の嫌がらせだ」

「えっ」三人が驚いたように匠也を見た。

「どうも、あの人はわたしを嫌いでしようがないみたいだ。だから、ドレスコードのことも、恥をかかせるために嘘を伝えてきたのさ」

「社長、なにがあったんですか」堀井が押し殺した声でいった。

「あとで話すよ。いまは服をどうするかだな。このままでていくしかないか」

「社長はお部屋でお待ちください」右子が思いつめた顔つきでいった。「わたしがなんとかします。まだ時間がありますから、なんとか」

そういうと足早にロビーを歩いていき、コンシェルジュのデスクの前で立ちどまった。

「社長、部屋へ。片平さんに任せましょう。わたしらは先に会場へいって、様子をお知らせします」

匠也はエレベーターに乗り、大きな吐息をついた。神津の笑い声が頭の中で反響する。

部屋に戻ってしばらくすると、先着した堀井から、やはり会社の代表者はタキシードを着用していると連絡が入った。部屋の中を歩き回って怒りを発散させようとしたが、うまくいかなかった。

あと十分ででないと間に合わないという時刻になったとき、慌(あわ)ただしいノックの音がした。ドアを開けると右子が大きな箱を抱えて立っていた。なにもいわずに室内へ入ってくると、箱をベッドの上に置き、蓋を開けた。

「さ、着替えてください」

匠也はその勢いにつられて、着ているものを脱ぎ捨てると下着姿になった。右子がウイングカラーのシャツを後ろから着せてくれた。スラックスを穿き、サスペンダーをつけると、右子が袖を持ち、ダブルカフスになっているところへカフスボタンをつけ、腰にカマーバンドを巻いてくれた。

蝶ネクタイをつけて上着を着ると、最後に右子がポケットチーフを差してくれた。

「ぴったりだな」

まるで誂えたように、身体にフィットした。

「当然です。わたしを誰だと思っているんですか。社長のサイズは頭に入っています。貸衣装屋に注文が細かすぎるといわれましたけど」

「ありがとう。助かったよ」

匠也は右子を抱きしめた。顔を起こすと、目の前に彼女の笑顔があった。唇を近づける。

「残念ですけど、その時間はありません。急ぎましょう。ぎりぎりです」

急かされながら部屋をでる。一階におりて玄関をでると、右子が手配したタクシーが待っていた。

「なんとか、間に合いそうだな」

「なんとかですね。それにしても、神津社長とはなにがあったんですか？」

「もっと前に話しておけばよかったかもしれないな。さっきは突然あんなことをいって変に思ったろう？」

「はい。向こうの社長を呼び捨てにするんですもの。よほどのことがあったのだと想像はできますけど」

「帰ったら話すよ。あんな卑劣なやつはいない」

タクシーが晩餐会の会場についた。この国が王制だったころの宮殿で、いまは迎賓館として使われている。車寄せから階段を五段ほどあがって建物に入った。

右子が横から小声でいった。「神津社長と喧嘩なんかしちゃだめですよ。匠也さんは短気なところがあるから心配だわ」

「大丈夫だ。ぼくも大人になってきたんだ」

「それはちょっと怪しいですね」

「大丈夫だ。きょうはあいつの顔を見ても笑顔でいるさ」

ロビーに入ると、堀井と赤羽が近づいてくるのが見えた。

「社長、間に合いましたね。よかったです」

受付で名乗ると、代表者はこちらへと、一人だけ奥に案内された。匠也は途中で一度振り返った。三人が身じろぎもせずにこちらを見ていた。

ホワイエに案内されると、タキシードとカクテルドレスの集団に圧倒された。男性が八割、女性が二割程度か。晩餐の席に案内されるまでの間、みな手にグラスを持ちそこかしこで談笑している。

匠也は神津を探した。みな同じような服装をしている上に中国人や韓国人も多くいるようで、背恰好や髪の色などで絞り込むのは難しい。

人々の間を縫うように歩き、身をかがめ背伸びをして探す。

やっと伊丹の姿を捉えた。しかし、その近くに神津はいなかった。

反対方向に回る。危うくほかの客とぶつかりそうになり、身体をかわすと、こんどはトレイを持ったウェイターと接触してしまった。向こうはさすがにプロで、きわどいところでトレイを落とさなかった。お互いに大丈夫かと目で確かめ合ったとき、ウェイターの肩越しに見覚えのある白髪頭が目に入った。

匠也は神津の背後に近づいた。彼は中年の日本人らしい男性と話しているところだった。

「いやあ、ＪＶも組む相手を間違えると、よけいに苦労してしまうので気をつけたほうがいいですよ」神津はそういって笑っていた。「今回も、アカベックなんぞという田舎の会社が足を引っ張ってくれて、往生しましたわ」

匠也は神津の左肩に手をかけた。

神津が振り返り、匠也を見上げた。意外そうな顔でその視線を上から足元に移して、また顔に戻した。

「なにか、用でも？」

「リバーウエスト運輸のことと、宍戸という男のことですよ」

「ああ、この前の電話でいっていたこと？　いやあ、わたしにはまったく覚えがないので、おこたえしようがないですな」

「いったい、なにが目的なんだ。そこまで汚い手を使って、競合相手を蹴落とそうというのか」

「なにをいっているのか。内野さんは頭がおかしくなったのですかね」

神津があざ笑うかのように口元を歪め、目を細めた。

「そんなことをいっていていいのか」

「おお、恐い顔をして、わたしを脅すつもりですか？　やっぱり暴力団とつきあっている人だ」

「どんなにはぐらかしても、そっちこそ暴力団とつきあっているのはたしかなんだ。反対に告発してやる」

「ふん」神津は鼻で笑ったが、一瞬眉をひそめた。「根も葉もないことを。やはり内野さんは頭がおかしくなったようだ」

神津が声をだして笑いながら、背中を向けて歩きだした。

「おい、待て」

匠也は神津の左肩を掴み、呼びとめた。

神津が振り返らずに右手で肩の埃を払うようにした。「汚い手をどけなさい」

「なにを」匠也はもう一度神津の左肩を掴み、力を入れて振り向かせた。声が大きくなったようで、周囲の人たちが一斉に振り向いた。

「やめなさい。ここをどこだと思っている。日本の恥になるぞ」

「だったら、ちゃんと話をしろ」

「まったく、いっていることが滅茶苦茶だね。すぐに病院にいきなさい」

そういうと神津がまた背中を向けた。

匠也は前より力を入れて振り向かせ、両肩を強く摑んだ。

そのとき、神津の身体のバランスが崩れてよろめき、床に倒れた。つられて匠也もその上に覆いかぶさってしまった。

神津が悲鳴をあげる。「殺される、殺される」

匠也は後ろから両脇に腕を差し込まれ、引き起こされた。

「乱暴はやめろ」

先刻、神津と話していた男だった。

「違うんです。乱暴はしていません。なにもしていません。放してください」

「だめだ」

男の力は強く、振り切ることができなかった。

神津は倒れたまま、額を両手で押さえていた。

鋭い声が近づいてきて、周囲の人たちが横に移動した。警備員が二人駆けつけてきたのだ。

匠也を羽交い締めにしている男が英語で、この男を連れだしてくれといっている。

警備員が匠也の腕をとり、両脇を固めるようにして引っ張る。

匠也は英語で「わたしはなにもやっていない。彼が自分で転んだのだ」と、警備員にいった。

警備員は首を振りながら、さらに束縛の力を強めた。礼装した人々が怪訝(けげん)な顔で道を開けた。

第二章　勾留(こうりゅう)

1

晩餐会の会場を挟んで東西にホワイエがあり、東側が賓客用で西側が随員及び一般の招待客用にわかれていた。

片平右子は堀井武史や赤羽賢太郎とともに西側のホワイエで振舞われている飲み物のグラスを手にして、神津に対する憤りを口にしあっていた。

堀井は百八十センチはある長身で、太い眉に大きな目をしており、硬そうな髪の毛が盛りあがっているから、女性社員の間では仁王さんと呼ばれている。

対して赤羽は、百六十センチ台半ばで、顔のパーツが丸顔の中心に寄っていて、迫力に乏しい面立(おもだ)ちをしていることから、陰ではゆるキャラ風に赤にゃんと呼ばれている。

外見は対照的な二人だが、同い年で課長への昇進時期が同じだったり、物怖じしない性格の持ち主であったり、柔道では学生時代に全国大会へ出場した経歴を持っていたりと、なにかと共通したところがある。

また二人は社内で一、二を争う酒豪で、今も晩餐会前だというのに先刻から何杯もお代わりをしている。彼らにとっては、神津への怒りも肴になるらしい。

そのとき東側のホワイエに繋がっている通路付近が騒がしくなった。右子は胸騒ぎがして近くまでいってみた。通路の入り口には警備員が二人立っていた。一人に、向こう側でなにかあったのかと訊いたが、知らないと素っ気ない返事だった。

通路の向こう側からタキシードを着た男性が数人歩いてきた。右子はなにがあったのかと訊いてみた。喧嘩があったようだと、一人がこたえた。あとからでてきた男性は、喧嘩は日本人同士だといった。暴力を振るった男が警備員に連れられていったという。

右子は警備員のところへ戻り、責任者に会いたいといった。いま自分は忙しい、持ち場を離れられないと、訛りの強い英語が返ってきた。

では無線で、連行された日本人の名前を訊いてくれと頼んだ。もしかするとそれはわたしたちの会社の社長かもしれないからと、渋る相手を必死に説得した。

警備員がやっと無線で呼びかけてくれた。現地の言葉のやりとりだから話の内容はわからなかったが、途中で警備員が「ウチーノ」と訊き返しているのが聞こえた。右子は、その日本人はいまどこにいるか訊いてくれと頼んだ。

また無線でのやりとりがあったあと、一言「警察署」といった。

一瞬目の前が暗くなり立っているのが辛くなったが、足を踏ん張り、堀井と赤羽のところへ戻った。

「大変」といって、涙がでそうになるのを堪えた。「日本人同士の喧嘩があって、暴力を振るったほうが警察に連行されたっていうの」

堀井と赤羽の目が見開かれた。

「それが社長のようなのよ」

「そんな……」

「わたし、これから警察署にいってきます」

「おれは大使館へ連絡してみる」と赤羽がこたえた。

右子は玄関を走り抜け、タクシーに乗った。一番近い警察署にいってくれと早口でいった。ものの五分でついた。チップをはずんで車をおりると警察署の建物へ入った。人がおおぜいいてどこにいけばいいのかわからないので、最初に見つけた制服姿の大男に、いまタキシード姿の日本人が連行されてこなかったかと訊いた。

大男が、ああ、あれか、という顔をした。運よく英語が通じたようだ。彼はわたしの会社の社長だから会わせてほしいというと、大男は両手の掌(てのひら)を上に向けて「たぶん、無理だよ」といった。

しつこく頼むと、ちょっとここで待てといって奥に入っていった。

一人残され、周囲の好奇の目に晒(さら)された。ドレスアップした三十三歳の日本人女性の姿はここではあまりに場違いな存在だった。

五分ほどして大男が戻ってきた。先刻より厳しい顔つきで「あなたは彼に会うことができない」と強い調子でいった。重ねて懇願しても、ノーというばかりだった。

堀井と赤羽に連絡をとり、ホテルのロビーで落ち合うことにした。

右子は途中、会社の顧問弁護士の携帯番号に電話した。日本は夜中だが、でてくれた。事情を話し、法律事務所の提携先がブルシアにあるなら、こちらの弁護士を手配してほしいと頼んだ。

ホテルのロビーで、堀井と赤羽が右子を待っていた。

「警察へ連行されたのは、社長で間違いなかった」堀井が険しい顔つきでいった。「晩餐会を中座してきた日本人から聞きだしたんだが、社長が神津ケミクスの社長を殴ったというんだ。近くにいた梶川(かじかわ)産業の社長がとめて、警備員へ引き渡したらしい」

「警察署へ日本人が連行されたのも確認しました。会わせてもらえなかったけど」

「弁護士じゃないとだめか」

「さっき、顧問弁護士に電話して、こちらの弁護士を手配してもらうように依頼しました。で、神津社長はどうなったんですか？」

「怪我(けが)をしたけれども、軽傷だったんじゃないかという話だった。その後、晩餐会には出席していたみたいだから」

「それならすぐに帰してもらえるかも」赤羽が小さな頷きを繰り返した。「いま大使館のほうから警察へ問い合わせをしてもらっている。状況がわかり次第、連絡がくることになっている」

「まずは着替えて、もう一度ここに集まろう。その間に弁護士から連絡があるだろう」

堀井の提案に二人が同意して、エレベーターホールへ向かった。ケージの中で三人はそれぞれ壁際に立ち、天井や床を無言で見つめた。

三人は十五階でケージからおりると、重い足取りで長い廊下を歩いた。途中、右子は内野の部屋のドアに貼られた１５２７のプレートを目にして立ちどまった。前をいく堀井と赤羽がそれぞれの部屋に入り、廊下には右子一人になった。その場を離れがたく、しばらく立ち尽くしていた。エレベーターホールから人声が聞こえてきたので、振り切るようにして自分の部屋の前までいった。

鍵を鍵穴に差し込んで解錠した。

室内に入って明かりを点けると一目で違うと思った。部屋をでたときと、スーツケースの位置が違うのだ。スーツケースを開けてみると、あきらかに中がかきまわされていた。クローゼットの扉を開ける。きちっとハンガーにかけていた服が乱れていた。ブラウスが床に落ちてもいる。

泥棒……。こんなときに、と唇を嚙みしめた。

スーツケースの中を点検した。金目のものといえば、アクセサリー類かパソコンしかないが、それらはすべてあった。クローゼットをもう一度見る。服も全部ある。

盗まれたものはないが、誰かが侵入したのはあきらかだった。

電話の音。驚きで身体がびくりと反応してしまった。警戒しながら受話器を耳に当てた。

「片平さんか？」堀井の声だった。『おれの部屋が荒らされているんだ。赤羽のところもだ。そっちは大丈夫か？」

「大丈夫じゃない。スーツケースの中を物色されたみたい。盗られたものはないようですけど」

「やっぱりな。ちょっと、フロントにいってくるよ」

右子は切れた電話の受話器を持ったまま、しばし立ち尽くした。

十五分ほど経ったとき、堀井から部屋に戻ってきたと電話があった。すぐに部屋をでると、廊下で赤羽と一緒になった。堀井がドアを開けて待っていた。その顔は眉間に深い皺が刻まれ、より険しくなっている。

「おれたちの部屋に入ったのは警察だったんだ」

「なんで？」赤羽が大声をだした。

「最初は内野社長の部屋を調べにきたらしい。そこでなにかが発見されたので、同行者の部屋も調べることになったと」

「なにかって？」

「それは聞かされていないと、フロントはいっていた」

そのとき電子音が鳴った。赤羽がポケットからスマートフォンをとりだした。

彼の言葉の様子から、相手は日本大使館のようだった。

「そんな馬鹿な」赤羽が尋常ではない大声をだした。「それはあり得ない。あり得ないですよ」

相手の言葉を聞いているのか急に黙ったあと、また声を荒らげた。「間違いですって」

何度も否定し、最後は大きく吐息を漏らしてからいった。「とにかく、一刻も早く社長を解放してもらえるように交渉してください。ええ、よろしくお願いします」

赤羽は誰もいない空間に向かってお辞儀をしながら通話を終えると、睨むように堀井と右子を順に見た。

「社長の部屋から大量のドラッグが発見されたそうだ。それで警察は傷害事件だけでなく、薬物所持でも調べているんだと。だからすぐに釈放にはならないといっているらしい」

「ドラッグだと？　社長がそんなもの、持っているわけないだろう」堀井も大声でいった。

「おれもそういったよ。とにかくいまは、大使館員も会うことができないそうだ。で――」

「で、なんだ？」

「この国では、麻薬や覚醒剤所持の最高刑は死刑だそうだ」

右子は思わず自分自身を抱きしめるようにした。それでも動悸がおさまらなかった。

「日本へ連絡しよう」堀井がいった。

三人は手分けして副社長はじめ、主だった役員へ一報を入れた。

日本への連絡を終えた直後に顧問弁護士から連絡があった。手配できたのは、提携先の米国の法律事務所がブルシアにだしている支所の弁護士だそうだ。

一時間ほど待っていると、その弁護士から内野との接見を終えたのでこれからホテルへいくと連絡があった。

担当の弁護士はマニー・ゲイツという名前の、三十代後半に見える白人男性だった。

「さて、いい知らせと悪い知らせがあるんだが、どちらから聞きたい？」と、ゲイツがお決まりの台詞(せりふ)を口にした。

「悪いほうから聞いておくか。いやいや、いい知らせからだ」

堀井の英語はブロークンに聞こえるが、けっこう通じるようだ。

ゲイツは以前日本人と仕事をしたことがあるのか、内野のことをさんづけで呼んだ。

「ウチノさんは元気でした。冷静に話ができています。彼は暴力を振るっていないと主張しています。ただ相手の肩を、両肩を摑んでゆすったかもしれないといっています。そうしたら、相手が倒れてしまったと」

「その程度のことで逮捕されたのか？」堀井が不服顔で言葉を挟んだ。

「近くにいた日本人がとめに入ったそうです。なぜなら、ウチノさんが相手を倒して馬乗りになり、さらに乱暴しようとしていたからだそうです。つまり、周囲にはそのように見えたということです。相手の人も、強い力で倒されて殴られそうになり、殺されるかと思ったといっているようです」

「でたらめをいいやがって」堀井が日本語でいった。

ゲイツが眉をあげて、わからないという表情をしてから言葉を続けた。「いずれにしてもその程度の傷害だったら、もう釈放されているでしょう。外国人ですしね。ここからは悪い知らせです。聞きますか？」

「当たり前だ」

「あなたたちも知っているように、ウチノさんの部屋からドラッグが発見されました。メタンフェタミンが二百グラムです」

「覚醒剤か」

「それでウチノさんは重罪人として扱われています。この国では覚醒剤の罪は非常に重く、最高刑は死刑です。外から持ち込んだ外国人にはとくに厳しいですね」

「外国人の死刑の前例があるということですか？」

「いくらでも」

「今回のようなケースでは？」

「覚醒剤二百グラムですよ。じゅうぶんにあり得ますね」

「いいですか、この点ははっきり伝えておきます」右子は身を乗りだした。「わたしたちの社長は、絶対に覚醒剤を持ち込む人ではありません」

「あなたがたの気持ちは理解していますが、ではなぜ彼の持ち物からドラッグが発見されたのですか」

「それは……」右子は一呼吸してからいった。「誰かが社長を罠にかけたのです」

「それは誰ですか？」

右子は間違ったドレスコードの情報を神津ケミクスから伝えられたことと、それを知ったときの内野の言葉を伝えた。

「そういう嫌がらせがあったことは、覚えておきましょう」

「ところで、内野社長に会うことは可能でしょうか」

「いまは無理ですね。さきほどいったように、重罪人なのでね」

「そうですか。せめて、姿だけでも見られれば」

「それなら、あすチャンスがあるかもしれない。いま勾留されている警察署から中央警察署に身柄が移されるので、車に乗るときに。時間がわかったら連絡します。たぶん午後になるでしょう」

「お願いします。あしたの午前中に内野社長の衣服を買って事務所に届けますから、接見のときに渡していただけますか？」

「それは可能でしょう」

弁護士が帰ると、すでに深夜になっているのにはじめて気づいた。

「いま日本は何時だ？」堀井が背もたれに倒れ込むようにしながら赤羽に訊いた。

「時差が二時間だから午前二時過ぎだね」赤羽がこたえる。

「向こうは寝ずに待っているだろうから、続報を入れるか」

堀井がそういってスマートフォンをとりだした。

日本への連絡を済ませて部屋へ引きあげたのは午前一時半ごろだった。

右子はシャワーを浴びた。涙を熱い湯が流してくれた。タオルで顔を拭いた瞬間に泣くのをやめた。

一睡もできないまま朝を迎えた。お湯を沸かし、部屋に備えてあったインスタントコーヒーを濃いめに淹れて飲んだ。苦味で身体を刺激してから堀井の部屋へいった。

赤羽がドアを開けてくれた。

堀井が奥から「ちょっと苦戦している」といった。テーブルの上にノートパソコンが載せられ、その前にかがみこんで独り言を呟きながらキーを打っていた。

「よし、これでどうだ」

「堀井さん、映りました」と、パソコンが喋った。むろん声の主は東京支社の人間だ。テレビ会議ソフトの起動に成功し、画面が十分割されてそれぞれに顔が映っていた。

赤部本社と東京、大阪両支社の会議室に人数分のノートパソコンが持ち込まれ、それぞれの出席者の前に置かれているのだ。

赤部本社側には石倉良雄副社長はじめ取締役五人の顔が見える。東京支社は藤井茂支社長と安井公彦営業本部長、大阪支社は支社長が参加している。

堀井が代表して状況を説明した。

「なぜ、喧嘩など」藤井の甲高い声がした。「社長に短気なところがあるのはわかっていただろう。きみたちがついていながら、こんなことになって」

「社長は相手の肩を摑んだだけだと、弁護士にいったそうです。相手がバランスを失って倒れ、それが暴力を振るったと勘違いされてしまったんです」右子は続けて、内野と神津の間に確執があったことと、自分たちも嫌がらせを目の当たりにしたと説明した。

「肩を摑んだのは、結局興奮したからだろう」

「それよりも」石倉が藤井の言葉を遮った。「覚醒剤が社長の部屋から見つかったというのは、たしかなのか？」

「我々は見ていないのでなんとも——。ただ警察が証拠をでっちあげる必要もないので、あったことを前提に対処していかなければと思っています」堀井がこたえた。

「わかった。今後のことだが、きみたち三人は滞在を延ばして、そちらで弁護団を組織してほしい。それから藤井さん、顧問弁護士にいって東京側でもブルシア事情に詳しい弁護士をアサインしてもらってください」

法務部は東京支社に置かれており、顧問弁護士も東京の法律事務所に所属している。

「それから」と、堀井が重い口調でいった。「この国では麻薬や覚醒剤犯罪の最高刑は死刑です。申しあげにくいのですが、その最高刑になる確率はかなり高いらしいのです」

画面に映っている出席者の顔が一瞬凍りついたように見えた。


日本とのミーティングを終え、右子はホテルをでた。

主要な道路沿いには高層ビルが建ち並び、先進国の都会と遜色（そんしょく）なかった。地図を見ながら横道に入ると景色が一変した。車一台がやっと通れるような道で、両側の建物の軒がせりだしているため余計に窮屈な感じがした。しばらくいくと十字路があり、立ちどまって交差している道を見た。店か民家なのかわからないような小さな建物が連なっている通りだった。建物といっても、トタンで囲われただけのものも多く、人々がせまい道にたむろしている光景が続いている。

右子は慌てて大きな通りに戻った。地図でもう一度たしかめて、一つ先の大通りを左に曲がった。歩道には人が溢れ、車道は渋滞していた。オートバイの数が異様なほど多く、車線もなにも関係なく、無秩序に走っている。だいたい信号というものをあまり目にしなかった。いたるところで車道を横切る人を見かけるが、自動車もオートバイも譲る気配がなく、命懸けの横断のように見えた。

イスラム教徒が大多数を占めているためか、人々の服装は地味な色合いが多い。女性はヒジャブという布を頭に巻いている姿が目立つが、みなが頭を覆っているわけではなく、その点は中東諸国ほど厳しくはないようだった。

ようやくショッピングモールの入り口が見えてきた。人の流れに交じって建物の中に足を踏み入れた。

国際的なブランドの店が並ぶ中、カジュアルウエアを海外展開している日本のブランドショップに入った。留置場に閉じ込められている内野のために、身体に楽そうな服を探して買った。大きな袋を抱えて、法律事務所を訪ねた。マニー・ゲイツ弁護士を呼んでもらい、接見のときに差し入れてほしいと、買い物袋を手渡した。そのとき、中央警察署に移送される時刻が午後一時だと教えてもらった。

堀井と赤羽はそれぞれ取引先へ出向いているため、右子は一人で警察署へいった。

建物の裏へ回り、駐車場が見えるところで佇んだ。だがなんの動きもないまま午後一時を過ぎてしまった。十分、二十分と過ぎたが変化がなかった。中止になったのだろうかと不安になる。

一時半を回った。ゲイツ弁護士に電話をしてみようかと考えたとき、駐車スペースから一台のバンが動き、裏口の近くにつけた。建物から警察官が一名でてきてバンの後部ドアを開けた。

建物から警察官に腕をとられて内野がでてきた。

右子は警察署の敷地に吸い寄せられるように入った。

「匠也さん」右子は思わず叫んだ。

内野がこちらを見た。悲しげな目だった。なにかいいたそうにしたが、警察官が強引に頭を押さえてバンに乗せてしまった。

バンが発車して、その姿が見えなくなるまで、右子は立ち尽くしていた。

ホテルへ引き返すと、取引先から戻ってきた堀井と合流した。ロビーを歩いているとき、メールの着信音が鳴った。堀井もスマートフォンをとりだしていた。最初のほうを読むと、斜め読みするような内容ではなかった。壁際に移動して読み直した。

さきほど、ブルシアで日本人の会社社長が、覚醒剤所持の容疑で逮捕されたというニュースがテレビで流れたという内容だった。まだ氏名はでていないが、これも時間の問題だと書かれていた。

「海外で日本人が逮捕されればニュースになるよな」堀井が天を仰ぎながらいった。「これで社長の名前や会社名がでれば、大変なことになる」

「どのくらいの影響がでるかしら」

「取引先がどうでるか。おれたちがいくら社長は潔白だといっても、そう簡単には信じてもらえないだろう。覚醒剤が絡んでいるとなると相手はよけいに警戒する。取引停止をいってくるところもでてくるかもしれないな」

「なんとしても無罪にしないといけないということですね」

右子は唇を強く噛んだ。

2

夜明け前に目が覚めてから、片平右子は窓際に佇んでガラスを伝う雨のしずくを眺めていた。

日曜日の昨日は一日ホテルにいて、清掃係やルームサービス係をつかまえては、金曜日の夕方以降に不審者を見かけなかったかを訊いて回った。このホテルの客室階には防犯カメラが設置されていないので人の目をあてにするしかないのだが、欲しい情報は得られなかった。

七時半に堀井武史と赤羽賢太郎から朝食の誘いがあった。食欲はなかったが、飲み物だけでもと思い一緒にいった。

ダイニングルームの席につき、スマートフォンをテーブルに置いた途端にメールの着信があった。堀井と赤羽も同時にポケットに手を入れた。あまりいい知らせではないような気がした。メールの冒頭を読み、右子は顔をあげて堀井と赤羽を見た。二人とも同じように顔をあげて唇を強く結んでから、また手元に目を戻した。

本日発売の週刊誌に、ブルシアで覚醒剤所持の疑いで逮捕されたのは、アカベックの社長だと書かれているという内容だった。週刊誌の記事を画像にしたファイルが添付されていた。

優良企業の社長と反社会的勢力との繋がり、という大きな文字が目についた。

ブルシアで覚醒剤所持の容疑で逮捕された株式会社アカベック社長の内野匠也容疑者は、組織暴力団K会の幹部とクラブで一緒に酒を酌み交わし、ゴルフを共にする仲だった、とはじまる記事だった。ご丁寧に暴力団幹部と並んだ写真が添えられていた。ゴルフ場ではグリーン上で話をしている構図のもの、クラブではホステスに囲まれた二人のスナップショットのようなもので、内野以外の顔はぼかしが入っていた。

さらに、その暴力団が実質的に経営している運送会社に仕事を回しているというのだ。

ブルシアでのことは記事の最初に急遽挿入した感じがした。本題は内野社長と暴力団幹部との交際があったというもので、以前から取材をしていなければ書けない内容だった。内野社長に真偽を確認にいったが本人は否定した、という記述もあった。

堀井が東京支社に電話を入れた。右子も東京支社内の秘書室に電話をした。でたのは磯辺久志だった。六年前に新卒で入社してきた若手だ。

「片平さん、もう、大変ですよ。外からじゃんじゃん電話がかかってきて、パンクしそうです。本社だけじゃなく、こっちにもかかってくるんです」

秘書室の本体は赤部本社にあって全役員のサポートをしており、室長はそこにいる。社長が東京に常勤するようになってから、東京支社に秘書室の東京分室という形で三人の秘書チームができたのだ。右子はそのリーダーを務めていた。

「どこからかかってきてるの？」

「こっちに回ってきているのは、マスコミとか業界紙関係です。取引先は営業本部と調達本部で対応中ですが、なにしろ情報がないもんだから、あとでご報告しますの一点張りです。とにかく片平さん、早く帰ってきてください。お願いします」最後は悲鳴のような声になった。

堀井が通話を切りながらいった。「事情が変わったので、あとのことを弁護士に任せていったん帰国しろといわれた」

「社長を残してですか」

右子は本社の秘書室長に電話をして、自分だけでも残りたいと伝えた。

「社長室が東京にあるから、問い合わせが東京支社にいくことが多いんだ。秘書室が対応を間違えると影響が大きいから、きみがちゃんと締めてくれ。いまそっちにいてもできることはないだろう。あとは弁護士に任せなさい」室長の口調も切迫していた。

会社の命令とあれば承知せざるを得なかった。

右子はゲイツ弁護士に電話し、日本で報道された内容を伝え、それを内野に説明してほしいと頼んだ。

夕方、接見を終えたゲイツがホテルにやってきた。

内野は宍戸という男とクラブやゴルフにいったことやリバーウエスト運輸に発注したのは事実だと認めたという。だがそれは両方とも神津ケミクスの神津社長から依頼されたものだったといっている。それもブルシアの要人に対して賄賂を贈るという神津の提案を断ったために、国内の接待ぐらいは分担しろといわれたのだと。宍戸とリバーウエスト運輸が反社だとわかったあとで、神津に電話をして、反社と知りながら紹介したのだろうと詰問したのだが、そんな男や会社は知らないし紹介した覚えもないと全否定された。直接会いにいっても、居留守を使われて会うことができなかった。そこで、晩餐会の前に問い詰めようとして逮捕に繋がる事態を招いてしまったということだった。

「神津のほうが反社とつきあってるってことか」堀井がいつもの癖で拳を前に突きだした。

「神津が日本の暴力団と繋がりがあるとしたら、その関係で、こちらの犯罪組織に頼み事ができるのじゃないかしら」

「社長の部屋に覚醒剤を置いたのが、その組織のものかもしれないと？」赤羽がいった。

「そう」右子は今の話をゲイツに説明してから「必ず、社長の部屋に覚醒剤を置いた人間がいるはずなので、その調査をしてください」と頼んだ。

「調べてみます。でも簡単ではないでしょう」

「部屋の鍵を手に入れられる人がそれほどいるとは思えないけど」

客室の鍵は鍵穴に入れるタイプのもので、晩餐会へいくときにフロントに預けていった。

「鍵を持ちだせる人間を買収するのは簡単ですよ、この国ではね」

ゲイツが眉をあげながら肩をすくめた。

3

「それにしても、すごい数ですね」赤羽賢太郎が会議室のブラインドを押しさげて外を覗きながらいった。道の向こう側に報道陣のカメラが並んでいた。

「昨日から、こんな感じだよ」藤井茂東京支社長が口元を歪めながらいった。「ニュースで報じられたのは外国で逮捕されたことだけだが、テレビのワイドショーでは反社とのつきあいがどうのこうのとやってくれている。社長もとんでもないのとつきあってたもんだよ」

「ほんとに」と、安井公彦営業本部長が同調した。

「お二人とも、なにをいっているんですか。社長が相手を暴力団と知って接待するわけないじゃないですか」右子はつい言葉を荒らげてしまった。

「きみも見ただろう。写真を撮られているんだよ」

右子が反論しようとしたときに、テレビ会議が繋がったという声がした。

大型モニターの中に赤部本社と大阪支社の会議室の様子が映しだされていた。

前回ブルシアから参加した会議と同じ顔ぶれだった。

「では、はじめよう」石倉の声がした。「まずブルシアの状況を説明してもらおうか」

堀井が代表して、ゲイツ弁護士が内野から聞きとった内容を説明した。

「そうすると、どれも神津社長が関わっているというわけなんだな」石倉がゆっくりといった。

「そもそもが、日本でのことを向こうで神津に抗議したのが発端ですから」堀井がこたえる。

「社長は日本にいるときに、何度も神津に面会を求めたそうですが、向こうが会おうとしなかったために、ブルシアでの晩餐会が唯一のチャンスだと思われたようです」

右子は会議テーブルの上にある週刊誌を見つめた。高車会の宍戸という男を接待するように仕向けたのが神津なら、週刊誌に記事を載せるように画策したのも神津ということになる。

写真は宍戸が記念撮影よろしくホステスやキャディに撮ってもらったものだろう。その写真を提供して記者の関心をひいたのか、最初から記者を買収して書かせたのか。

「状況はよくわかった」石倉の声がスピーカーを通して聞こえた。「いま我々が直面している問題は二つある。一つは社長がブルシアでかけられている覚醒剤所持の容疑を晴らさなければならないこと。もう一つは反社勢力との交際を疑われて、取引先が契約解除を申し入れてくるのを防がなければならないことだ。まあ、両方とも神津社長の計略だと証明できれば解決するわけだが」

「しかし、神津の計略だったと証明する方法がありませんね」藤井が妙にさめた調子でいった。

「ブルシアの警察に、神津が覚醒剤を社長の部屋にわざと置いたと主張するのですか？　反社とのつきあいを否定するにしても、どこに訴えるかです。国内では警察沙汰になっているわけではないので、こちらの主張の場がないんです。もし記者会見を開いて、いきなり神津の紹介だったといったら、それはそれで大変なことになるでしょう。内野社長の一方的な主張に過ぎないんだから」

「支社長、社長は嘘をいう方ではありません」右子は口を挟んだ。

「世間的に考えて、覚醒剤所持で逮捕された人間の言葉を信用するか？　わたしだって社長の言葉は信じているよ。ただ、社長の主張だけで神津を名指しで非難できないといっているんだ」

言い方はともかく、藤井のいうことは世間の人々の感覚に近いと認めざるを得なかった。

「記者会見で名指しするなら、依頼してきた電話の録音データを開示するなどしなければ信じてもらえないだろう」石倉が引きとった。「できるだけこちらの主張を裏づける材料を集めて、週刊誌を名誉棄損で訴えることが唯一の方法かもしれないな。どうだろう、奥野（おくの）さん」

「そうですね。民事と刑事がありますが、この際、刑事告訴したほうがいいと思います」

奥野将良（まさよし）専務がこたえた。石倉とともに若い社長を支えている重鎮の一人である。

「刑事告訴だね。検察を動かせれば、神津ケミクスや神津社長への捜査も可能だろうし」

「社長の救出はどうなりますか」右子は画面に映っている石倉の顔を見ながらいった。

「簡単ではないだろう。実際に社長の部屋から覚醒剤が見つかったわけだからね。みなさんの中でなにか意見があれば聞きましょう」

右子は高車会と関係しているブルシアの犯罪組織が、社長の部屋に覚醒剤を置いた可能性が高いことと、それを証明できれば社長の容疑が晴れるはずだといった。

「そうだな。しかし神津と高車会、そして高車会とブルシアの犯罪組織との繋がりを証明するのは、社員の仕事ではない。顧問弁護士と調査会社に相談して、どんな方法がとれるか話し合ってみよう。みなさんは、取引先への対応を丁寧に行ってください」

石倉が最後を締めくくって会議は終了した。

社員の仕事ではない――。たしかにそうかもしれないが、それでは右子の気が済まなかった。


優良企業の社長が外国で逮捕されただけでもセンセーショナルな出来事だが、国内でも反社会的勢力と交際していたという記事がでたものだからよけいに話題性が増し、テレビのワイドショーや週刊誌の恰好の餌食となった。露出が増えるたびに社屋の前に並ぶカメラが増えていく。

社内では電話がひっきりなしに鳴り、通常業務に支障がでていた。問い合わせをしてくるのは、顧客企業もあれば、代理店、仕入れ先もある。大半が、週刊誌の記事はほんとうなのかというものだった。相手も、反社会的勢力と関係のある会社と取引をしていたら、今度は自分たちが咎められるので必死に確認をとってくるのだ。

世間の風当たりも強かった。海外で覚醒剤所持で逮捕されたきっかけは、他社の社長に暴力をはたらいたからだと報道され、内野がふだんから乱暴な言葉遣いで、すぐに手がでる荒い性格の社長だという印象を与えたらしい。マスコミの報道は、そうしたイメージへ誘導するように、内野のマイナス材料を探しだそうとやっきになっているようだった。

4

丸の内にある高層ビルの壁面に幾何学模様をつくっている窓が陽の光を反射している。新三友ビルという名称からわかるように、主に三友グループの企業が入っているが、四分の三は三友商事本社が占めていた。

三友商事専務取締役の黒部史郎は二十二階の長い廊下を歩いていた。五分前に会長の上原憲明に呼びだされたのだ。

会長室に入ると、神津義孝がいた。二人とも笑顔を見せていた。

「急にきてもらって済まなかったね。それというのも、神津さんがとてもいい話を持ってこられたので、あなたに検討してもらいたいと思ってね」上原が機嫌のよさそうな調子でいった。

黒部は無言で上原の横に座り、神津に目礼をした。

「アカベックの社長がブルシアで逮捕された事件は知っているだろう？」

「はい」

「神津さんへの暴行がきっかけで覚醒剤所持が発覚したそうだ。まあ、神津さんの怪我が軽くてよかったけれども、それにしても、ああいう社長を持った社員が気の毒だな」

「はい」

「神津さんによると、あの会社は早晩潰れるというんだ。反社会的勢力とつきあっていたとなれば、取引先から契約解除されて事業に支障をきたす」

「アカベックがですか？　あそこはこれまでかなりの利益をだしていたと思いますが。ある程度は持ちこたえる体力があるのではないですか」

「わたしもそう思ったんだがね」会長が神津の顔を見た。

「みなさん、そうおっしゃるんですが」神津が口を開いた。「あの会社の有利子負債をご存じですか。一千億以上あるんですよ。銀行が即時返済を求めれば、ひとたまりもない」

「それだけの借金ができるということは、銀行とはそうとう強い結びつきがあるのでしょう」

「これまではね」神津が意味ありげに言葉を切って目を細め、口元に笑みを浮かべてから続けた。「銀行が反社と関係がある会社に融資を続けていたら、株主から突きあげられるでしょう。役員が反社と交際したとわかれば、期限の利益の喪失条件に該当するわけですよ。銀行の幹部がそのことを考えれば、即時返済を求めるはずです」

「どうだ、おもしろい話じゃないか」会長がいった。

「その話と、当社がどう関係するのですか」

「以前にも神津さんから、アカベックを買収できないかという話があったんだ。だが向こうにまったくその気がないし、あれだけ業績がいいところだから高過ぎて無理だと、お断りをした。

たしかに神津ケミクスとアカベックを一緒に持てば、業界ではかなりおもしろい存在になるだろうとは思ったが、いかんせん高い。そこに今回の事件だ。向こうは独立独歩だなんていっていられない状況になるし、こういう事態になれば安くなる」

「つまり、うちが買収するということですか？　しかし、まずは現経営陣が残る再生案になるのではないですかね」

「そこですよ」神津がいった。「最初はそういう話がでるかもしれないが、成功するとは思えない。最後は会社更生法が適用される事案でしょう。そのほうが御社としても、安く買えるわけです」

「そんなに都合よく進みますか？」

「あそこのメインバンクは丹波(たんば)銀行です。三友生命や三友銀行が大株主じゃないですか。いかようにもなるというものですよ」神津が含み笑いをしながらいった。

「うちにとっても、神津ケミクスとアカベックを両方持ったほうが、価値が何倍にもなるじゃないか」会長が黒部を見据えながらいった。「やってくれ。まずは丹波を動かしてほしい。ほかの役員への根回しはしておくから」

「わかりました」黒部は一拍あけてこたえた。

「よかった、よかった。黒部さんにお任せすれば間違いないですからね」

神津が嬉しそうにいった。

5

赤部駅におりると、最初にペデストリアンデッキで結ばれた建物群が目に入る。正面にある十二階建てのウチノビルには地元のデパートと専門店が入り、ショッピングセンターになっている。隣はコンサートホールがある文化会館で、さらにその隣は地元工芸品を実演販売する店が集まり、上層階にはカルチャーセンターや美術館がある複合ビルになっている。

これらを総称してサーモシティといい、赤部体温計の創業地周辺を内野家が開発してきた。同規模の市に比べて文化施設がはるかに充実している所以(ゆえん)だった。

片平右子は堀井武史とともにサーモシティの建物を見上げながらタクシー乗り場へ向かった。石倉副社長からブルシアの様子を直接聞きたいといわれたのだ。

駅周辺のビルの先には昔からのアーケードで繋がれた商店街があり、そこを抜けると住宅街になっている。アカベック本社と工場は、住宅地が途切れたところにある丘の中腹に建っている。

「お客さんら、会社の方やね？」

タクシーに乗って行先を告げると、運転手がバックミラー越しに訊いてきた。

「ええ」右子がこたえた。

「裏へつけましょか？　正面はカメラマンやら記者やら、ようけいとりますよ」

「そうしてもらえますか」

「社長さんのことは、なんかの間違いやと、わたしらは思うてます」運転手はそういいながら発車した。

裏門から社屋に入ると、三階にあがって副社長室へいった。ここは先代の社長室だったところで、役員会ができる広さがある。

石倉良雄副社長は二人を労ったあと、ブルシアの状況報告を求めた。内野社長や現地弁護士の言葉の一言一句をそのまま聞きたいというのだ。

右子は堀井とともに、感情を交えずにできるだけ正確に伝えた。

「そうか。社長は一人で悩んでいたんだな」石倉がすべてを聞き終えてから、しみじみといった。「知らず知らずのうちに反社とつきあわされて、おまけに自身の指示で取引までしてしまい、なんとか挽回しようと――」最後は言葉を詰まらせたようだった。

「卑劣なのは神津です。前々から、あそこのやり方は汚いという噂でしたが、トップがそういう人間だったからだと、今回はじめてわかりました」堀井が興奮気味にいった。

「それほど評判が悪かったのか？」

「はい。営業でよくぶつかりましたが、不利なときは、接待で客の担当を丸め込むのが常套手段でした。いまは昔と違って官公庁は接待を受けるのが禁じられていますし、民間もうるさくなっているんですが、やつらは誰にもわからないように接待するからと、客を安心させてやるんです」

「とんでもない相手に目をつけられたというわけか」

「目をつけられた、とおっしゃいますと？」

「神津の一連の行動は、単なる嫌がらせではないはずだ。目的はうちの会社を潰すことだろう」

「競合会社を蹴落とすためですか？　しかしうちを潰しても、ほかにも競合はありますが」

「潰しておいて、最後は乗っ取るつもりだろう。互いの製品群を合わせれば業界での存在価値があがる。シナジー効果は大きい」

石倉が立ちあがって、自分のデスクにいき、一枚の紙を持って戻ってきた。

「昔の業界紙に神津のインタビュー記事が載っていた」

見出しは「新社長に聞く」だった。日付は三十年ほど前である。会社名は神津産業となっており、インタビュー記事の下に会社概要が紹介されていた。創業は大正八年、創業者は三友財閥の創始者の孫娘が嫁いだ相手で、男爵だった。神津義孝が三十歳で跡を継いだときのインタビューである。将来の抱負を訊かれて、三友の血を引くものとして業界大手の一角を担うような会社にしていきたいと述べている。当時の神津産業は資本金五億円、従業員六百五十名の会社だったが、現在の神津ケミクスは資本金五億円、従業員八百名の会社だから、神津が目指した会社の規模にはなっていないことになる。

「結局神津は会社を思うように発展させられなかった」二人が記事を読み終わったあとで、石倉がいった。「神津は自力で大会社にするのを諦めて、三友商事に身売りしたんだろうな。株を三友に引きとってもらって、とりあえずはキャピタルゲインを得る道を選んだ。だが大会社の社長になることは諦めていなかった。三友に同業他社を買わせて、その会社を神津ケミクスに吸収していき、大会社にしていこうと考えたのだろう。その標的になったのがアカベックというわけだ」

「なぜ、うちが狙われたのですか？」堀井が訊いた。

「まずは互いの製品を合わせると、シナジー効果が大きいというのがあるだろう。もう一つは恨みかもしれない」

「え？」右子と堀井は同時に訊き返した。

「十年以上前になるが、神津ケミクスからうちに、センサーの特許に関するクロスライセンスの申し出があった。先代は向こう側の特許を見て、うちにはメリットがなにもないといって断ったんだ。神津はしつこくいってきた。切実な事情があったのだろうな。しかし先代は断固として突っぱねた」

「ということは、これで終わりではないんですね？」

「そうだ。これからいろいろなことが起こってくるだろう。その件と関係しているかどうかわからないが、今日、丹波銀行に大野(おおの)さんが呼びだされた。いま、島岡(しまおか)を連れていっているところだ。ブルシアでの逮捕がニュースで流れて以来、何度も説明を求められたが、今回はちょっと様子が違う。きみたちも彼らの帰りを待っていてくれないか」

大野知和(ともかず)は管理本部長、島岡佑樹(ゆうき)は財務部で丹波銀行を担当している係長だ。

右子と堀井は副社長室にある会議テーブルの端で待った。

午後八時を過ぎ、アカベックの敷地の外は真っ暗になった。その闇の中から門灯に照らされてタクシーが一台現れた。玄関前の車寄せに停まり、大野と島岡が疲れた様子ででてきた。

それぞれの自席で待っていた幹部たちが、副社長室に集まってきた。

大野と島岡が入ってきて、石倉の近くの席に腰をおろした。

「丹波銀行は強硬です。貸付金の即時返済をいってきました」大野が言葉を詰まらせて、唇を噛んだ。

「なにを根拠に、そんな――」誰かが声を荒らげた。

「期限の利益の喪失条件に反社条項が入っている」大野が怒ったようにこたえた。

期限の利益の喪失とは、借金をして分割払いにしている途中で、残金を即刻返済しなければならない状況になることだ。一般的に会社が不渡りをだしたり清算になるなどして事業が継続できなくなった場合が該当するが、代表者が訴追されたり、反社会的勢力とのつきあいが発覚した場合も含まれる。

「いくらになる?」石倉が島岡に訊いた。

「八百五十三億四千八百とび、六万九千五百二十一円になります」

島岡がいつもの几帳面な口調で、なにも見ずにこたえた。

「即時返済は無理だな」

「それができなければ担保を差しだせといってきました」大野の顔から赤みが消えていた。

これまではアカベックの強固な収益体質や、実際の成長性を評価して無担保で融資をしてくれた。むろん、期限の利益の喪失条件は、営業利益や資産状況の細目におよんでいたが、これまでそれらは良好な業績で問題になることはなかった。

銀行としても融資先の企業が利益をだし続けているのなら、いくら多額の借金があろうと利息を払ってくれる会社はありがたい存在だ。しかしいったん懸念材料がでて先行きに少しでも不安が生じれば話は別になる。銀行の幹部がその企業を支えようとするか、それとも早期に不安の芽を摘んでおこうとするかでわかれる。保身を考えれば早期回収を選ぶだろう。もしも回収できなかったら、最悪の場合、株主に訴えられる危険性があるからだ。

いま丹波銀行の中では、まさにそういう力が働いているに違いなかった。アカベックという会社と、社員やその家族にどんな影響を与えるのかは知らないという態度だ。

メインバンクのすることか、という声があがった。

「担保はなにを?」石倉が冷静な口調で訊いた。

「不動産と他社の株式しか認められないといってきています」

「資産は負債を上回っているという話だったじゃないか」出席者の中から非難めいた声があがった。

「不動産は取得価額で計上しております。バブル期に取得したものが多いため、一見あるように見えますが、実際の価値は平均で十九・四パーセント下がっております」島岡が苦い顔でいった。「とても足りません」

「そもそも銀行がそそのかして買わせた不動産じゃないか。これまでうちのおかげで、さんざんいい目を見てきただろうに。丹波のやり方は汚い」一人が吐き捨てる。

「丹波の動きを察知すれば、ほかの銀行も担保を要求してくると思われます」島岡が吐息を漏らしてから吐きだすようにいった。「すべての借入金の総額は約千百五十七億六千九十一万円になっています」

「それだけ利子を払っていたわけだ。つまり銀行にとってうちは大きな儲け口だった。毎年利益の一部を上納しているようなもんだろう。だから利益を出しているうちは、返済を迫られることはないと思っていたのにな」

「それが、うちと銀行の共通認識だよ。阿吽の呼吸というやつだ。それをいまになって」大野は銀行の連中の顔を思いだしたのか、顔を歪めて叫んだ。そしてぽつりとつけくわえた。「下手すると、黒字倒産だぞ……」

右子は思わず隣の堀井と顔を見合わせた。大野の言葉が室内にこもっているようだった。

6

空にどんよりとした雲がかかっている。まだ午前九時すぎなのに気温は三十度近くある。

片平右子は再びブルシアにきていた。ゴールデンウィークの最中、キャンセル待ちをしてやっと航空券を手に入れたのだ。内野匠也が逮捕されてから二週間近く経った。日本にいる間中歯がゆい思いをしていたが、ここにくると近くにいると思えるだけよかった。

ホテルから歩いてマニー・ゲイツ弁護士のいる法律事務所に寄り、ゲイツとともに中央警察署へ向かった。相変わらずの渋滞の中、ゲイツが苛立ちながら運転していた。

「この国では、交通ルールを守っていると目的地につかないんだ。見てごらんよ。凹みや傷がない車なんてないんだから。おっ」

ゲイツが突然目の前にでてきたオートバイをかわすために横の車にぶつかりそうになったのを、小刻みにブレーキを利かせながら避けていく。

「まったく。アメリカに帰ったら、運転が退屈でしょうがないだろうな」

「帰国の予定でも?」

「いや。じつは、この国のこういうところも気に入っていてね。最初はとんでもないところに飛ばされたと思ったけど、いまは、まあまあ楽しんでるよ」

「それはよかったですね。ところで、わたしがこちらにきたことは、うちの会社の人たちには黙っていてくださいね」

ゲイツは一瞬怪訝な表情を見せたが、一言「もちろん」とだけこたえた。

中央警察署は古めかしい様式の建物だった。玄関を入るとホールになっていて、奥に受付カウンターがある。ゲイツがそこで面会相手の名前をいった。

間もなく担当刑事がやってきて、ホールと繋がっている通路の一つを歩き、小部屋に案内してくれた。

「さて、今日は？」

刑事がゲイツを見てブルシア訛りの英語でいった。

「こちらのレディは、タクヤ・ウチノのセクレタリーです。で、あなたに話したいことがあるというので、面会の機会をつくったわけです」

右子は名刺を渡して名乗り、すぐに切りだした。

「二つお願いがあって参りました。一つは、社長に会わせてほしいのです」

「それはできません」

「なぜですか」

「彼はいまだに覚醒剤の販売先や仕入ルートを話していない。罪を認めてすべてを話せば、面会は認められるだろう」

「彼はなにも知らないのです。日本をでるときに覚醒剤を持っていませんでした。こちらの空港についてからホテルまで、誰とも接触していません。ホテルに滞在中も覚醒剤を手に入れる機会はありませんでした」

「あなたの話はあきらかに矛盾している。彼の部屋から覚醒剤が発見されたのはまぎれもない事実で、唯一の真実だよ」

「彼の身体から覚醒剤が検出されましたか？　当然、調べているのでしょう？」

「もちろん。彼は覚醒剤を使用していないのはわかっている」

「じゃあ、なぜ？」

「自分で使用していないのだから、よほどたちが悪い」

「どうしてですか？」おかしなことをいう刑事だと思った。

「自分のために持っているのではないとすると、考えられるのは、販売目的だ。つまりビジネスをしている。そういう人間こそ我が国にとって有害なんだよ」

しばらく二の句が継げなかった。

「誰かが、彼の外出中に覚醒剤を部屋に置いたのです。これが二つ目のお願いです。必ずその誰かがいるはずなので、彼の部屋に出入りした人を調べてください」

刑事が腕組みをして椅子の背もたれに身体を預けた。そして無言のままでゆっくりと首を振った。

「あなたは彼のことを知らないから疑うのです」右子は相手が遠くなった分を詰めるように身を乗りだした。「彼ほど正直な人はいないし、不正を嫌っている人はいません――」

「申しわけないが」と、刑事が声を大きくした。少し苛立った口調になっていた。「人の性格は関係ないんだ。やったのかやらなかったのかが問題で、彼は覚醒剤を持っていた。それだけでじゅうぶん」

にべもなかった。右子は黙ったが、かわりに刑事を睨みつけた。

中央警察署から帰る途中、右子はゲイツにこの地の犯罪組織に詳しいかを訊ねた。

「担当した事案で関係した組織はいくつかあるけれど。で、なにをしたいの？」

「日本の高車会という暴力団と関係がある組織がどこかを突きとめたいんです」

「その組織がウチノさんの部屋に覚醒剤を置いたと考えている？」

「そうです。ふつうの人にあの量の覚醒剤が、簡単に入手できるとは思えないから」

「あなたはウチノさんが持っていたはずがないと思ってるのですね？」

「もちろんです。あなたは？」

「じつのところ、わたしもウチノさんを信じています。彼と話した印象です。彼は犯罪に手を染める人ではなさそうな気がする」

「じゃあ、協力してください」

「もちろん。それがわたしの仕事だし。日本のヤクザと繋がりを持っている組織があるかどうか、調べてみましょう」

「お願いします」

「日本側の情報も欲しいね。たとえば、こちらの組織とコンタクトをとっている人物の名前がわかるといいね。コウシャカイという組織名のほうが知られているのか、個人の名前のほうなのかわからないから」

「わかりました。日本で調べてみます」

どうやって？　方法はわからないけれど、やるしかない。彼を救うためには。

急にゲイツが怒鳴り声をあげた。いわゆる英語の四文字言葉だった。

「もう少しで当たるところだった」横から割り込んできた車の運転手に中指を立てていた。

「失礼、レディの前で慎むべきだったね」

そういいながらも反省している様子ではなかった。

「問題ないわ」右子はそうこたえて、きょうはじめて笑みを見せた。


右子は五月七日の日曜日に帰国し、翌朝は定時に出勤した。短期間にブルシアと日本を往復したために、起きたときから頭痛がしていた。ゴールデンウィーク明けのせいか、電車の乗客はいつもより疲れた顔をしているようだった。

アカベックの東京支社ビルに入り、受付を通るときに朝の挨拶をしてエレベーターホールに向かった。受付の女性社員たちの態度がぎこちないのが気になった。エレベーターホールには社員が三人いた。

「おはようございます」

声をかけると振り向いた三人が、一瞬間を置いてから、おはようございます、と返してきた。ケージがきて、中に入ってからも、なんとなくよそよそしい雰囲気を感じた。

八階でおりて秘書室に入る。磯辺久志が先にきていて、右子の顔を見るなり妙な顔つきをした。

「おはよう。わたしの顔に、なにかついている？」

右子は磯辺の目を覗き込んだ。

「片平さんはまだ知らないんですね？」

「なにを？」

「これ」と、磯辺が週刊誌を差しだした。「出社して知ったんです。そこのコンビニで買ってきました」

右子は渡された週刊誌を手にとって自席につき、目次のページを広げた。

優良企業の社長の素顔――というタイトルが目に入った。そのページを開くと、社内に愛人が、という文字が目立つように書かれていた。

ブルシアで傷害事件を起こし、ホテルの部屋から覚醒剤が見つかって逮捕された優良企業として知られるアカベックの内野社長は、国内で暴力団の幹部と交際していただけでなく、会社では美人秘書を愛人にしていた――という記事だった。

内野と二人並んだ写真も掲載されていた。女性の顔にはぼかしが入っていて、文中では人気女優似のY子さんというような陳腐な表現をされていたが、アカベック社員ならそれが右子のことだとすぐにわかる。写真は東京支社総務部に秘書室の東京分室が加わった忘年会の記念撮影のときに隣り合わせたときのものだった。周りをカットして、二人だけの構図にしているのだ。

内野は三十歳で結婚して三年後には離婚しており、現在は独身なのだが、それなのに右子を愛人と書いているところに悪意を感じてしまう。記事では二人があたかも離婚前から不倫交際をしていて、それが離婚の原因であるかのように書いてあった。

内野が離婚したのは社長を引き継ぐ前の年で、まだ赤部に住んでいたときのことだ。相手は大阪出身の女性で、性格が合わなかったこともあるが、赤部での田舎暮らしに嫌気がさしたのも原因の一つらしい。子供がいなかったのでドライな協議離婚だったようだ。

右子は秘書室の東京分室ができたときに、将来は経営企画の機能を持たせたいということから、営業企画部のマーケティング課から異動してきたのだ。それまで内野とは接点がなかったので、離婚の原因になりようがなかった。

内野は社長になり、とてつもないプレッシャーに苛まれた時期がある。いきなり千二百名の社員とその家族の生活が、自分の肩にのしかかってきたと感じたのだ。先代は根っからの経営者で、会社経営を楽しんでいたようだが、息子のほうは生真面目で、楽しむどころか社長職が苦痛にすら見えた。すべてを百パーセント受けとめ、百パーセント返そうとした。

そんな社長を支えようとしているうちに公私の壁がなくなっていった。男女の関係になったのは一昨年からだった。内野は結婚しようといってくれたが、右子のほうから待ってほしいといっていた。結婚すれば会社を辞めなければならなくなる。社長の妻が社内にいていいことはない。そう考えると躊躇した。まだまだ秘書として内野をサポートしたいという気持ちが強かったのだ。

近い将来、社長の妻になるかもしれない人間が会社の中にいたら、ほかの社員には迷惑でしかない。だから周囲にはわからないようなつきあい方をしてきた。隠していたからこそスキャンダル扱いされてしまったことになる。

窓のブラインドの隙間から向こう側の歩道を見る。先刻よりカメラの数が増えていた。

「片平さんの姿を撮ろうと狙っているカメラもあるでしょうね。気をつけたほうがいいですよ」

磯辺が後ろからいった。

「ええ。ああいう書き方をされると、なんだか全部安っぽい話になっちゃうわね」

「気にしないことです。わたしは前から知っていましたから、いまさら驚きはしません。ですので態度は変わりませんから、安心してください」

彼はどちらかといえば大雑把な性格だと思っていたが、案外見るところは見ているのだと、認識を少し改めた。

磯辺以外にも気づいていた人がいたのだろう。誰かが週刊誌の記者に情報や写真を提供したに違いないのだから。

「片平さん、丹波銀行からお電話が入っています」

そう呼ばれて、右子は自席に戻って受話器をとりあげた。

用件はブルシアで内野社長の弁護を担当している法律事務所の連絡先と、担当弁護士の名前を教えてくれというものだった。

なんのために必要なのかと訊ねると、丹波銀行の貸付金の担保として会社所有の不動産や有価証券をだしてもらったが、それでは不足しているので、社長の個人資産も担保に入れてもらわなくてはならないというのだ。

「つきましては、内野社長の委任状をいただきたいというわけでございまして。もちろんすべての書類は当行で用意して、担当者を現地に派遣しようと思っております。なんですか、いまは弁護士しか接見できないということですので、社長の実印と委任状を預けて署名していただこうというわけです」

「そこまでしなければならないんですか」

「なにしろ御社への貸付額が膨大なもので、会社の資産だけでは難しいのですよ」

「ひど過ぎません？　いま社長は大変な状況に置かれているんですよ。それを」

「こちらもビジネスですからね」相手の口調が冷たくなった。「それともあなたは、将来のご自分の財産が担保になるのをおもしろくないと思っていらっしゃるのですかな」

語尾には笑いが含まれていた。

右子は唇を噛みしめた。

第三章　破綻

1

　社長の内野匠也がブルシアで逮捕されてから一ヶ月余りが過ぎ、アカベックでは取引先からの契約解除の申し入れが相次いでいた。契約書にある反社（暴排）条項に抵触すれば、相手方は催告なしに契約を解除できることになっているのだ。

　銀行の動きも凄まじさを増し、丹波銀行の動きを察知した他行もオーナー一族の個人保証を求めてきた。融資元はメガバンクの神戸支店が三行、メガの系列の信託銀行神戸支店が二行だった。一気に正常な企業活動ができないところまで追い詰められてきた。

　そしてついに、メインバンクの丹波銀行は事業再生ＡＤＲ（裁判外紛争解決手続）を勧めてきた。銀行に逆らえば、あすにも不渡りを出さざるを得ないのだから、実質的には命令に等しかった。

　ＡＤＲは会社更生法や民事再生法などの裁判所が関与する法的手続きではなく、当事者間で事業再生を進める方法である。法的手続きでは取引先への支払いがとめられるので、ビジネス上の制約を受けるが、私的な方法ではそれがない。銀行も追加融資がしやすくなり事業が継続できる。

しかしアカベック側としては、いきなり事業再生の必要ありといわれても、納得できるものではない。たしかに取引先が離れ、いままでのようなビジネスができない状態にまで追い詰められているが、会社の財務状況はまだまだ耐えられるものだと考えられていた。なにしろ長年黒字を続けており、優良企業ともてはやされていて、借入金はあるが資産はそれを上回っているというのが共通認識だったのだ。

石倉副社長と大野常務が丹波銀行の頭取に直談判を繰り返したが、銀行は融資をとめるという脅しで撥（は）ねつける強硬姿勢だった。銀行内部で大きな保身の流れができたのだろう、所詮、銀行屋はそんなもんだ、と悔し紛れの言葉が社内で囁（ささや）かれた。

手続きとしては事業再生実務家協会に申請し、受理されると事業再生ＡＤＲの専門家が選定されて実際に推進するチームが結成される。これらは原則的にメインバンクが主導してはならない決まりだが、実施者の弁護士と公認会計士がすでに決まった上で話がきているので、丹波銀行の思惑で動いているのはあきらかだった。

ＡＤＲ実施者として東京の法律事務所や監査法人の弁護士や会計士が大挙して赤部本社、東京支社、大阪支社に乗り込んできて、資産調査（デューデリジェンス）をはじめた。同時に融資を受けている銀行に対し、一時停止の通知を発送した。これは債権回収と担保設定の禁止を要請するものだが、すでに丹波銀行などは担保を目一杯設定しており、ほかの銀行から不満の声があがりそうだった。

今回のＡＤＲは会社と銀行だけで事業再生を図るもので、再生計画は全銀行が合意しなくてはならないのだが、丹波銀行のやり方に不満を持つ銀行がどのような動きをするかなど、不確定要素が多い。

加えて銀行以外の債権者に知られると失敗に終わるので秘密裏に行わなければならないという制約もある。つまり、成功するのが簡単ではないプランなのだ。

確かなのは、銀行が勝手な綱引きをしているだけで、アカベックは蚊帳（かや）の外に置かれてしまったということだった。

2

ボタンを押して駐車券をおとりください——いつもの声を聞き、片平右子は車をコインパーキングに入れた。午前五時四十分。車は一台しか停まっていなかった。

五月も最終週となり夏日が続いていたが、早朝はまだ半袖では肌寒く、右子は黒いＴシャツの上に白いシャツを羽織って車をでた。七分ほど歩いてハッピー運輸の営業所へ入り、カードをタイムレコーダーにかざした。制服を着た社員が二人いたので、それぞれに挨拶をしてから裏手に回り、シャツをハンガーにかけてエプロンをしながら荷物の仕分け場へ向かった。

仕事は小さな荷物と封筒に入った品物の仕分けだった。ドライバーが八人いて、それぞれの担当区域ごとに前夜届いた荷物を仕分けしていく。

「また、やっちゃった。きょうは三分」

悪びれた様子もなく、同じ仕事をしている亜希（あき）がやってきた。毎日数分遅刻してくる娘だった。少し早くでるだけで間に合いそうなものだが、どういうわけか六時前につくことはほとんどない。

「今日は量が多いわよ。気張らなくちゃ」

「片平さんはいつも元気ですね。感心しちゃう」

右子は笑顔を返しながら、封筒をそれぞれのボックスに分けていった。

二十分ほど経ったときだった。手にした大型の封筒が外国からのものだとわかった。宛先の住所を見た。癖のあるアルファベットで読みにくかったが、住所は高車会の組事務所のものだ。宛名は、Ｍａｓａｔｏｓｈｉ　Ｔｏｒｉｉとある。差出人は外国名でブルシアと近いマレーシアからのものだった。

右子は差出人と宛先欄をそのままスナップショットを撮るように記憶した。

高車会については、会社の顧問弁護士が調べていた。右子はその報告書に目を通して、組事務所の所在地と電話番号を知った。それは錦糸町（きんしちょう）の商店街から少し外れた、商業地域と住宅地域の境目あたりにあった。次は誰がブルシアとの連絡役を務めているかを突きとめなければならない。

取引があればなにかしら品物のやりとりがあるはずで、ブルシアから組事務所に送られてくる荷物の宛先票を見れば、担当している組員の名前がわかると考えた。そこで目をつけたのが、海外の配送会社とも提携している大手のハッピー運輸だった。組事務所の周辺を担当している営業所のアルバイト募集に応募し、割合簡単に採用された。朝六時から八時までの二時間勤務のパートタイマーだった。これならアカベックとの兼業が可能だった。アカベックは就業規則で兼業を禁止していないので、道義上も問題がなかった。

ゴールデンウィーク明けから今日まで三週間ほど勤めていたが、高車会への荷物を目にしたのは二度だけで、両方とも国内からのものだった。

だから今日の荷物は、持つ手が震えてしまうほど嬉しかった。まだブルシアと繋がりがあるかどうか不明だが、高車会が海外と関係を持っている証を見られただけでも収穫だった。

「片平さん、どうしたんですか？」

亜希が不思議そうな顔で見ていた。つい一つの荷物を見る時間が長くなってしまった。

「ちょっと頭痛がしたものだから」

「片平さんもですか。あたしも頭痛持ちで、嫌になっちゃいますよね」

荷物は多く、ただでさえ時間内に全部を仕分けるのが難しい。ぼんやりしている暇はなかった。

退勤時間まで、記憶に残した海外便の宛名と差出人を何度も頭で反芻（はんすう）しながら作業を続けた。

「亜希ちゃん、悪いけど、あとはお願いね」

八時になり、右子は手をとめた。

「お疲れ様です」

右子はエプロンをとりながら周りに失礼しますと声をかけ、シャツとバッグを持って外にでた。

コインパーキングへいき、車の中に入ってからメモ帳をとりだし、記憶した中身を文字にした。差出人は法人ではなく、単に名前が書かれていた。アルファベットだが、中国系の姓に西洋系の名前だった。品物はＤｏｃｕｍｅｎｔｓ（書類）となっていた。

いったん自宅に戻って着替えると、すぐに出社した。最近はマスコミのカメラが並ぶようなことはなくなった。ときおり記者らしい姿が見える程度で、以前のように出勤のたびに質問を受ける煩わしさからは解放されていた。

受付にいる女性社員に挨拶をしながらエレベーターホールへ向かう。以前のような元気のいい挨拶の声は返ってこない。エレベーターを待つ間に交わされる挨拶もそうだ。あの週刊誌の記事以来、気さくに声をかけてくる社員はいなくなってしまった。

自席に座ると、磯辺久志が冴えない顔でやってきた。

「なにか仕事をください。こう暇だと死にそうです」

以前と変わらない態度で接してくれるのは、彼だけだった。

「前は、忙しくて死にそうですっていっていたわよ」

「なにごとも適度がいいんです。それにしても役員がさっさと辞めてしまったのは、会社がもう持たないっていうことなんですか？」

「いままで通りにいかないのはたしかだけど、本社の動きが見えないから、なんともいえないわね」

「会社が続くんなら、仕事がほしいです。片平さんは忙しそうにしていますけど、わたしにできることはありませんか」

「わたしのやっていることは、会社の仕事とはちょっと違うのよ」

「じゃあ、なにを？　あっ、そうか。片平さんは……」磯辺が少しいいよどんでから「社長を助けるために、動いているんですね⁉」

「そう。だから――」

「だから、関係ないことにはなりませんよ。片平さんは自分の社長に対する思いは特別でほかの人には関係ないと考えているんでしょうけど、わたしだってこのまま社長を見捨てるような真似はできませんからね。そんなことをしたら、そういう自分が赦せません。社長は時間が経てばいつかは帰ってこられるわけではないですからね。下手をすれば死刑になるかもしれないのに、なにもしないというのはあり得ません。わたしも社長には目をかけてもらっていて、恩義を感じているので……。ですから、手伝わせてください」

　磯辺は一気にいって、右子の目を見つめてきた。こんなに真剣な顔を見るのははじめての気がした。

　ちょっと返す言葉に詰まった。そういう自分が赦せませんという言葉は胸に響いた。

「あなたは学生時代空手部にいたと、自慢していたわよね」

「えっ？　そんなこといいましたっけ？」磯辺がいつもの剽軽な顔に戻っていった。

「なにかの飲み会のときにね。関東大会にでたとか、いっていた気がするけど」

「それは聞き違いかもしれませんね。学内大会の敢闘賞っていっていませんでしたか」

「ボディガードを頼みたい人がいたら、わたしに任せてくださいって、大見得切っていたわよ」

「ちょっと酔っていたんでしょうね。まさか、そういう仕事をくださるわけではないですよね？」

「わたしのボディガードを頼もうと思っているんだけど」

「片平さんのボディガードなら、喜んでやらせてもらいますけど。で、誰から守るんですか」

「こっちの人よ」右子は右手の人差し指を自分の頬に斜めに走らせた。

「ええ？　そっちの人ですか」

右子は磯辺に高車会のブルシア担当者が誰かを調べているのだと説明した。

「なるほどですね。名前がわかれば、ブルシアで社長の部屋に覚醒剤を置いた人間の洗いだしに役立つかもしれないと」

「そうなのよ。それで、なんとかその組員を誘きだそうと思っているんだけど」

「本気ですか？　相手は、その……、暴力団じゃないですか」

「心配だったけど、あなたがボディガードをしてくれるっていうんで、決心がついたわ」

「参ったなあ」そういいながらも磯辺は真顔になっていた。「で、どうやって誘きだすつもりですか」

「まずは携帯電話が必要ね。一緒にきてくれる?」

右子は会社をでると、歩きながら磯辺にこれまでの経緯を説明した。駅の近くまでいき、レンタルの携帯電話を手に入れた。

築地本願寺の境内に入る。本堂の前に五、六人の人影が見える程度で、閑散としていた。

右子はメモを見ながら高車会の事務所に電話した。

「Hello、this is Dinda――」困ったことがあったので助けてほしいと、早口で捲し立てるようにいった。

おい、なんだよ、日本語じゃねえよ――という声が聞こえた。「ちょっと、待ってくれ」と日本語でいったあと、声が遠ざかって「兄貴、英語いけますか」といっている。「無理無理、おい誰か英語わかるやつはいねえのか」と、別の声が叫んでいる。また違う声が「トリイの兄貴は?」といった。しばらくして、さらに遠くからの声で、おでかけです、と返ってきた。

右子は思わず携帯電話を耳に強く押し当てた。高車会の中ではやはり、トリイが海外担当のようだ。

「もしもし」

「Yeah」

「英語だめ。英語わからない。さよなら」と向こうが一方的にいって、通話が切れた。

「なんですか、ディンダというのは？」磯辺が不思議そうな顔つきで訊いてきた。

「ブルシアの女性にそんな名前の人がいたから、使ってみたのよ」

「なにかわかりましたか？」

「英語がわかる組員はそんなにいないようね。名前があがったのがトリイだけだったから。いまは不在だったけど、いれば電話にでてくるんじゃないかな」

「でてきたら、どうします？　あなたがブルシアでの取引を担当しているんですか、と訊くんですか？」

「まあ、でたとこ勝負ね。もしトリイがそうだとしたら、顔写真がほしいから、なんとか会えるようにしたいのよ。そのときは、ほんとうにボディガードをお願いね」

「行動派の片平さんらしいけど、危険ですよ」

「断りたくなったでしょう？」

「なにをおっしゃいますか。武士に二言はありません」

実際、磯辺は嬉しそうな顔をしていた。

3

赤部市のアカベック本社屋に隣接する工場は十五年ほど前に建て替えられた。内野財団の奨学金を得て大学を卒業した当時の若手建築家が設計したもので、屋内の隅々まで自然光が入ってきて、明るい職場空間になっている。中央に幅が五メートルある中廊下が走っており、トップライトからの光が白い壁に注がれている。

広い廊下は立ち話にいい。簡単な打ち合わせなら、そこで済んでしまうのだ。「いちいち会議室にこもって打ち合わせせなならんもんはそうないやろ」というのが先代社長の口癖で、それなら立ち話ができる空間があればいいとなり、広い廊下が生まれたのだった。

先崎吾郎(せんざきごろう)は中廊下にでて、人の多さに唖然(あぜん)とした。ふだんから立ち話が多いのはわかっていたが、いまはじゅうぶんに幅がある廊下をまっすぐに歩けないほど人がいる。会社がどうなるのか、自分たちはどうするのか。みな情報に飢えていて、ほかの社員の動向を知りたいのだ。

おまけにきのうは相次いで役員の辞任のニュースが流れた。本社では管理本部長の大野常務、東京では藤井支社長、安井営業本部長だった。三人とも周囲には、責任を感じての辞任だとほのめかしていたらしいが、それなら今後の道筋が立ってからにしろという声があがっている。

早々にアカベックに見切りをつけたのだという見方が多かった。

吾郎は立ち話の輪を避けながら中廊下を進み、途中の階段をあがって副社長室の前に立った。ドアをノックして開け、失礼しますといって中へ入った。手前に大きな会議テーブルがあり、その向こうには応接セットが置かれていて、さらに奥の執務机の向こうに副社長のふくよかな顔があった。

「仕事がなくて、暇を持て余しているだろう」石倉が吾郎にソファを勧め、自分はアームチェアに座りながらいった。

「実際、おっしゃる通りです。仕事がなくて参っています」

そうだろうな、と石倉はおかしそうに笑った。とたんにのどかな空気が流れる。経営危機でぎすぎすしがちな社内の雰囲気とは違う空間にいるようだった。この副社長は、いつもこんな感じだった。厳しさも迫力もなく、ほんとうに仕事をしているのかと思えるほど、存在感がない。

「暇を持て余しているきみにちょっと助けてもらいたいことがあってね」

「はい。仕事をいただけるのであれば、喜んで」

内部監査室は室長以下五名で構成され、組織上は社長直属となっている。しかし社長が東京支社に常駐しているので、実質的には副社長に報告をしていた。だから、以前から直接石倉の指示を受けていたのだ。

アカベック規模の未上場企業では、内部監査室まで設けているケースは少ないだろう。一般的な内部監査では、各々の部署で規程やマニュアルに則って業務が遂行されているかを監査するが、アカベックでは細かいフローが文書化されているわけではないので、属人的な現在の処理が問題ないか、後継者が育っているかなどを重点的にチェックするのだ。本業とは直接関わっていないので、いまのような状況では仕事のしようがなかった。

「社内に外部の人間が入ってきているのは気づいているだろう?」

「はい。会議室を二つ専有しているようですが」

「あれは公認会計士や弁護士なんだ。きみもうちの会社が、取引先から契約解除を申し入れられたり、銀行に担保を差しださなければならなくなったりしているのは知っていると思うが」

「はい」

「不動産やらなにやら掻き集めて担保にしても不足しているので、これ以上融資できないというのが銀行の言い分なんだ。むろん、いま融資をとめられれば不渡りをだして、倒産するしかない。それはそれで銀行も困るというので、事業再生ADRができないかどうかを調査している。それが会議室で行われていることだよ」

「ADRですか？」

石倉がADRについて説明してくれた。

「最初の段階として公認会計士と弁護士がうちの資産調査をしている。経理や財務の数字を詳細に見ていくことになる。ところがうちの場合、これまで税務処理さえ正確にできればよかったから、全部の資料の整合性がとれているわけではない。それはきみたち内部監査員がよく知っていると思うけど」

「はい」

それはそれで会社の経営方針でもあったはずだ。税務申告はきちんとする。節税はするが、脱税はしない。会計の目的はそれだけといっていい。だから税務以外の帳簿は穴だらけだった。実際に必要なもの以外に労力をかけるのは無駄だというのが先代の考え方だったらしい。上場を考えず、限られた株主しかいない企業はそれでも成り立つのである。

「ふつうは会計部門のものだけが調査に協力すればいいんだが、彼らだけでは全貌を把握できないので、いま社内の主な部署から一人か二人を選抜して調査チームを支援する態勢を敷いているところだ。半年ごとに総棚卸しをやっているが、今回は資産に限らず、会社のすべてについて記録と実態の整合性をとるのが目的だから、超のつく総棚卸しということになる」

「わざわざですか？　調査チームのために？」

吾郎は憤慨を隠さずにいった。もとはといえば、どんどん借りてくれといっていた銀行が掌返しをして、担保をだせとか早く返せといってきたのが今日の事態を招いたと理解していた。外部の調査チームはその銀行の手先なのだろうから、手伝ってやることはないのではないか。

「調査チームのためではない」石倉が一瞬、厳しい顔つきになった。ここが大事なところだというように。「ADRは事業再生なんだよ。この会社がなくなるわけではない。まして営業的には黒字を続けてきて収益性もいい。従業員の大半は引き続き、この会社で働いていくわけだ。だったら、一日でも早く決着をつけたほうがいい。正常な業務に戻れれば社員みんなが安心するし、家族もそうだ。今回のことで離れた取引先も再契約してくれるだろう」

「たしかに、そうでした」

吾郎は妻の顔を思い浮かべた。社員の家族にとっても、この先の不安は大きい。会社がもとのように動きだすまではそれが続く。

「社長がつくった社内改革のプロジェクトチームを中心に支援チームをつくることにした。彼らは趣旨を理解してくれて、快く承知してくれた。ただ、各部署の精鋭を集めたから、それぞれの業務に精通しているのは間違いないんだが、部署間の連携では、どこに綻(ほころ)びがあるかとか、どの資料を正として見れば実態がわかるかについては知らない場合が多いだろう。そこで内部監査員のきみに補ってほしいと思ってね」

「内部監査室全員が参加するのですか？」

「いや、きみだけだ。ＡＤＲをしようとしているのを外部に知られたら失敗するものなんだ。だから社内でも秘密裏に動かなければならないので、知っている人間は少ないほうがいい。ほかの社員には気の毒だけど、こういうことはそういうふうに運ぶものだと理解してもらうしかないな。不成立の場合はただちに法的再生になる。会社更生法の適用もあると脅かされている」

「まさか……」

「ＡＤＲ不成立後にどうするかは、ＡＤＲ実施者の弁護士へ委任状を提出させられている。つまりは丹波銀行の思惑次第というわけだ。だから、なんとしてもＡＤＲを成功させなければならないんだよ」

「わかりました」

「プロジェクト名はエスアイというんだがね」と、石倉が笑いを含んだ声でいった。社内に秘匿して行うため、メンバー間だけで通じる名前が必要となり、超（Ｓｕｐｅｒ）・棚卸し（Ｉｎｖｅｎｔｏｒｙ）の頭文字をとって名づけたという。「通常こういうことは、数ヶ月から半年かかるらしい。それを四十日で終えられるようにするのが目標だな」

石倉がこともなげにいった。

4

品川(しながわ)駅の高輪(たかなわ)口と港南(こうなん)口を結ぶ幅広のコンコースは通勤、通学、旅行と目的が異なる人々で溢れている。六月に入り、中高生の夏服への切り替えやクールビズで白色が目立つ。

片平右子は新幹線のりばの北口改札から七、八メートルほど離れたところに立ち、人々がいきかう様子を眺めていた。時刻は午後五時五十分。視界の端に磯辺久志の姿がある。彼は駅舎の外にあるペデストリアンデッキに立っている。

きょうの昼前に再び高車会に電話した。相手がでると、前回と同じように英語を早口で捲し立てるようにいった。

「まただよ、もう」この前と同じ声だった。「ちょっと、待って」と、相手は焦っているのか、外国人が話すような日本語を返してきた。保留ボタンを押さずに受話器をそのまま机かなにかの上に置いたらしく、物と物がぶつかる音が耳に響いた。

「トリイの兄貴は？」と、誰かに訊いている。どこにいるという返事があったのかは聞こえなかったが、慌ただしい足音が聞こえた。

しばらくして「すんません、これです」と、受話器を持ちあげる音がした。

「Ｈｅｌｌｏ」

これがトリイの声か。ちょっと甲高い声だった。

わたしはブルシアからきた。向こうで、困ったらこの番号へ電話しろといわれたのでかけた。あなたはわたしを助けてくれるか、と英語でいった。

「誰がそんなことをいったのだ?」

慣れた感じの英語が返ってきた。ネイティブのような発音ではないが、日本人にありがちなブロークンでもなかった。

「名前は忘れた。店のお客よ。わたしが日本にいくといったら、知り合いがいるから、困ったら電話するようにいわれたのよ」

「店って?」

「キャバレーよ」

相手が黙った。ブルシアのムスリムは飲酒しないので、キャバレーは外国人向けということになる。ブルシアに知り合いがいるのであれば、誰がそんな場所で日本に知り合いがいると自慢げに話したのかを考えているのかもしれない。あるいは、そもそもブルシアに関わりがなく、なぜそんなことをいう女が現れたのかを考えているのか。

「で、なにに困っているんだ?」

「財布がなくなってしまった。盗まれたのか落としたのかわからないけど、お金がなくて困っているの」

「警察にいきな」

「警察はお金をくれない」

「おれだって金はやらない」

すべて短い言葉で返してくるが、外国で暮らした経験があるような喋り方だった。

「仕事を紹介して。なんでもするから。短い期間で稼げるのがいいけど」

「年齢は？」

「二十二」

「いま、どこにいるんだ？」

「渋谷(しぶや)駅」

「電車代くらいはあるのか？」

「千円札が三枚ある」

「じゃあ午後六時に品川駅へこい。一度会ってからだ」

「駅のどこに？」

「新幹線の改札、北側の改札の前にいろ」

「シンカンセン？」

「スーパーエキスプレスだ。わかるか？」

「たぶん」

「きょうはどんな服を着ている？」

「青のワンピース」

「名前は？」

「ディンダ」

「こっちから声をかける。いいな?」

「オーケー」

通話が切れた。

右子は机の上に置いてあったペットボトルを摑み、水を飲んだ。

「うまくいったみたいですね」磯辺が笑顔を見せた。

「望遠で撮れるカメラ持っている?」

「友達がいいのを持っているので、夕方までに借りておきますよ」

右子は午後三時には退勤して、いったん自宅に戻り、青いワンピースに着替えてきた。

品川駅のコンコースの人込みに比べ、新幹線の改札口付近はそれほど混んでいなかった。たぶんいまごろはトリイが青いワンピースの女を探しているはずだ。先刻から周囲を見回しているが、ワンピース姿は右子以外に二人いた。一人は新幹線のりばの南口改札近くにいて、青系統の色だが水色に近かった。もう一人は在来線の方に十メートルほどいったところの壁際にいる。色は黒か濃紺のようだった。

トリイから見れば、服装で該当するのは右子だけだ。問題は容姿だ。右子は東南アジア系の顔立ちではないし、二十代でもない。電話で二十代前半の年齢をいったのは、向こうに利用価値があると思わせるためだった。

右子は大きめのサングラスをかけていた。隠せるところは隠しておくに越したことはない。

六時を回った。五分、八分。諦めかけたとき、突然後ろから呼びかけられた。

「ちょっと、済みません」

振り返ると、浅黒い顔の男が立っていた。三十代半ば。短髪だが前髪だけ少し伸ばしている。黒地にグレーのストライプが入った上下。背丈は百七十センチくらいで中肉というのか、太くも細くもない体型だった。

「はいっ」右子は急に声をかけられたので、声が詰まった。

「高輪口はどこにあるか、知りませんか？」

「高輪口ですか。ここをずっと真っすぐにいけば、いいはずですけど」

右子はコンコースの奥を指さしながらいった。

「ああ、そうですか。どうも、こっちは不慣れなもんで」

男は会釈をして去っていった。

右子は吐息を漏らしてから、スマートフォンをとりだし、磯辺に電話をした。

「どう、撮れた？」

「やはり、いまのがそうだったんですね？」

「たぶんね。道を訊くように話しかけてきたんだけど、わたしが日本語を話したので、引き返したんだと思う」

「真正面のはないですけど、ほぼ正面と、横顔は撮りました。まあまあ鮮明に撮れています」

「ありがとう。明日データを頂戴。じゃあ、今日はこれで引きあげるわね」

右子は通話を切ると、その場に五分ほどい続けてから在来線の改札に向かった。

5

外は風が強くなってきたようで、窓ガラスを伝う雨粒が這うように動いていた。きのうまでは梅雨明けが近いかと思わせる天気だったが、やはりまだ梅雨なのだと思いださせてくれる雨が夜半から続いている。

先崎吾郎は視線を窓から室内に移した。

大会議室の真ん中に寄せ集められた会議テーブルの上に、夥(おびただ)しい数のファイルが並べられていた。

これが会社の全資産か——。もっとも資産そのものではなくその実在を確かめた台帳だが。石倉の号令のもとにはじめたエスアイ・プロジェクトが、予定通り完了し、七月十一日のきょう、外部の調査チームに引き渡されるのだ。

中心となった財務部の連中などは、徹夜したのか目を赤くし鬼気迫る形相(ぎょうそう)をしている。外部の精査が入る前に正確な帳簿をつくる。自分たちの得になる仕事ではないのに、彼らは懸命に遂行していた。

ファイルの前でADR実施者の脇坂通照(わきさかみちてる)弁護士がしきりに感心していた。

「わたしはいろいろな企業を担当してきましたが、ここまできれいに資料を提出してもらったのははじめてですよ。大抵はみなさん浮足立っておられて、我々の調査の便宜を慮(おもんぱか)ってくれる余裕などありませんからね。今回はほんとうに助かりました。おかげで予定していた期間の半分以下で済みそうです」

石倉はただ頷いて聞いているだけだった。

そのとき総務部長の原島惣介(はらしまそうすけ)が近づいてきた。大きめのキャリーバッグを手にしていた。

「副社長、それではいってまいります」

「原島さん、よろしくお願いしますよ」

東京支社では、支社長と営業本部長がさっさと辞めていったので、原島が事態の収拾のために上京することになったのだ。

吾郎も自分のバッグを持ち、原島のあとについた。石倉から東京支社と大阪支社の様子を報告するように指示を受けていた。

姫路で東京行き新幹線に乗り換えると、原島が車内販売でコーヒーを二つ注文し、一つを吾郎によこした。

原島は社員からの苦情を親身になって聞いてくれる部長として、人望がある人物だ。社内規程を押しつけるのではなく、社員の訴えで規程に不都合な部分があるとすぐに改定案を役員会にかけてくれる。目が細く、笑うと線になるのと、いつも口をすぼめているような表情なのとで、初対面の人でも警戒心を解いてしまう。

「ありがとうございます。いただきます」吾郎は一口含んで、身体を背もたれに預けてからいった。「今度のことで、副社長の印象がずいぶん変わりました」

「どういう意味だ？」

「以前は、経営者としてはのんびりし過ぎている感じがして、じつは正直いって、ちょっと頼りないかなと思っていました。それが今回のエスアイを目標の期限通りに完了させたわけですから、やるときはやる方なんだなと」

「きみがそう感じていたのも無理はないな」原島が笑いを含んだ声でいった。「あの人は一見、頼りなさそうに見えるんだよ。多趣味でね、会社のことより趣味を優先しているんじゃないかって感じるときがある」

「趣味に一生懸命になっているということですか？」

「一生懸命とか汗水たらすとか、そういう姿は見たことがないという意味だよ。趣味もしゃかりきになるんではなく、ほどよく楽しんでいるように見える」

「どんな趣味をお持ちなんですか？」

「ゴルフ、囲碁、将棋もやる。油絵はそうとうな腕だそうだ。毎日太極拳の鍛錬をかかさないとも聞いたな。それから、酒は好きだね。あっちのほうもなかなか」

原島が右手の小指を立てながらいった。

「そうなんですか？　堅そうに見えますけど」

「なかなか女遊びはうまいらしいよ。深いりせず、後腐れなくというやつだな。素人には手をださず、大阪や京都あたりでうまく遊んでいるそうだ。ただ、これは噂だよ。誰もあの人の実態は知らないんじゃないかな。とにかく不思議な人だよ。老成しているっていうかね。わたしより二つ若いから、ことし五十四なんだが、話していると、向こうのほうが大先輩のような気になってくる」

「なんとなく、わかります。これまでは、言葉は悪いですけど、社長一族との縁故で役員におさまっているだけかと思っていました」

「社長と親戚関係というのは事実だけど、それだけではなく先代がえらく買っていて、早いうちから役員にしたと聞いている。おそらく息子が社長になったときに後見人のような立場で支えてほしかったんだろうな」

「後見人ですか。それでふだんは茫洋とした感じなんですね。なんとなく納得しました」

「順調にいっているときは、後見人の出番がないからな。それほど気を張る必要はないかもしれんね」

原島の言葉に、吾郎は大きく頷いた。

東京支社に到着したのは午後二時半だった。

「原島部長、もうこっちは滅茶苦茶ですよ。だいたい支社長から辞めていくんだから」

堀井武史が挨拶もそこそこに、原島に向かってぼやきはじめた。

「この状況じゃ、部下に営業にいけともいえないし。副社長はなんといっているんですか？」

「粛々と業務をこなせと」

「なにいってんですかね。粛々とこなす仕事がないんですよ」

堀井が怒鳴るようにいった。

「先が見えなくなったのだから、ほかにいいようがないんだよ」

「それより原島部長、社長が暴力団とつきあっていたというのは、じつは嵌められたんだってことは聞いていますか？」堀井が声をひそめていった。

「ああ。神津から紹介されたというんだろう」

「社長がでたらめをいうわけがないと思いませんか」

「そりゃ、思うよ。だけど週刊誌に一方的に書かれていて、反論の場がない」

「ところで、今夜はお時間ありますか？」

堀井が意味ありげな顔をした。


原島が、きみも同席しろといってきたので、吾郎もついていった。個室が予約されていて、掘りごたつ式になっている席に、堀井のほかに彼の部下の高松君平と、東京支社法務部の課長をしている奥山重夫がいた。

奥山は五十近い年齢だが、いつも若い連中と一緒に動き回っている印象がある。鼻が大きく唇が厚い。容貌魁偉というか、凄みのある顔をしている。半白の短髪で、本人はロマンスグレーと称しているが、周りはアニマルグレーといっていると聞いたことがある。

最初の料理が運ばれてきて襖(ふすま)が閉められると、まず堀井が神津の卑劣さをひとしきり説いた。神津の名を口にするたびに酒量があがるようだった。

原島の上体が次第に前のめりになっていく。

「暴力団の幹部を接待させたり、そのフロント企業と取引させたりしたのは、神津の策略だとして、ブルシアで起こったことはどうなるんだ？　社長が警察に逮捕されたのは、いわばアクシデントだろう。警察がホテルの部屋を調べたのだって、前以(まえもっ)てわかっていたわけじゃないだろう」

「アクシデントを神津が利用したと考えています。警察に連行されたのを知り、これを利用できないかと考えたわけです。そこで高車会を通してブルシアの犯罪組織に手を回し、覚醒剤を社長の部屋に持ち込ませたのでしょう。犯罪組織なら覚醒剤をすぐに手配できるわけです。その工作がうまくいったあとで、警察にタレこんだんです。さっき連行された男は覚醒剤の売人だとかなんとか」

「なるほどな。で、わたしを呼んだのは？」

「おれたちで、神津の嘘の証拠を掴もうというんですよ」堀井がいった。

「証拠を？　掴んでどうする？」

「社長の潔白を証明して、アカベックの名誉回復をするんです。そして神津ケミクスこそ暴対法違反で告発してやります」そういって、堀井がぐい呑みに満たされた日本酒を一気に飲み干した。

「しかし、我々には捜査権がない」

「なにをいっているんですか。原島さんは悔しくないいんですか？」堀井がぐい呑みを音を立てて置いた。

「そりゃあ、わたしだって悔しいさ。これまで会社に、おおいに誇りを持ってやってきたんだ。そこまで思い込める会社なんて、ほかにないだろうと思っているよ」

「だから、このままではいけないんです。おれは転職してきて七年経ちます。それまで三社経験していますが、ぜんぜん長続きしませんでした。三年くらい経つとここは自分が働きたい場所ではないという思いが強くなるんです。それがアカベックに入って、いままでの会社とは違うぞと思いましたよ。ずっといたいと思ったはじめての会社なんです」

「わたしも」と、高松が口を挟んだ。「前職とは企業文化が百八十度とまではいいませんけど百二十度くらい違うのでびっくりしましたね。なにしろ営業利益の目標がゼロ円というんだから」

「株の大部分はオーナー一族が持っているからな。利益をだして配当するより、決算賞与で社員に還元しろというわけだ」原島がしみじみといった。「税務署にとっては嫌な相手だろうが、社員はありがたいよな」

たしかに経営方針は独特だったと吾郎も思う。時流に完全に背を向けながら、最先端機器を開発し続けているユニークな企業として、経済誌やテレビで紹介されることも多かった。

そういえばここにいるのは全員転職組だ。だからこそ他社との比較ができてアカベックの良さがわかる。吾郎自身、入社して一年ほど経ったときに終の住処ならぬ、終の会社を見つけたと思ったのだ。

「誇りに思える会社がいまは反社勢力とつきあっていたという不名誉なレッテルのために経営破綻寸前の状態に追い込まれているんですよ。我慢できないじゃないですか」奥山がため息をつく。

「意外だったな」原島が、唸るようにいった。「社歴の浅いあんたたちがこれほど会社のことを思っているとは」

「年数じゃないですね。感じられるかどうかですよ」堀井が原島を睨むようにしていう。「むしろ古い人は、この会社の良さがわからないかもしれません。たぶん、転職したあとではじめて気づくんじゃないんですかね」

「あんたたちの思いはわかった。で、神津の陰謀を暴くという話だが」

「つまり、潰れるべき会社はうちではなく、神津ケミクスだという話ですよ。おれたちで神津が暴力団を社長に紹介した証拠を摑んで、逆に向こうを追い込んでやるんです」

「しかしなあ、そんなことができるか？」

「いまADRをやってますが、どっちみち現経営陣は追いやられて銀行屋が仕切る会社になるでしょう。もう我々が知っているアカベックはなくなるんです。それをくいとめるには、反社とつきあうように仕組んだのが神津だと暴くしかないんです。そうすれば自主再生の道もひらけるかもしれませんよ。原島さん、やりましょう」

原島は一唸りしてから黙り、それが数分続いた。堀井や奥山も黙って原島の顔を見ている。

「やってやるか」原島が絞りだすようにいった。

「そうこなくちゃ。原島さんが一緒にやってくれるのなら、心強い」

いつの間にか、妙な流れになってきた。しかし吾郎も、彼らの気持ちがわからなくはなかった。神津をこのままにしておいては、この世から正義がなくなってしまう。いつの間にか、頷きを繰り返している自分に気づいた。

6

八日ぶりに赤部駅で列車をおりると浜風が顔に当たった。生温い風だったがきのうまでの大阪や東京で感じた大都会の熱よりはずっとましだった。

先崎吾郎は改札をでると、バスに乗りアカベック前停留所でおりて本社に入った。自席に寄らずに副社長室へ直行し、東京と大阪の両支社の様子を報告した。

「東京では、そんな動きがあるのか」

最後に堀井たちが神津を調べるといっていると話すと、石倉がそう呟くようにいった。

「原島さんは？」

「やる気になっておられるようです」

「ミイラとりがミイラに、か」苦笑すると「きみも話を聞いていたのだろう。どう思った？」

「じつをいいますと、わたしもミイラになりかけています」

「そう……」

石倉がいいかけたときに電話が鳴った。石倉が立って受話器をとる。

しばらく無言で聞いていたが、突然性急な口調で「もう一度いってくれないか」と訊きかえした。それから二言三言のやりとりがあって受話器を置いた。

振り向いた顔つきは厳しいものに変わっていた。

「うちがADRをしているという記事が経済紙の電子版に載ってしまったらしい」

「それでは」吾郎はつい大声をだした。今回のADRは銀行だけで進められていた。ニュースが流れたとすれば、ほかの債権者が知ることになり、全銀行の合意も困難になる。つまり、事業再生ADRの失敗を意味するのだ。

「今回のスキームに不満を持ったどこかの銀行がリークしたのかもしれないな。まったく、我々の知らないところで全部が決まっていく」

石倉がめずらしく感情を面（おもて）にだした。

「ADRが不調に終われば、公的再生しかない、ということになりますか？」

裁判所による公的再生には、民事再生法による再建と会社更生法の二つの選択肢がある。まずはより柔軟性のある民事再生だろうと吾郎は予測した。

社内は騒然とした。ADRを進めていたことは秘匿されていたから社員の動揺は大きい。各部署では部下が上司に質問を浴びせ、そこらじゅうの電話が鳴りっぱなしになった。吾郎はなりゆきで副社長室に居続け、調査や連絡役を務めていた。

総務部の社員がノックもせずに入ってきた。顔つきが尋常ではなかった。

「東京地裁に会社更生法の申立てがだされたそうです」

「なに？　誰がだしたんだ」石倉の声も険しい。

「法律事務所と監査法人だそうです」

「預けていた委任状が使われたか」

石倉が嘆息している。会社更生法の可能性は示唆されていたとはいえ、いきなり過ぎる。順番からいえば、次の選択肢は民事再生法ではないのか。

会社更生法の申立てに当たってはメインバンクが主導してはならないとなっているが、現実は丹波銀行の思惑を反映した結果に違いない。丹波銀行が最大の債権者で事実上の生殺与奪の権を握っているのだ。その権利を行使され、結局殺されたのだ。

倒産企業――この四文字がアカベックに貼られることになった。


吾郎は、急遽赤部本社の大会議室で行われることになった記者会見の模様を、報道陣の後ろから眺めていた。医療機器業界では優良企業として定評を得ていることに加え、社長が海外で逮捕されたり反社会的勢力との交際報道があったりと注目度があがり、業界紙や経済紙のほかに一般の新聞や雑誌、それにテレビ局の記者たちが大勢詰めかけてきていた。

会見をしているのは、三人の男たちだった。石倉副社長が真ん中の席に座り、左側に奥野専務、右側には保全管理人に決まったばかりの脇坂通照弁護士が並んで座っている。ＡＤＲ実施者だった弁護士が保全管理人になるのは銀行の思惑が働いている証だろう。

会社更生法が申立てられると、すぐに保全管理命令が発令され、保全管理人が選任される。今後裁判所は利害関係者を対象に、更生の見込みがあるかどうかを調査し、更生の見込みがあると判断した場合は管財人を任命して更生手続きを開始させる。更生管財人は会社財産の管理処分権、経営権を有し、更生計画案の作成と実行を担当する役目だ。この管財人が決まるまでの間、会社の財産を管理するのが保全管理人ということになる。いずれにしてもこの時点から、会社の資産は、会社の自由にはならないのだ。

会社更生法では、基本的に資本金が百パーセント減資され、経営陣は総退陣となる。もう一つの公的再生である民事再生は会社主導の再建となり、経営陣が再建業務を行うことができる。どちらの方法をとるかは、経営陣にとって大きな違いがある。

経営陣は会社から去るのだから、この記者会見は石倉のアカベック最後の仕事といっていい。いま彼は淡々と破綻にいたった経緯を説明している。赤字で倒産するわけではない。銀行の思惑で破綻処理に追い込まれた。そんな憤りがあるはずなのに、石倉は普段通りの穏やかな顔つきで喋っている。

会見は質疑応答に入った。

最初は石倉の説明に対して具体的な数字を訊ねるものや、部分的に詳細な説明を求めるものなど、経済紙や業界紙の記者から質問がでていたが、次第に違う方向へ変化していった。

「数十年にわたって研究開発費が大きな割合を占めていたとのことですが、ほんとうに額面通りに使われていたんですか？　裏金の勘定科目として使われて、反社会的勢力への利益供与に使われていたのではないですか？」

吾郎は聞いていて思わず拳を強く握った。

「弊社は先々代の社長のころから技術開発に熱心な会社でした。新技術開発への投資を惜しまないというのを社是としてきました。ほかの会社さんに比べれば過剰投資に見えるかもしれませんが、弊社では当たり前だったのです。むろん、裏金などというものの隠れ蓑(みの)にしたことはただの一度もありません」

石倉は表情こそ変わらないが、言葉の端々に怒りが込められているに違いなかった。

「では、反社会的勢力とはいつごろからのつきあいなんですか？」

質問者は週刊誌の記者だった。

「はっきり申しあげておきますが、内野も会社も反社会的勢力とは、過去、現在を問わずつきあっておりません」

「否定するのは無理ではないですか。内野社長と暴力団の幹部が並んで写っている写真があるんですから」

「内野は、そういう人物とは知らずに接待をさせられたのです」

「させられた、とはどういう意味ですか」

「ある人物からビジネス上重要な人だから接待するようにと、依頼を受けたのです」

会場がざわついた。

「ある人物とは誰なんですか」

「それはいまは申しあげられません。いずれあきらかにするつもりですが」

適当な言い逃れととられるかもしれないが、しようがない。もしここで神津を名指ししたとしたら、その根拠を訊かれる。いまそれは内野社長の言葉でしかないのが現実だ。相手に否定されれば、こちらの分が悪い。吾郎は石倉の気持ちを推し量りながら聞いていた。

内野社長に関する似たような質問が続いた。石倉は根気よく容疑を否定し続けた。

「最終的に支援企業が決定されることになると思われますが、現在スポンサーになる企業の候補はあるのでしょうか」

この質問には脇坂弁護士がマイクをとった。「まったくの白紙です。まだ管財人も決まっていませんから、すべてはこれからです」

結局、自力再生が困難なので会社更生法の申立てがなされたわけだから、最終的にスポンサー企業が選ばれてその傘下に入ることになる。アカベックの社員の多くは、好業績を続けてきた誇りから、他社の傘下に入るのは屈辱的だととらえているだろう。吾郎は記者会見の様子を会議室の端で見守っている社員たちの顔に悔しさが滲んでいるのを見た。

7

午後五時四十分、アカベック社内の一斉メールで六時から本社にて緊急記者会見が行われるという知らせが配信された。その模様はテレビ会議システムで東京・大阪支社や各地の工場、営業所へも送られるという。

東京支社では大会議室の大型モニターの前に社員が詰めかけた。

記者会見がはじまり、その冒頭で石倉良雄副社長が「アカベックは本日七月十九日に会社更生法の申立てをいたしました」というと、会議室は一瞬の静寂のあとに騒然となった。

「どういうことだ」

「なんだ、いきなり」

怒気を含んだ声が飛び交う。

「おい、静かにしろ。いまは黙って聞け」と誰かが大声で怒鳴り、会議室に静けさが戻った。

記者会見が終わり、再び騒然となった会議室に背を向けて、片平右子は自席に戻った。

ＡＤＲを計画していたことも知らなかったたし、会社更生法の兆候も感じていなかった。先刻の石倉副社長の表情からは本意でなかった様子が窺えた。

右子はパソコンを立ちあげると引き継ぎ書の作成にとりかかった。

「あれ、片平さんはなにをしてるのかなあ」磯辺がパソコンのモニターを覗き込んでくる。

「あ、さては辞める準備ですね」

「決まっているでしょ。いまの経営陣は総退陣するというんだから、秘書は必要なくなってしまったわ。いずれはスポンサー企業の子会社になる可能性が高いもの。わたしの居場所はないじゃない」

内野が社長として戻ってくるなら、それまでは社員でいようと思っていたが、その可能性がなくなったいまは会社に残る意味がない。

「じゃあ、というわけではありませんが、わたしも準備にとりかかります」

「あなたまでつきあうことはないわよ」

「つきあいじゃないですよ。自分の意思です。どうせ片平さんは高車会の調査や社長を救うための活動を続けるつもりでしょう？　だったらわたしも手伝います」

「あなたは転職活動に専念したほうがいいんじゃない？」

「転職先はじっくり決めます。それまではバイトをしながら、お手伝いしますよ」

こういう話題になると、磯辺は真顔になる。彼の真剣さは伝わってくるのだけど——。

「じゃあ、ボディガードが必要なときは、お願いするわね」

そういうと、右子は再びパソコンに向かった。背後で、磯辺が「よし」と気合を入れている声が聞こえた。

キーボードを叩いていると、いまにも社長室から内野がでてきそうな気がして、目が潤んできた。

逮捕されて三ヶ月ほど経ったいまもなお、釈放に向けた進展はなかった。警察での勾留期間は二度延長された。ゲイツ弁護士によれば、内野が全面否認しているので送検の材料が揃わないのだという。ブルシアでは日本に比べると勾留できる期間が長いので警察は焦る必要がないらしい。しかし、いずれは被疑者否認のまま検察に送られるだろうということだった。

高車会のトリイと思われる男の写真をゲイツ弁護士に送ってから一月半ほど経ったが、ブルシアでの男の行動は摑めていなかった。右子は相変わらず宅配便の営業所でパートを続けているが、いまだにブルシアから高車会宛にきた荷物には巡り合っていない。新たな行動を起こさなければならないと考えていた矢先のことなので、退職はいい機会だった。

就業規則には退職一ヶ月前に申し出なければならないとなっているが、いまは業務に支障さえでなければすぐに認められる状況なので、一週間後には退職できた。経営破綻しても従業員への債務は優先されるから退職金がでる。

大学を卒業して社会人になってから、残業代の七割とボーナスの半分を貯金するのを自分に課してきたから、十二年間で九百万円ほどの貯えができていた。それに退職金が八十万円ほど加わる。

それだけ仕事に時間を費やしてきたのだ。

外国語学部をでて、新卒で入社したのは大手機械メーカーだった。最初は営業企画へ配属となり、販売店向けのキャンペーンの企画などの補助的な仕事をしていたが、そこでいろいろなアイディアをだしているうちに、広告宣伝のほうが向いているといわれて異動した。そこから激務がはじまった。当時会社は36協定で、月間残業時間の上限を八十時間に設定していた。つまり年に六ヶ月は八十時間、残り六ヶ月は四十五時間が残業時間の上限だったのだが、実際はそれを遥かに超えて働かざるを得なかった。超過分はサービス残業を強いられた。そんなこともあって、目先の利益を優先する経営者の姿勢が透けて見えるようになり、仕事の面白味が感じられなくなっていった。心身ともに疲労の限界を超えて転職を決意した。ちょうどそのころ、ビジネス雑誌でアカベックを知った。前職とは正反対の経営方針に興味を持ち、マーケティング職の求人があったので応募したのである。

秘書室に異動するまではアカベックでもけっこう残業をしたが、前職時代のやらされているというのではなく、任されているのに応えようとしてのことだった。

これまで仕事中心の生活を送ってきたから、趣味や遊びに散財する習慣はないし、唯一の贅沢は車を買ったことだが、そのときのローンはすでに払い終えている。だから年に三百万円あればゆうに生活していける。残りをブルシアへの渡航費や調査費に充てるとして、二年くらいは仕事をしなくてもやっていけそうだった。

退職後すぐに錦糸町駅周辺の不動産屋を回った。高車会事務所の前面道路沿いにあり、通りの様子を眺められるアパートを探すためだった。不動産屋のネットワークがあり、どこも共通の物件を扱っているようだが、中には受けつけたばかりの物件を紹介されることもあった。しかしなかなか希望通りの部屋にはいき当たらなかった。

「あの辺はいま空きがないんだよね」七軒目に入った不動産屋では、まずそういわれた。間口が二メートルもなさそうな小さな店で、太って顎が三重になっている男が一人でやっているようだった。

「そうですか」右子は諦めて引き返そうとした。

「ああ」と、不動産屋が声をあげた。右子が振り返ると「いやあ、ちょっとな」といった。

「あるんですか？」

「ちょっと、あんたには合わないかな。いわゆる、昔ながらの1Kのアパートだよ。けやき荘って名前からもわかるだろう？　賃料は格安だけどね」

「場所はどこですか？」

不動産屋が地図で示してくれたところは、高車会への人の出入りを見張るにはよさそうだった。

「一度、見せてもらえますか」

不動産屋が、いいよといって鍵を手にした。

駅前の通りから商店街の一つに入り、しばらく歩いた。

昭和の香りがする店構えの美容室や和菓子屋、そして喫茶店が並んでいる。クリーニング屋があり、居酒屋があり、生花店がある。雑然とした通りだった。

「ここだね」

いわれて左側を見ると汚れたモルタルの壁に、一階と二階に同じ大きさの窓が並んでいる。たしかに昔ながらのアパートと表現したくなる建物だった。

路地を左に入ると錆だらけの手摺がついた外階段がある。奥に向かって三つのドアが見えた。不動産屋が外階段をあがっていき、二階の手前のドアに鍵を差し込んだ。

軽そうなドアが開いたが、中は真っ暗でなにも見えなかった。不動産屋が玄関に入り、振り返って万歳をするように両手を上に伸ばす。ブレーカーのスイッチを入れたらしく、青白い蛍光灯が点いた。

不動産屋は靴を脱いであがり、奥にいくと窓を開けた。

半畳に満たない三和土と二畳ほどの板の間があり、外廊下に面して小さな流しとコンロがある。相当に年季の入っている給湯器がついていた。

奥に畳の部屋がある。右子も靴を脱いで板の間にあがった。畳の部屋は江戸間の四畳半で押し入れは半間。足を踏み入れると湿ったような感触に、引き返したくなった。

「な、いった通りだろう。見るだけ無駄だったか」

右子は不動産屋の言葉を無視して窓際へいき、前の通りを見おろした。場所は文句なしだった。この通りの五十メートルほど先に高車会の事務所がある。組員たちが駅へいくには、この前を通るはずだ。

窓の下端は床から七十センチほどの高さにある。転落防止の意味もあるのか、窓の外側に少し膨らんだ形の手摺がついていた。小さなプランターなら置けそうだった。横を見るとエアコンのホースカバーがついていた。室外機は地面に置くようになっているようだ。今は室内外機とも取り外されていた。

板の間に引き返した。ガスコンロは一口の卓上タイプのものが置かれていた。奥に扉があったので開けてみると、トイレだった。元は段のついた和式トイレだったところに無理やり洋式トイレを設置したようだ。それもかなり前に改造したようで、便器自体は相当な年代ものに見えた。

家賃は四万二千円で礼金一月分、管理費なしだという。半年で約三十万円、一年で約五十五万円。住む気にはなれないから、いま住んでいるところと二重の家賃になるが、この額なら可能だった。

「ここ、借ります」

「へっ？」不動産屋が、なんともいえないような顔つきをした。「お客さん、変わっているねえ」

「だめですか？」

「いやあ、借りてくれるんなら文句はないよ」

不動産屋は半笑いを浮かべていった。

「それにしても、凄いところですね」これが磯辺が錦糸町のアパートの中に入って最初に発した言葉だった。

「住むわけじゃないから」

「でも、日中は張りつくわけでしょう。こんなところに籠(こも)っていたら病気になりますよ」

「勾留されている社長に比べれば、全然大したことじゃないわ」

「それはそうですけど。ところで、どういう風に見張るつもりですか」

「カーテンをつけて、その隙間から見張るしかないと思っているけど」

「でも、それは辛くないですか。視界も限られているし」そういうと、磯辺は窓の外側についている手摺を摑んだ。「ここに花を植えるやつを」

「プランター、植木鉢」

「そう。プランターを置いて、それにカメラを仕込むというのはどうですか。防犯カメラみたいなやつです。もちろん解像度をよくして、その映像を部屋の中のモニターで見ればいいんですよ。そのほうが断然楽でしょう」

「あなたがその装置をつくってくれるの？」

「これでも家電オタクってやつなんです。性能優先だけど、できるだけ安く揃えます。そうやって選んでいくのが好きなんですよ」

「機械のことは任せるわ。もちろん、お金は請求して頂戴。よろしくね」

磯辺はこういうことがほんとうに好きなようで、目を輝かせていた。


四日後には、磯辺が機材を持ってきた。

右子はこの日までにエアコンをはじめ、日中を過ごすために最低限必要な家具と電化製品を買い揃えた。

「カメラは高解像度・高画質のものを用意しました」

磯辺がテーブルにモニターを置きながらいった。

「レコーダーも用意したので、留守中の映像もあとで確認できますよ」

「いいわね」右子はコーヒーをだした。

モニターとレコーダーがケーブルで結ばれた。磯辺が窓を全開にして、玄関に置いてあったプランターを運んだ。壁掛け用の奥行の浅いタイプだった。カメラは本体を土に埋め、レンズ部分を植栽の葉で隠している。コードはプランターの下の穴を通して窓の下端から室内に引き込み、コンセントに差した。

レコーダーのスイッチが入ると、モニターに通りの映像が映しだされた。

「いいじゃないですか。通行人の顔がはっきりわかります」磯辺が歓声をあげた。

「そうね。これなら楽をして見張ることができそうね。ありがとう」

「ほんとうに専門的なシステムなら顔認証機能が組み込まれていて、目的の人物が映ったら警報を鳴らすとか、そういうこともできるんですけどね。いくらかかるかわかりませんが」

「いいわ。そこは根気でカバーするから」

「わたしも週明けには退職するので、そうしたら交代で見張りますよ」磯辺が嬉しそうな顔でいった。

「でも、就職先を探さないと」

「バイト先は決めているので大丈夫です。学生時代もだいたい三つか四つのバイトを併行してやっていたので。だから空いた時間は手伝えますよ」

磯辺がいい終えて、にっと笑った。

8

神戸駅で電車をおりると、冷房で冷えた身体にねっとりとした熱気がまとわりついてきた。先崎吾郎はハンカチをとりだしながらプラットホームを歩いた。

改札を抜けると、東京組の堀井武史と奥山重夫が立ち話をしているのにでくわした。一緒にいこうかということになり、タクシーに乗ってホテルへ向かった。

きのう七月二十八日は石倉良雄のアカベック最後の日だった。きょうの集まりは、石倉がエスアイ・プロジェクトに参加した社員の慰労会を催したいといって実現した。赤部市で大勢の社員が集まると保全管理人に妙な誤解を与える可能性があるので、神戸市で開くことにしたらしい。

ホテルのバンケットルームを借りての立食式パーティーだった。費用はすべて石倉が持つという。

本社を中心に、東京、大阪の両支社から全部で七十名強の参加者がいる。元役員は石倉以外では専務取締役をしていた奥野将良と顧問だった吉村忠（よしむらただし）だけだった。

しばらく会っていなかったもの同士が懐かしげに言葉を交わしながら、会場に料理が並べられるのを待っていた。会場の中には十卓あまりの丸テーブルが置かれていた。椅子は壁際に並べられている。黒いベストを着たホテルの従業員が各テーブルに乾杯用のシャンパンを配っている。

石倉がマイクの前に立った。誰からともなく、はじまるぞという言葉が発せられて、みなの視線が正面に注がれた。

「今日はエスアイ・プロジェクトに参加してくれた人たちの慰労会ということで集まってもらいました。結局は会社更生法を申請して受理されたために、みなさんのやってくれた仕事は清算に繋がるものになってしまい、不本意だったかもしれません。しかしみなさんは最後までアカベック精神を発揮して、保全管理人たちが感心するほどに短期間かつ高い精度でまとめてくれました。ほんとうに感謝の念に堪えません。今後は管財人が選ばれて更生計画がスタートします。わたしの役目もこれで終わり、アカベックでの勤めも、昨日が最後になりました。みなさんがアカベックという会社を愛してくれたことはよくわかりました。いまでもわたしは贔屓目ではなく控えめに見ても、アカベックは他社には真似のできない得難い会社だと思っています。そんな会社で働いたことを、どうか誇りに思って、今後の人生を歩んでいただきたいと思います」

会場からすすり泣く声が聞こえてきた。吾郎もまた、声にはださなかったが、目の潤みをこらえることができなかった。

「乾杯の音頭は若い人にしてもらおうか」石倉がほかの役員や部長たちのほうを見て同意を得

るようにしてから「では、社内改革プロジェクトのリーダーを務めていた堀井課長にお願いしよう」といって、マイクを譲った。

堀井は遠慮することなくやる気満々の様子でマイクを握った。

「みなさん、これまでほんとうにありがとう。ほかの会社でも社内横断のプロジェクトに関わった経験はあるけれど、これほど全員が自律的に動いてくれたものはなかったように思います。まさにアカベックイズムなんだと、あらためて感じた次第です。見事な企業文化をつくられた先代の社長と内野社長に心から敬意を捧げたいと思います。その社長がいまブルシアで大変な窮地に立たされています……」

堀井が万感迫る思いにかられたのか、言葉を詰まらせた。「いいですか、みなさん。社長が覚醒剤を所持していたというのは間違いです。冤罪です。ブルシアへ同行した一人として、断言します。最後には疑いが晴れて帰国できると信じています」

堀井に同調する声があがった。一種の高揚感の中での乾杯となった。

アルコールが入ると、気持ちは弥が上にも盛りあがる。

一月半の間、アカベックはだらしないといわれないために、全員が必死に作業をしてきた。結果は会社更生法の適用という最悪なものになったが、いまはやりきったあとの解放感が上回っているのだ。

宴が後半になり参加者の酒量が増したころ、会場によく響く声がした。

「なんかさあ、ここにいるもんだけで、会社ができるんじゃないの」

東京からきた営業の高松君平だった。

「おう、そうだな。技術設計、生産、営業、調達、管理。全部揃っている」

国際業務部の赤羽賢太郎が応じた。

各部署から優秀なものを集めてつくられた社内改革プロジェクトチームを核にし、それを補完するようなメンバーがエスアイ・プロジェクトに参加したのだから当然のことだった。

「リストラされたらどうしようかと思ってたんだが、このメンバーで会社をつくるのなら、おれは乗るけどな」

「そうよね。あたしも乗るわ」

「それなら、ぼくも」

参加者が口々に感想をいいはじめた。見ていると、声高にいっているのは東京組だった。その中心にいた堀井がゆっくりと石倉に近づいていく。

「副社長、いまみんながいったこと、お聞きになりましたか」

「うん？」石倉が無表情に応じた。

「新しい会社をつくったらどうか、という話です。会社はＡＤＲをはじめたときから、もう我々の意思とは関係なく、銀行の思惑で動かされているという感じがしていました。更生法が適用されて確実になりました。もはや自分たちの会社という感覚はありません。これからスポンサー企業が選定されればなおさらです」堀井が一気に喋った。目はまっすぐに石倉を見つめている。「他社に操られるアカベックなら辞めたいと思っている社員はけっこういると思うんです。問題は行き先です。みんないままでのアカベックのような企業で働きたいと思っているのですが、そんな会社はほとんどありません。ないなら、自分たちでつくればいいのではないでしょうか」

「それはいいな、堀井」合いの手を入れるようにいったのは奥山だった。

「で、わたしになにをしろと？」石倉がのんびりとした口調でいった。

「石倉さんが新しく会社を興すなら、おれはついていきたいと、ふと思ったんです。どうですか、原島部長？」

「おお、なかなかいい考えじゃないか」原島が即答する。

この連中、仕組んだな、と吾郎は思った。なにが、ふと思っただ。最初からそのつもりだったくせに。堀井、奥山、高松は神津の陰謀を暴くのだと息巻いていた。原島は東京へいったとき、彼らにとりこまれている。あれから東京組を中心に仲間を増やしていったのだろう。

「原島さんまで、そんなことを」石倉があきれたような顔でいった。

「副社長ならアカベックのような会社をつくることができます」原島が真顔で返した。

集まってきたものたちが一斉に石倉のほうを見た。

「なんの会社をつくるつもりだ？」

石倉が、ふだんと変わらない口調で訊いた。

「もちろん、医療機器の会社です」堀井がこたえる。

「アカベックの競合会社をつくろうというのか？」

「アカベックは、もうわたしたちの知っているアカベックではないんです。我々でほんとうのアカベックを継承するんです」高松が激しい口調でいった。

「しかし、アカベックにはきみたちの同僚がたくさんいるんだぞ。その会社と戦うのか？」

「いまの会社に残る連中も経営者が代わればどうなるか、いずれわかるでしょう。そのとき新しい会社が受け皿になればいいじゃないですか」こんどは奥山がいった。

「会社をつくるのは、それほど簡単じゃないぞ。いままでやってきたのは製造業だ。工場設備が必要だが、その金はどうやって集める？　我々に出資してくれるファンドがあるとも思えないが」

「最初は工場設備を持たなくてもいいじゃありませんか」堀井が大きな声でいった。「ファブレスでいきましょう」

ファブレス？　と周りに訊いている総務の女性に、自社で工場を持たずに工場機能をアウトソースすることだよと、隣にいるものが小声で教えている。

「そういう話だったら、わたしたちが外注先の指導にあたって品質を確保しますよ」

そういったのは、本社生産本部のものだった。堀井たちの仲間なのか、この場で心が動かされたのかはわからないが、援護射撃には違いなかった。

「技術面では、菅原（すがわら）さんと近藤（こんどう）がいれば、他社に負けませんからね」

開発本部で要素技術を開発しているベテランの菅原利之（としゆき）と若手の近藤行生（ゆきお）が優秀だというのは、吾郎も知っていた。

「おいおい、なにをいっているんだ」石倉が冗談をいうなというふうに笑いながらいった。「二人なら、どの会社でも歓迎してくれるだろう。勝手にきみたちの仲間に入れるのは酷というものじゃないか」

石倉が同意を求めるように、この場に出席している菅原と近藤に顔を向けた。

「副社長が会社を興すのなら、わたしは喜んで参加させてもらいますよ」菅原がいった。

「ぼくもです」近藤も同調した。

「どうも、みんな酒ばかりでなく、この場の雰囲気に酔っているようだな」そういって石倉は笑みを浮かべた。

奥野や吉村も笑っていて、原島や堀井の言葉をまともに受けとっていないように見えた。

「さて、今日は調子よく飲み過ぎたようだ。ちょっとつらくなってきた。原島さん、中締めを頼みます」

石倉がさも酔っているといわんばかりに大きく息を吐きだしながらいった。

「副社長、いまの話は真剣に考えるに値するのではないでしょうか」原島が真顔で返す。

「わかった、わかった。そんな話は酒の席では無粋だよ。さ、中締めを」

原島が堀井や奥山たちのほうを見て、この場はしようがないかという顔をしてから三本締めをした。

「ここはあと一時間はとってあるから、存分に飲んでくれ。わたしはお先に失礼するよ。今日はほんとうに楽しかった。ありがとう」

石倉が機嫌よさそうな足取りで会場をでていく。奥野と吉村もそれに続いていった。

「石倉さんがその気にならないのなら、しようがないなあ」原島がぼやくようにいった。「いい考えだと思ったんだけどな。高松、おまえが変なことをいうからだぞ」

「すみません。これだけ揃っているのを見ていたら、つい思いつきで」

「まあ、いい。とんだ酒の席の余興だったな。さて、みんな飲み直そうか」

原島が妙に明るい声で叫ぶと、それを合図のように、テーブルの周りで酒やビールの注ぎ合いがはじまった。

原島の周りでは、話題は自然に新会社に関することになった。

吾郎は空のグラスを持ってテーブルに近づいていった。

「わたしの周りで、会社をスピンアウトして新会社を興した例がけっこうあったもんだから、つい調子に乗ってしまったな」

「そんなにあるもんなんですか」若手が質問した。

「あるある」原島がまるで講義でもするように事例の説明をはじめた。会社の後輩を数人引き連れて起業した例や、新規参入してきた外資が既存企業の社員数十人を一気にスカウトした例を話したあと、グラスの日本酒を飲み干してから「さっきの話に近い例だと――」と続けた。

一九八〇年代、製造業の大手企業のある一部門が、ほぼそっくりスピンアウトして新会社をつくったという事例だった。その部門が手がけている事業の撤退を会社が決めたのが発端だった。部門長は会社の方針に異論を唱え、子会社化しての事業の継続を提案するが受け入れられなかった。そこで八十名ほどの人員を引き連れて新しい会社を興したのだ。大手企業からの大規模なスピンアウトだったためにマスコミでもよくとりあげられた。

その話ならば、吾郎もなにかで読んだことがあった。

「まあ、そういうことを知っていたもんだから、つい石倉さんをそそのかしてしまったんだな。いずれにしろ、あの人にその気がないならあり得ない話だ」

「原島さんが会社をつくればいいのではないですか」

先刻の若手が酌をしながらいった。

「人には器ってものがある。わたしは補佐役がいいんだよ。大将にはなれないんだ」

「そういうものですか」

「そういうものだな」

原島はそういって高笑いをした。

吾郎はほかのテーブルを見た。原島はああいっているが、諦めるのが早すぎる気がした。

「先崎さんは酒がすごく強いんだって？」

耳元で声がして、見ると堀井が酒瓶を持っていた。いつもの大声でなく、声を抑え気味にしている。

「いやいや、堀井さんほどではないと思いますよ」

「本社では先崎さんに酒を飲ませるのはもったいない、といわれているって聞いたけどね」

そういって、吾郎の持っているグラスに強引に日本酒を注いできた。

「先崎さんは、カウント済みなので、よろしく」

「えっ」

「原島さんと東京にきたときから、そう思っていたので。会社を興す話も神津の陰謀を暴くってほうも、両方乗ってもらえる、とね」

堀井はそれだけいうと、別のテーブルに移っていった。

やはりそうだ。堀井や原島は諦めてなんかいない。これからも石倉を説得するつもりでいるのだ。

さて、どうするか。

吾郎は過去の転職を思い浮かべた。安易に決めてきたという後悔がある。

大学を卒業して最初に就職した先は、陸上自衛隊だった。もともとは県か市の役人になろうとして公務員試験の準備をしていた。その流れで自衛官の試験も受けたのだ。結果は地方自治体の試験はすべて落ち、自衛官の試験だけが合格だった。迷ったが、いまさら民間企業へ就職活動をしたり、ましてや就職浪人するのも嫌だったので、そのまま自衛隊に入った。そんないい加減な動機だったので、同期の連中とは意識に大きな違いがあった。大卒は幹部候補生として、入隊すると曹長に任命される。所定の教育期間を経て三尉に昇進し、警務隊へ配属となった。

警務隊は他国であれば憲兵にあたり、自衛隊内の警察の役割を果たすところだ。教育期間は耐えられたが、実部隊に身を置くと、すぐにいい加減な考えで入るところではなかったと思い知らされた。半年で嫌気がさし、配属後一年で除隊した。

あらためて就職活動をはじめた。三年間の自衛隊経験はそれほどマイナスにならず、大手証券会社に営業職で採用された。自衛隊の訓練に耐えた体力と気力があると思われたのかもしれない。いくつかの支社や支店勤務を経験した。どこでもノルマ達成のために、過重労働の日々をおくった。二年後に本社へ戻った。経理にいた女性と知り合い、つきあいはじめて一年後に結婚した。そのころが唯一公私ともに充実感のある時期だった。営業成績があがり、おまけに自衛隊出身でタフな男だという定評を上が信じたのか、もっとも厳しい営業課へ異動となった。そこでは過酷なノルマとパワハラが待っていた。こんどは自分だけの頑張りでは解決できないことが多く、上と下との板挟みに苦しめられ、こんな生活がずっと続くのかと考えてしまったのが契機となって出勤できなくなってしまった。家をでて駅まではいけるものの電車に乗れなくなったのだ。休職したが復職できず、郷里の岡山へ戻って再就職した。東京育ちの妻も、辛抱強くつきあってくれた。

岡山では前職に比べればのんびり過ごすことができ、勤務もふつうにできるようになった。会社は上場を目指しており活気があるように見えた。しかし社長の目的は上場してさらに発展させたいのではなく、創業者利益を得ることだけだったのだ。株価を高くするために業績をよく見せようと操作をしているのを知るに及んで嫌気がさし、結局二年と持たずに離職した。

そして次に入社したのがアカベックで、ようやくこういう会社に勤めたかったと思えたのだ。だからアカベックと同じような会社をつくりたいと思う人間がでてくるのはよくわかる。

これまでの離職は、それぞれ深刻な理由があったので、ほかの選択肢はなかったといまでも思っている。問題は、転職先を見つけるときだった。会社を辞めると決意したあと、当然のように求人広告を見たり人材紹介会社へ登録したりする。在職中に次の仕事を探すにしろ辞めてから探すにしろ、生活をしなければならないからできるだけ早く決めなくてはならない。限られた時間の中で、自分に合いそうな会社を探すことになる。しかし表面的なことはわかるが、ほんとうに合うのかどうかは入ってみなければわからない。最後は賭けのようなものだ。これまでは賭けに負けた。二連敗だった。アカベックに入ってやっと、これは勝ちかもしれないと思えたのだ。

過去と同様の方法で転職先を見つけたとして、また勝てる自信はない。だったら新しい会社に託してみるか――。世間的には、家庭があるのだから、早く定職につくべきだろう。でも自分の人生の重要な時間を過ごすことになると考えれば、もう安易な転職はしたくない。アカベックのような会社があるならいきたいが、そんな会社に巡り合える確率は高くないのはわかっている。

過去を振り返っているうちに時間が過ぎ、そろそろお開きのようだった。宴が終わって雑然とした会場内で、本締めいくぞ、という声が響いた。

9

先崎吾郎は堀井武史から一緒に京都にいる石倉良雄を訪問しようと誘いを受けた。以前、石倉から東京と大阪支社の様子を見てくるように指示されたことが、先崎は副社長から信頼されているという評判を呼んだらしい。

八月に入ってはじめての土曜日の午後、吾郎は京都駅で堀井と会った。ほかに原島惣介と奥山重夫もきていた。

「先崎さんは仲間だと思っていいんだよね」コーヒーショップに入るなり、堀井が訊いてきた。

「やはり、諦めていなかったんですね」吾郎は原島に顔を向けた。

「ああ。あの場では、いったん会社設立の話はなかったことにしなければならなかったんだよ。スピンアウトの話を公然と進めるわけにはいかないからな」

「ではなぜ慰労会で新会社の話を持ちだしたんですか？」

「みんなの反応を見たかったんだ。どのくらい興味を示すか。多ければ、石倉さんを動かす材料になると思ったわけだ。あのときは、菅原と近藤が賛同してくれたのが大きかった」

たしかに彼らがいれば、最先端の技術水準を維持できるのだから、その通りだろう。

「新会社を設立するには、石倉さんが乗るかどうかが重要ということですか？」

「石倉さんは先代社長のころから、社業が飛躍的に発展した時代を経験している。いままではのんびり構えているような印象だが、若いころはそうとうな猛烈ぶりだったと古参の人たちから聞かされているよ。きみらは知らないだろうが、十年前に先代が入院したときは、その代わりを務めたんだ。今回のエスアイ・プロジェクトを短期間で終わらせたのもさすがだと思うよ。資金を工面するには信用力が大事だ。会社がこんな状況ではなかなか金をだしてくれるところはないだろうが、石倉さんがその気になってくれさえすれば、見つけてくれそうな気がするんだ」

「で、今日は？」

「石倉さんを説得にいく」

「わかりました。わたしも仲間入りさせてください」

三人が当然だという顔をした。

そのあと打ち合わせをしてから、ＪＲ東海道本線に乗った。山科で市営地下鉄東西線に乗り換えて椥辻駅でおりる。

地上にでると途端に汗が噴きでてくる。堀井がスマートフォンに地図を表示させながら先頭を歩いた。

「石倉さんはなぜ京都に移られたのですか？」吾郎は隣を歩く原島に訊いた。

「石倉さんはもともと京都の生まれだと聞いたな。郊外に相続した土地があるという話だ。けっこうな資産家らしい」

駅から徒歩六、七分のところにある石倉のマンションにつくまでに、ワイシャツが背中に貼りつくようになっていた。

石倉の新居は七階建てのマンションの最上階にあった。家族は夏休みの旅行中ということで、石倉が自ら出迎えてくれた。

二十畳ほどのリビングダイニングに通された。石倉と原島がアームチェアに座り、三人はソファに座った。

「先週は慰労会を開いていただき、ありがとうございました」

原島がまず礼をいい、すぐに本題に入った。

「そのときに思いつきのように会社を設立したいという話がでましたが、真剣に考えていただきたいと思い、こうしてやってきました」

「思いつきではなかったということか？」

「はい。会場であの話がでたときに、本気で参加したいと考えたものも多かったと思います。典型的な例は菅原と近藤です。彼らは他社から好条件でヘッドハンティングされてもおかしくありません。それなのに会社ができたら入りたいといっていました。今週一人ひとり確認しました。そうしたら、我々を含めて新会社への参加希望者は六十四名になりました」

「いきなりそんな人数を雇用できる会社を立ちあげるのは難しいことだよ」

「しかし、それだけの数の人間が行き場を求めているのです。わたしたちにとってアカベックは二つとない会社だったんです。ほかの会社で代替できるものではありません。それならアカベックを知っているものが、もう一つのアカベックをつくるしかないじゃありませんか」

「わたしでなくてもいいのじゃないか？」

「それは石倉さんが一番おわかりではないですか」

「どういうことだ？」

「我々の誰が社長になってもうまくいきません。一般的な会社ならできるかもしれませんが、もう一つのアカベックをつくろうとしたら、強力な芯が必要です。アカベックには内野家という芯がありました。外からなんといわれようと、自らの経営哲学を貫く信念といっていいかもしれません。芯になり得るのは石倉さんしかありません」

「わたしには見極めたいことがある。まずは社長と暴力団幹部の交際を記事にしたライターと、その週刊誌を発行している出版社を名誉棄損で告訴すること。社長名義での告訴だね。もう一つは更生計画が実行されて、スポンサー企業がどこになるかということだ。それによってアカベックがどうなっていくかが決まる。きみたちがいうように、これまでのアカベックが消滅するかどうかは、まだ決まったわけではないとわたしは思っている」

「神津の目的は、最終的にアカベックを乗っ取ることにあるとおっしゃったではありませんか」堀井が発言した。「そうなると、スポンサー企業は神津がやりやすいようなところに決まるのではないですか」

「スポンサーはコンペで決まるだろう。対抗馬はでてくる。そこで神津の計画が覆（くつがえ）るかもしれないぞ」

「では、その二つが思うような結果にならなかった場合は、会社設立に動いていただけますか？」原島が横から石倉の顔を覗き込むようにしていった。「我々は神津の陰謀を暴く活動もしようと思っていますが、アカベックをそのまくれてやるわけにはいきません。スピンアウトをして新会社を興すのは神津の計画を挫くためでもあります」

「考えてみよう」

「いつまでですか？」

「二ヶ月以内にスポンサー企業が決まるだろう。まずはその結果を待とうじゃないか」

原島が吾郎たちのほうを、どうだ、というふうに見てきた。

吾郎は堀井と奥山を見た。二人が頷いた。石倉が考えようといってくれたことは前進に違いなかった。

「わかりました。では、スポンサー企業が決まった段階で、また石倉さんのご意向を伺います」原島が神妙な顔でこたえた。

「先崎さんに一つ頼みたいことがある」石倉がいった。「アカベックから離れてここにいると、会社のことに疎くなる。どうだろう、ときどき話を聞かせてくれないか。むろん、社員には守秘義務があるから、それに抵触しない範囲でいいんだが」

「はい、それはもう喜んで」

これもまた前進の証ではないだろうか。吾郎は力を込めて首肯した。

第四章　潜入

1

電動ミルの音がやみ、コーヒーの香りが漂ってきた。片平右子は粉をドリッパーに置いたフィルターにあけた。こうしてコーヒーを淹れるときだけが、唯一気を緩められる時間だった。

マグカップを手にして、またモニターに映る歩行者を漫然と眺める。

通りには時間の顔というものがある。午後四時近いいまは、近所へ買い物にでかける女性の姿が多く見られ、歩行者のほかに自転車が増える。八月が終わろうとしているが、猛暑日のきょうは道行く人の表情が険しく見えた。

高車会の監視をはじめて一ヶ月近くになるが、これまでにトリイの姿を捉えたのは一度だけだった。二週間ほど前のことで、すぐにあとをつけたが、錦糸町にある小さな建設会社を訪ねただけだった。

こうしてモニターを見続けるのは想像以上に辛い作業だったが、先週内野が送検されたと聞き、いまは焦燥感が疲労感に勝っていた。

ブルシアの法律事務所との契約はアカベックから内野家に替わっており、それを遠戚に当たる石倉がとりまとめている。ただ、右子からマニー・ゲイツ弁護士に問い合わせれば、状況は教えてくれていた。

モニターの右上に男物の靴が見えた。二人だ。数秒後にそのうちの一人がトリイだとわかった瞬間に、右子は立ちあがってバッグを手にしていた。スニーカーを履いて外にでると、アパートの外階段を駆けおりた。

通りにでると、トリイたちは十メートルほど先を歩いていた。二人ともスーツ姿だ。トリイは薄いグレー、若いほうは黒を着ている。

飲み屋街を進む。ところどころで開店前の掃除をしている光景が見られる。通行人は少なかった。

トリイたちはなにかを捜すように、しきりに左右を見ながら歩いていく。いつ後ろを振り返るかわからない。右子は歩調を緩めて距離をとった。

二人が角を曲がり、姿が見えなくなった。右子も足早に角を曲がった。そのとき怒鳴り声がしたかと思うと、駆けるような靴音がした。青いシャツ姿の男がこちらに向かって走ってくる。右子が足をとめて身構えると、その手前で横道に入っていった。すぐあとをトリイと一緒にいた若い男が追いかけて同じ道に走っていった。

奥で怒声が聞こえる。

右子は横道とは反対側の端を歩き、通り過ぎるときに横道の奥を見た。そこは道ではなく、ビルとビルの間の隙間だった。うめき声と罵声(ばせい)、なにかがぶつかる音。逃げ込んだ男がトリイたちに痛めつけられているのだ。

周囲を見回すと、通行人が三人ほど立ちどまっていた。だがそれは一瞬のことで、みなすぐに現場から遠ざかろうとする。

右子も真っすぐにいき、駅前まででた。電話ボックスがあったので、中に入り一一〇番通報し、喧嘩が起こっていることだけをいって電話を切った。

駅の構内にいると、パトカーのサイレンが聞こえてきた。しばらくしてから先刻の場所へいってみると、救急車もきていて、青シャツの男がストレッチャーに乗せられるところだった。トリイたちの姿は見えなかった。

右子はアパートへ戻る気になれず、駅のほうに引き返した。

2

九月に入っても赤部市はここ数日真夏日が続いていた。

六月から八月にかけて、アカベックは生殺しのような状態に置かれていた。会社がなくなるわけでもなく、さりとて自主性は奪われ、自分たちで決められることなど、ほとんどなかった。

大手の取引先は契約解除を通達し、去っていった。彼らには代替手段がある。アカベックとの取引をやめたら自分たちの死活問題になる中小の取引先を相手に、大幅に縮小した製造と販売をしているに過ぎなかった。退職者が多くでたとはいえ、現在の社員がフル稼働するような仕事量はなかった。

スポンサー企業が決まり、更生計画ができれば大手の取引先が戻ってくるという期待がある。いま、社員のみならず、旧も含めて全取引先がもっとも関心を寄せているのは、スポンサー企業がどこになるかだった。そのスポンサーを決める入札がいよいよはじまるという噂が流れた。

しかしスポンサー企業が決まる前に、東京支社で多くの退職者がでた。堀井、奥山、赤羽、高松たちだった。そのほかに五名が辞めたという。役員がいない中、東京支社の中心となっていた連中である。

そのことを石倉も知ったらしく、先崎吾郎に東京の様子を見てきてほしいといってきた。会社の業務でいくわけではないので、有給休暇をとって東京へいった。旅費は石倉がだしてくれた。

八重洲地下街にある喫茶店で堀井武史と会った。吾郎が東京にきた事情を話すと、堀井は小刻みに頷きを繰り返した。

「新会社をつくると決まったわけでもないのに辞めたので、石倉さんが心配したわけか」

堀井は紺のポロシャツにブリーチがかかったジーンズを穿いていた。会社員だった面影は見られなかった。

「それで今回一斉に十人くらい辞めたのは、なにか企んでいるってこと？」

会社を辞めれば役職は関係なくなるので、言葉も気を使わないことにした。

「半分くらいは偶然退職時期が一緒だったというだけかな。ところで、これからちょっと寄るところがあるんだけど、つきあってくれる？」堀井が突然いった。口元には悪戯っ子のような笑みが浮かんでいた。

連れていかれた先は、両国にあるビルの地下だった。京葉道路から南に数本入ったところで、集合住宅やこぢんまりとした事務所ビルが並んでいる場所だ。このビルは五階建てで、二階以上がマンションになっており、一階に古着屋と理髪店が入っている。

地下におりる階段の壁に「アメリカ屋」と書かれたプレートが貼ってあった。まだオープン前のようで、店内の備品を従業員たちが並べているところだった。

「おい、みんな、監査だぞ。へまするなよ」吾郎を見てTシャツにジーンズの男が叫んだ。

「はい、帳簿を揃えて」声をだした女性もやはり同じような恰好をしていた。

「前田さんか」

長めの髪を後ろで結わえ、頬から顎にかけて無精髭風にしているので、すぐにはわからなかったが、東京支社で営業企画を担当していた前田宗太だった。年は吾郎より若干上のはずだが、ラフな恰好とあいまってずっと若く見える。

「こんなところでなにをやっているんですか」吾郎は誰にともなく訊いた。

「見ての通りだ。飲み屋を開業するんだよ。おれ、こういうとこの店長やるのが夢だったたん立ちをしている。

「ぼくはバーテンをやります」

脚立の上から二十七、八歳くらいの男がいった。昔の映画の二枚目といった感じの整った顔

「おお」本社の技術設計本部で製品のデザインを担当していた岡本佳秀だとわかった。「会社辞めちゃったのか？」

「どうせ、辞めようと思っていたので、早いほうがいいかと」

岡本が屈託のない笑顔を見せた。

「あたしも、お忘れなく」

吾郎は声がしたほうを振り返った。三十前後に見えるショートヘアの女性だった。

「広告宣伝部の――」名前まではすぐにでてこなかった。

「そう。富永春帆です」

広告宣伝部は東京支社にあり、彼女は広告デザインを手がけていた。

「この店、居抜きで借りたんですけど、前が昭和の喫茶店という感じで、内装は見ての通り木をふんだんに使っているから、うまく利用すればパブっぽくなるかもと思っているんですけどね」

「パブ？」

「そうなんだ」前田が人差し指を立てていった。「カラオケがあったり、女性がつくような店だ」前田がこたえた。

だと客同士があまりこみいった話をしなくなるから、飲みながら会話できる店にしたいと思ってね」

「ビール会社の直営店のような?」

「向こうのモデルはドイツのビアパブだろう。うちはアメリカのニューイングランドにあるイギリス風のパブのイメージにしようかと思ってね。住宅街にぽつんとあるこぢんまりしたパブの雰囲気だね」

「なんだか、ややこしいな。アメリカにあるイギリスのパブっていうのは」

「おれが本場のイギリスのパブにいったことがないというだけなんだ。アメリカの東海岸ならちょっといたことがあるんでね」

「それで店名がアメリカ屋か。米国屋って漢字でも書いてたけど、なんだか米屋と間違えそうじゃないか」

「このコースターを見てよ」前田がカウンターの上に積んである中から一枚抜いて吾郎にくれた。「米国屋の文字が大きく書いてあるんだ。で、米という字をイギリスのユニオンジャック風にデザインしている。つまりアメリカの中のイギリスという意味」

「そういうこだわりは、客には通じそうにもないけどなあ」堀井があきれたような声をだした。

「でもこの内装はどう見ても、アメリカにあるイギリス風パブではないね」

「それを直してくれるのが、春帆さんの役目だから」

前田の言葉に、彼女は首をすくめて「米屋と間違われない程度にはね」

「神津ケミクスの本社が来週この近所に移転するんだよ」堀井が吾郎にいった。「神津が無類の相撲好きで、両国国技館の近くに自社ビルを建てたいといったとか。タニマチの一人で、贔屓力士の懸賞金だとか化粧まわしだとかに、けっこうな金を使っているらしい」

「その近くに飲み屋をだすということは――」

「そう。ここに神津ケミクスの社員を呼び込もうというわけ。酔えば会社や上司の愚痴をいうだろうし、警戒心が薄れて機密情報も喋るかもしれない。それが狙いなんだ」

「まずは神津ケミクス本社の前でビラ配りをする」前田が壁に絵をかけながらいった。「開店の飲み放題無料サービス券を、あそこの社員に集中的に配る」

一杯無料ではなく飲み放題無料とは張り込んだものだ。それならその券を使いに、一度は寄ってみようと思うだろう。

「それにしても、三人は意外なとりあわせだなあ」

彼らは社内改革プロジェクトチームのメンバーだが部署や年齢はばらばらだ。共通点がなさそうに見えた。

「東京支社に料理同好会ってのがあったんだ」前田が吾郎を見た。「十五人ぐらいいたかな。貸しキッチンで自慢の料理を披露しあうんだ。おれたちはその仲間だよ。岡本は出張で東京にきたときなんかに参加していた」

吾郎が感心していると、堀井が肩に手を回してきて、奥の厨房に誘った。丸い椅子をだして、どうぞといい、自分は換気扇の下で煙草をとりだした。

調理台に、食品衛生責任者前田宗太と書かれたプレートが載っていた。

堀井が煙草に火をつけて最初の煙を換気扇に吸い込ませると、振り返っていった。

「つまり、こういうこと」

「つまり、どういうこと？」

察しはついたが、突拍子もないことのようにも思った。

「神津の陰謀を暴くための拠点だ」

「しかし」なにかやるとは思っていたが——。「そのために、会社を辞めてしまったのか」

「今回退職したのは、新しい会社ができようができまいが、どっちにしろ辞めると決めていた連中だ。早いか遅いかの違いだから。それならいまのうちに神津の不正を暴いて、新会社の事業の障害をとり除いておこうってわけ」

「堀井さんがそういう行動をするのはわかるけど、ほかの人たちも同じ気持ちなのかなあ？」

「あれを見れば、わかると思うけど」

堀井がみなが作業をしているほうを顎で示し、うまそうに煙草を吸った。

「なるほど。でも、ここの開業資金はどうしたんだ？」

「前田さんと奥山さんとおれが、それぞれ百五十万円ずつだして共同経営者となる。残りは、クラウドファンディングじゃないけど、仲間から出資してもらう。とりあえず、東京にいる九人から百十万円集まったので、店の改装費用はなんとかなりそうだから、こうして準備をはじめたんだ。関西では原島さんがまとめてくれて、あと百万は集められる見込みだ。儲けがでたら、出資してくれた人に配当をだす」

「儲けがでるのか？」

「前田さんは、本気で儲けるつもりなんだよ。営業企画のアイディアマンとして鳴らした人だから、けっこういけるかもしれないよ。で、先崎さんにもぜひ出資をしてもらいたい」

「わかった。十万円ならだせるよ」

「あとは活動費として、メンバーから毎月カンパを募りたいんだ。一口五千円で、何口でもいい」

「わかった。二口くらいかな」

いまは飲み代が減ったから、小遣いからそのくらいはだせる。

「じゅうぶんだよ」

そのとき前田がやってきた。「お二人さん、カウンターに座ってみてよ。こうしたほうがいいとか、アドバイスがあればいってほしいんだ」

嬉しそうな顔でいった。こんな店をやってみたかったという彼の言葉に嘘はないようだった。

3

新三友ビル二十階にある執務室で、黒部史郎は窓で切りとられた景色を見ながらいった。

「どうだ、アカベックは？」

「お買い得だと思います」机を隔てて立っている経営企画室長の小林通夫がこたえた。

「きみの分析を聞かせてもらおうか」

黒部は向き直って、小林に壁際の椅子を持ってきて座るようにいった。

「まず、収益性は非常に高いです」小林がファイルを開いて資料をとりだした。「アカベックのいろいろな数字を見て、わたしなりに分析してみましたが、どの部門も生産性や効率がいいんですよ。工場は、一般的に優秀な会社より欠損率が一桁低いですね。事務系部門もミスが少なく処理が速いです」

「べた褒めだな。そういう会社が破綻したというわけか？」

「唯一の問題が過大な研究開発費です。新製品開発のために借り入れをしても、製品化できれば資金の回収ができて返済できるのですが、すぐに次の新製品を開発したくなるんでしょうね。毎回、前回を上回る開発費になるので、どんどん膨れあがっていったわけです。技術畑のオーナー社長がかかりやすい病気のようなものですね」

「銀行は気前よく貸していたのか？」

「収益性がいいので、利子はきちんと払えるんです。ですからむしろ貸すのに積極的だったようです」

「利子の支払いで、利益を食い潰していたわけか」

「食っていたのは事実ですが、潰すまではいっていませんでした。それ以上の利益がでていたからです。この利益というのは、営業利益のことではなく、実質的な利益です」

「ややこしい言い方だな」

「利益がでそうになると、費用として使ってしまうんです。使い道は研究開発と人件費です。決算賞与を多くだしています。つまり粗利率（あらりりつ）は高いけれども営業利益率は低く抑えているんです。むろん借入金の利息分は確保した上での話ですが。上場会社なら利益をださないと株主に非難されるわけですがアカベックは非上場で、しかも大株主は社長一族ですから、表向きの利益をださなくても誰も文句はいわない。法人税を最小限にしているんですよ」

「社会への義務を果たすより社員優先か」

「その代わりといっていいのかわかりませんが、地元には、サーモシティといってさまざまな文化施設や奨学金制度をつくって還元しています」

「なるほど。おもしろい会社だな。なんにしても高効率な体質の企業なら、我々ともうまく融合していけそうじゃないか」

「それがそうでもなさそうでして」

小林が困ったような顔をした。

「どういうことだ？」

「効率のいい仕組みをどうやってつくりあげているかが問題なんです」

「標準化が進んでいるんだろう？」

「その反対です。先代の社長の口癖が、属人的で性善説が究極の効率化だというんです。いまでも暗黙の社是になっているようです」

「うちとは真逆の経営方針だな。属人化を許せば、担当者がいなくなれば業務が滞る。性善説をとっていたのでは牽制機能が働かない」

「リスクはわかっている上で、よけいなコストをかけない、ということらしいですね」

「なるほど」

「ノウハウはそれぞれの職場の社員が持っているんです。マニュアル通りきちんとやれではなく、ベテラン社員のやり方を真似ろというわけです。ですから先輩は後輩を育てるのが重要な任務となります」

「職人企業だな、いってみれば」

「離職率が極めて低いので、それが可能なんでしょうが」

「アカベックの社風に合う人間にとっては居心地がいいだろうから、離職率は自ずとさがるだろうな。会社にいる間に合うようになるのかもしれないがね」

「今回分析してみて、ちょっとうらやましくなりました。うちはルールやマニュアルでがんじがらめじゃないですか。儲けに直結しないことまで締めつけなくてもいいじゃないかと思いますよ。もっと社員を信用して、裁量の範囲を広げてやれば、やる気も倍増すると思いますけど」

「不祥事が起きる」

「アカベックでも、たまに不正などは起きるそうです。でも先代の社長は、損害などたかが知れているといっていたそうです。牽制機能を作りあげるコストのほうがよほどかかるんだと」

「ふん。うちのような会社では、そんな鷹揚なことは口がさけてもいえないな。しかしきみがうらやましいというのも、わからんではない」

「わたしの想像ですが、属人的なやり方は自分しかできないとか自分の責任だとかを意識すると思うんです。うまくプラスの意識を引きだしてやればモチベーションやモラールがあがり、仕事にも誇りが持てるようになるのではないですかね」

「昔の猛烈社員のようにか？」

「その時代をわたしは実際に体験していないのでわかりませんが、現代風にアレンジしていけばおもしろいという気になってきました」

「あくまで働く側の感情だ。経営者が持つべき考えではない。まあ、うちの会社にいる間は忘れろ」

「はい。話がそれてしまいましたが、高効率体質と高度な技術力、そして優秀な人材が多い会社だと判断しました。当社にとって悪い話ではないと思います」

「神津ケミクスだけでは品揃えが不足していて大手メーカーと対抗していくには力不足だから、補完できる会社を手に入れるのは悪くないと考えたんだろう？」

「おっしゃる通りです。手に入れるなら中身のいい会社にしなければなりません。アカベックなら申し分ありません」

「飼い慣らすのが大変そうだがな。今回は会長の肝入りだから、やらざるを得ないんだが、いい会社に越したことはない。入札は今週の金曜日だったな。予定通り札を入れよう。対抗馬はいるのか？」

「五蓉物産がきそうです。手強いかもしれません」

「なあに、元は丹波銀行の案件だ。手を回してあるから、札さえ入れればうちに決まるのは既定路線のようなものだ。会長がご執心だから、とりこぼすわけにはいかないんだよ」

「会長と神津社長はどういうご関係なのですか」

「昔、神津さんの実家は三友家と縁続きだったんだ。旧華族の家系でね。加えて会長と神津さんとこの奥さんが従姉妹同士だっていうんだから始末が悪い。だからあそこを子会社にするときも高めに買わされたわけだ。今回も神津さんの野心につきあわされているようで気に入らないんだが、しようがない」

「そういう事情があったんですね。でも、クズ会社じゃなくてよかったです」

小林が資料をファイルに戻し、これから神戸へいってきますといって部屋をでていった。

黒部は椅子を回転させて、窓の外に目を向けた。

4

先崎吾郎は栂辻駅の出口で傘を開き、通りにでた。石倉良雄の自宅マンションまでの道を歩くのはきょうが四回目になる。八月初めに堀井たちと訪ねて以来、二週間に一度のペースで会社の様子を話しにきていた。

きょうは二日前の九月十五日にアカベックのスポンサー企業が決定したので、石倉に呼びだされたのだ。

この日は夫人が玄関を開けてくれた。恐縮しながら居間に入ると、石倉とともに小学生か中学生と思われる少女がいた。娘だと紹介された。

石倉は会社の資料によるとことし五十四歳で、子供が四人いるはずだった。長男が大学院生、長女と次男が大学生、そして次女が小学六年生である。つまり目の前の少女は次女ということになる。吾郎はつい教育費がかかるだろうなと考えてしまう。石倉が噂通りの資産家なら、あまり気にすることではないのかもしれないが。

夫人がお茶をだしてくれたあと、吾郎に向かって、でかけるのでお構いできませんがと謝ってから、娘を連れて外出していった。

石倉が吾郎に茶を勧め、自分も湯呑みを手にして一口含んでからいった。

「三友商事に決まったな。社員の反応はどうだ？」

「三友が神津ケミクスの親会社なのは、みんなわかっていますから、いってみれば競合相手のようなものなので戸惑っています。そうとう激しいリストラをしてくるのだろうと」

「三友商事は会見でアカベック社員の雇用は基本的に守るとこたえたね」

一般のニュースでは報道されなかったが、経済紙には三友商事のコメントが掲載されていた。

「いまのポジションで雇用されると受けとるほど、みんな楽観的には見ていません。配置替えや、三友傘下の他企業へ移籍させられるのではないかと。それにしても神津が書いた筋書き通りになってしまったのが悔しいです」

「うちと取引のあったアマノ通商は五蓉物産の系列だ。だからアマノの利府社長が五蓉の上のほうに働きかけて、三友の対抗馬になってくれたんだ。五蓉側が勝てば、まだアカベックの独立性を維持できたかもしれないが、その望みもなくなってしまった」

「そうだったんですか。でも我々としては未練がなくなって、かえってすっきりします。あとは副社長が新会社を設立するとおっしゃってくだされば」

「みんなからの圧力は強くなるだろうね。それに利府社長もプランBでいきましょうといってきているし」

「入札に負けた場合のことも考えておられたのですね」

「スポンサーが三友商事になればアマノ通商との取引は縮小あるいはなくなるのは間違いない。商社機能は三友商事に替わるだろうからね」

「そうすると、三友の傘下にはいろいろな企業がありますから、アカベックの取引先の再編が進むということになりますか」

「そうなるだろう。そこで利府社長が、新体制で排除されそうな取引先をまとめるので、わたしに新会社を設立するようけしかけてきている」

石倉の心境が大きく変化したようだ。言葉の端々に新会社設立に向けた意欲のようなものを感じる。

「ありがたいことですね。ではこれを機会に新会社設立の工程表を提示していただけるでしょうか」

「会社を興せるかどうか、可能性を検討してみようと思っている。つくると決めたわけではないので、早合点されては困るが」

とはいっても、前向きになったと捉えてよいのではないか。

「わかりました」

「明後日、社長が暴力団と関係しているという記事を載せた週刊誌とライターを名誉棄損で告訴する。社長はブルシアで拘束されているから、こちらの法定代理人の弁護士が手続きする。裁判に持ちこめれば、また展開が違ってくるだろう。告訴の結果がでるまで、新会社の検討はわたしと奥野さんほか数名でやる。だからアカベックに残っている人たちはそれまで辞めずにいてほしいし、すでに退職した人たちは、できるだけ生活を安定させてほしいと思っている」

「検察は起訴してくれるでしょうか」

「簡単ではないだろう。なにしろ、内野社長と暴力団幹部が並んで写真に写っているんだからね。しかし二人にそれ以外のつきあいがないのは調べればわかるはずだ」

「堀井さんたちが、神津と高車会の接点を探っています」

「彼らは会社を辞めてしまったんだったね。いまはなにをしているんだ？」

「堀井さんと奥山さんは共同で学習塾を開いたそうです。小中学生が相手で、進学塾ではなく、授業についていけない子供たちの勉強を見る塾だといっていました。生きるスキルを教えるんだと意気込んでいました。その一環かもしれませんが、堀井さんと赤羽さんは柔道の黒帯を持っているので、小学生向けの柔道教室の手伝いもしているようです」

石倉がそれはおもしろいな、と笑った。

「しかし彼らがおとなしく塾の経営に専念するとは思えないな。なにをするかわからないところがある連中だ」

「わたしにも合流してくれと誘いがありました。正直にいいまして、気持ちは動いています」

石倉が腕を組み、前方を見据えて動かなくなった。吾郎は黙って待った。

「きみはどちらにしてもアカベックに留まるつもりはないのだね？」

「三友の傘下に入った会社には魅力がありません。新しく会社ができるかどうかにかかわらず辞めるつもりです。早いか遅いかの違いですから、早めに退職して東京組に合流したいと思っています」

「生活費はどうする？」

「派遣登録しようと思っています」

「それなら、わたしの私設秘書になってくれないか」

「なにをすればよろしいのですか」

「いまきみがいったことだよ。東京組に合流してもらいたい」

「堀井さんたちの活動を支援するためにですか」

「それもあるが、本音はちょっと違う。わたしが懸念しているのは、あの連中が早まりはしないかということだ。いま社長や会社に有利な材料を探してくれているのはありがたいんだが、こういうときは弱い証拠でも大きく見えるものだ。もしも弱い証拠で世間に訴えたとき、それが覆されれば逆に疑いを晴らす芽を摘んでしまいかねない。だから彼らの動向をわたしに報告してくれる協力者がほしいんだ」

「スパイですか」

「わたしからそういわれてきたんだと、向こうの連中に話したっていいんだ。隠す必要はないからスパイではない。内部監査員と同じだよ」

「それで、わたしなんですね？」

「これまで、きみの書いた内部監査報告書を読んできたけれど、あの書きぶりを見ると適任かなと思ってね。目のつけどころがいい」

「ありがとうございます」

思いのほか声に力が入らなかった。新会社ができたときは当然アカベックを辞めるものだと決めていたが、いざとなると家族の顔がちらついてくる。

「給料はもちろん払うよ。いま会社からもらっている所定内給与程度は払えると思う。賞与分も十二等分して払うが、残業代に相当する分が減ることになるかな。ご家族は反対されるかもしれないが」

「やらせていただきます。月々の最低限の額が確保されるわけですから、家族もわかってくれると思います」

調子のいい言葉が口をついてでた。過去に人間不信に陥った反動なのか、人から見込まれるとつい引き受けてしまうのが悪い癖なのだ。

5

夕食のあと子供たちはソファに並んで座りテレビを観ている。先崎吾郎はダイニングテーブルで焼酎のロックを飲んでいた。向かい合わせで和子（かずこ）が自慢の自家製梅酒をソーダ割にして飲んでいる。

「やっぱりリストラはあるのかしら。みんな、けっこう不安がっているのよ」

「三友商事は従業員の雇用は守るといっているけどな」

「じゃあ、あなたも大丈夫なのよね」

吾郎はすぐにはこたえずにグラスを口に運んだ。

ソファにいる小学五年の娘と三年の息子の横顔を見た。二人はテレビ画面がＣＭを映しだしたときに、来月の運動会について話しはじめた。

「雇用は守るっていうのは、どこかに職は用意するという意味だよ。おれの仕事は絶対に必要なものではないから、たぶん現業部門に回されるか、三友の関連会社へ移籍させられるだろう」

「せっかくいまの仕事に慣れてきたのにね」

「仕事もそうだけど、やっぱり会社かな。こんな会社に勤めたかったと、はじめて思ったところだからね。その会社がなくなると思うと」

「でも、アカベックは残るんでしょう？」

「経営者が代われば、まったく別の会社になってしまうさ」

和子がなにかを察したようで、口を噤（つぐ）んでじっと見つめてから「どうするの？」と、小さい声で訊いてきた。

「石倉副社長がな」グラスを置きながら切りだした。「個人的な秘書をやってくれないかというんだ」

和子が怪訝な顔をした。

「ゆくゆくは新しく会社を興す計画なんだ。これまでのアカベックのような会社を。その準備段階から参加して欲しいと誘われた。会社ができるまでは副社長が個人的に給料を払ってくれる」

和子は、吾郎が自衛隊を辞めたあと最初に勤めた証券会社で経理をしていた。会社をつくることがどういうことかはわかっているだろう。

「お給料は減るんでしょう？」

「まあな」

「子供が二人いるんだよ」

「わかっている」

ちゃんとした就職先を探して、という言葉が返ってくる気がした。

「健保とか厚生年金じゃなくなって、国保と国民年金になるんでしょう？　だったら、パートの時間を増やそうっかな」

「じゃあ」

「あなた、よくいっていたわよね。終の会社に当たったって。いままで会社には裏切られ続けてきたから、嬉しそうだったものね。それが経営破綻だなんて、ついていない」

和子は吾郎がうつになり休職していた時代を知っている。これまでの転職の経緯もすべて知っている。休職中は傷病手当金がでるといっても六割程度だったから、その間、和子は働きにでて家計を守ってくれた。

「終の会社がなくなったから、ゼロからつくろうっていうわけ？　アカベックはいままでの積み重ねがあるからできたんでしょう？　新しい会社が簡単に成功するはずないものね。でも、あなたはやろうとしている」和子の目から涙が流れてきた。まるでうわ言のように口が動いている。「ほんとにそういう会社ができるといいわね。あなたが本気で働ける会社が。わたしは反対しない」

「和子」

「でも会社ができそうもないとわかったら、すぐに再就職先を見つけてよ」

「それはもう」

「それだけ約束してくれればいいわ」

「ありがとう」

吾郎は、大げさに頭をさげた。

翌日、会社に辞表を提出した。間接部門の退職者はむしろ歓迎され即刻了承された。ほかの内部監査員もすでに三人辞めており、吾郎がいなくなれば室長一人を残すのみだった。

「おれも、いま最終面接までいっているところがあるんだ。どう考えたってこの部署はなくなるか、親会社からくる連中にとって代わられるだろうからな」

室長は苦笑いしながら送りだしてくれた。

正式な退職は二週間後となった。それまでは有給休暇を消化するので出社しなくてもいい。その間に、吾郎は東京での住処を決めに上京した。先の見通しが立つまでは、家族を赤部市に残し単身で生活することになる。

神津ケミクス本社の新社屋はＪＲ両国駅の南側を通っている京葉道路に面して建っている。どうせなら神津ケミクス本社に近いところにしようと思い、両国駅周辺の不動産屋をいくつも訪ねた。都心に近いので安くはない。少しでも低家賃のところを探して、地元の不動産屋を何軒も巡った。

九軒目でようやくアメリカ屋からさらに南へ十分ほど歩いたところに、１Ｋの単身者用アパートを見つけた。北側で日当たりが悪い上に直前の借主が自殺をしたという理想的な事故物件で、相場の半分近い賃料になっていた。即入居可だったので、リサイクルショップで最低限必要な家財道具を揃えて赤部へ戻った。

退職日に会社へいき、最後の手続きをしつつ各部署への挨拶回りをした。

生産本部に立ち寄ったとき、大竹忠雄(おおたけただお)に呼ばれて廊下に連れだされた。吾郎と同い年だが、生え抜きで生産管理部で係長をしており、やはり新会社へ参加を希望している。吾郎とは将棋仲間だが、どうしても勝てない相手だった。それもそのはずで、大竹はアマチュアの全国大会でいえば県代表クラスの実力を持っているのだ。額が広く理知的な顔をしている。将棋も見た目同様緻密だ。

「菅原さんと近藤のところに、ヘッドハンターがきたそうだ」大竹が周りを見るようにしていった。

二人が開発した要素技術が、アカベック製品の高性能化を可能にしているといっていい。慰労会で、この二人は転職先に困らないと、石倉が断言したくらいだ。

「かなりいい条件なのか?」

「向こうが条件を提示する前に門前払いしたらしい」大竹が苦笑を浮かべながらいった。

「どこのメーカーだろう?」

「それも聞く前に断ったんだと」

「そのあたりは技術屋らしいな。とにかくあの二人が誘惑に乗らないように見ていてくれよ」

大竹とわかれたあと、総務部へいって机の鍵と社員証を返却して会社をでた。

6

玄関前に置かれた立て看板には、神津ケミクス新社屋落成記念パーティーと書かれていた。玄関を入ると両側にずらりと胡蝶蘭(こちょうらん)が並んでいた。それぞれの鉢には会社名や経営者の名前、あるいは関取やその親方の名まであった。受付の手前には盛大な生け花が飾られている。スーツ姿の男性社員、披露宴にでも出席するように着飾った女性社員たちが、おおぜいの客の誘導に当たっていた。

タキシードを着た神津義孝は、先刻玄関ホールで紅潮した顔に喜色を湛(たた)えて挨拶をし、来賓の祝辞に相好を崩していた。その様子は社内のいたるところにある大型モニターに映しだされていた。

黒部史郎は小林通夫とともに、ざっと一階と五階を見学して最上階の十階へあがった。役員の個室と役員会議室、そして秘書室がある階だった。壁は柾目(まさめ)の板張りになっており、カーペットのグレードも下の階とはまったく違っていた。

「昔ながらの、だな」黒部はため息とともに呟いた。

「黒部さん」神津が四、五メートル先から声をかけてきた。廊下にいる客たちを縫うようにしてやってきた。「よくきてくれました」

「素晴らしいビルですね」黒部は世辞をいった。

「ありがとうございます」神津が嬉しそうにいって「それはそうと、ちょっとこちらへ」と、黒部の腕を持つようにして近くのドアを開けて、中に招じ入れた。どうやら社長室のようで、ここには見学客はいなかった。執務机や書棚などの調度品は一目で高級品とわかる。

「アカベックはどんな具合ですか」

神津は立ったまま、性急な調子で切りだした。

黒部は、きみからこたえろというように小林を見た。

「清算はほぼ終了しました。全債務に対して、最終的に弁済率八十パーセント程度になる見込みです」

「ほう。けっこうあったんだね」

「さすがに優良企業といわれただけあります。不動産価値が取得時よりかなり下がっている中での話ですから」

小林が優良企業といったときに、神津の口元が歪んだ。

「三友がスポンサーになったことで、取引先は戻ってきています。販売も生産ももとに戻りつつある状況です」

「けっこう、けっこう。ところで、うちとの合併はいつごろになりそうかな？」

「神津さん」黒部がこたえた。「アカベックがどうなっていくのか、まだわからない状況ですよ。合併が可能かどうかも判断できません」

「二社を合併して、わたしに任せてくれるというのが、上原会長との約束だから、そこはちゃんとしてもらわないと」

「会長も約束したわけではないと思いますよ。まあ、御社も含めてこれからの業績次第だとお考えください」

「黒部さんの立場ではそういうしかないんだろうね。まあ、上原会長とわたしの間では、そんな話があったということは頭に入れておいてもらわないとね」神津が最後に二人を順に見ながらいった。


「専務が以前、今回のことは神津さんの野心につきあわされているようだとおっしゃっていましたが、きょうは納得しました」

三友商事の専務室に戻って小林がいった。

「厄介な人だよ。まあ、あの人がどうなろうとかまわないが、うちの会社に傷がつくのだけは避けなければならない」

「そうですね。ところで、ちょっと気になることがあるのですが」

「なんだ?」

「アカベックの一部社員がスピンアウトして新会社をつくるのではないかという噂がありまず」

「なんだと。どこからの情報だ?」

「念のため、調査会社に正規の調査では捕捉（ほそく）できないことについて調べさせました。その報告で、新会社の話が噂程度にでていると」

「一部というと？」

「石倉という元副社長の名前がでているらしいのですが、その人物の調査報告を見ると、どうも人を引っ張っていくタイプでもなさそうなので、信憑性には疑問があります」

小林が報告書の中から一部を抜きとって黒部に渡した。

「存在感が薄い人間のようですが」

小林の感想に黒部は生返事でこたえながら、資料に目を通していた。五分ほどもそうしてから呟いた。「アカベックの業績はずっとよかったんだな」それからまたしばらく沈黙してから続けた。「会社が順調なときには社員の自主性に任せて、自分はなにもしないというタイプかもしれないな」

「ふだんなにもしていなければ、なまってしまって危機のときも役に立たないのではないですか？」

「ふつうはな。ここに石倉は多趣味だと書いてある。ふだんからボーッとしているわけじゃなく、趣味のほうでは頭や身体を使っているんじゃないのか」

「趣味と仕事は別だと思いますが」

「順調にいっている会社は退屈だが、危機に陥った会社は趣味人のやる気を刺激するかもしれないのさ。そういう人間なら厄介だと思っただけだ。滅多にいないがね」

「わたしにはよくわかりません」

「きみのような仕事人間には理解できない人種もいるもんだよ」

「専務も、ですか?」

「わたしはきみ側の人間だよ。見ればわかるように。だからよけい気になるのかもしれないな。自分とは違う人間が」

「わたしには、買い被りのような気がしますが。副社長といっても所詮は縁故で出世した田舎の役員ですよ」

「まあ、いい」黒部は少しの間言葉を切ってからいった。「新会社ができるできないにかかわらず、これからはアカベックの人材流出に目配りしなくてはならない。属人的なやり方をしているなら、尚更(なおさら)そうだ。まず社員を三段階にわけろ。キーマン、つまり絶対に必要な人間と、いたほうがいい社員と、ほかの人間と代替がきく社員だ。キーマンは絶対に辞めさせるな」

「承知しました」

「それと」黒部は一瞬躊躇した表情をしていった。「きみは思い過ごしだというかもしれんが、やはり石倉という男は気になる。調査員にもう少し調べるように指示してくれないか」

「わかりました」

一礼して小林が部屋をでていったあと、黒部は呟きを漏らした。「石倉か――」

7

部屋にある家具や家電はすべてリサイクルショップで揃えたので、色や形がばらばらで、それぞれが勝手に居座っているような雰囲気を醸していた。ベージュのカーテンは入居前からかかっていたものをそのまま使うことにした。

間取りは1Kで、部屋の広さは七・五畳程度しかなかった。

先崎吾郎はひとまず生活できるだけの小物を買い足すと、コンビニエンスストアの弁当で昼食を済ませてからアメリカ屋へ向かった。

日曜日のきょうは休業だが、中には店長の前田宗太とバーテンの岡本佳秀がいた。ほかに堀井武史と高松君平がきていた。

「待ってました。先崎さん」高松が営業マンらしく愛想のいい声をかけてきた。

「コーヒーを淹れたから、どうぞ」前田がカウンターにカップを並べた。

「前田さんもけっこう様になってきたね」堀井がそういいながら、カウンターのとまり木に座った。吾郎もその横に座り、店内を見渡した。

L字形の木製カウンターがあり、その中にビールサーバーが四つ並んでおり、それぞれ銘柄の違うビールのラベルが貼ってある。取っ手は古めかしい陶器製だった。カウンターに八席、テーブルが四卓の店だ。

「アメリカにあるイギリス風パブってこんな感じ?」

「妥協したよ」前田が唇を歪めた。「立ち飲みでわいわいがやがやした雰囲気を思ってたんだけど、都度払いはこの辺りじゃなじまないっていうんで全部椅子席にした。でも、テーブルや椅子は中古で揃えたんだけど、けっこう味わいがあるだろう?」

「ノスタルジックな西洋風居酒屋ってとこか」

「悔しいが、そんなところだ」

「ところで神津の社員はきている?」横から堀井がいった。

開店から二週間経ったところだ。新規オープン記念として配った飲み放題サービス券の有効期限は一週間だった。

「最初の一週間はほとんど神津ケミクスの社員に占領された感じだったよ。飲み放題が効いたね。で、常連になりそうなのは三組ばかり」

「どこの部署?」

「製造と総務、それから経理だね」

「外注先とか顧問先とかは、わかった?」

「いやあ、聞きだすのに苦労したよ。最近の派遣事情ってとこから入って」

「いやいや、前田さんが苦労したのはよくわかっているって。で、結論は?」

「わかったよ」と、前田がすねた顔をしてからメモ帳を手にとった。「まず事務系の派遣は主に山宗(やまそう)スタッフを使っている。技術者はスタッフワン。ほかにもあるだろうけど、いまんところはそれだけだな。あとは会計士事務所が亜細亜監査法人、税理士事務所はトリニティ・パートナーズだ」

「なにをしようとしているんだ？」吾郎は前田と堀井の顔を見た。

「神津は暴力団とつきあいがある。ふつうに考えれば、企業側が暴力団に金を払っているだろう？　なにを調べればそれがわかるかということだよ」

「支払い先の中に暴力団の関係会社があるってことか」

「そう。だから取引先リストを手に入れようというわけさ。とくに仕入れ先だね」

「なるほど。会計士や税理士は当然、取引先リストを目にすることができるな」

「ところが、専門職だからうちの連中が入り込むのは難しい。ほかの職種でもいいから、とにかく向こうの社内に入り込みたいと思っていろいろ探っているところだ」前田がメモ帳を持ち直して続けた。「あとは出入り業者がいくつかわかった。オフィスと外回りの掃除は秋津オフィス、窓拭きはユニバースクリーン、観葉植物のレンタルはトータルグリーン。それから会計のソフトはＳＲＸというものを使っていて、ベンダーはマスターデータづくりで取引先データをもらっているはずだから、ここも候補かな」

「警備はどうなっている？」堀井が訊いた。

「オンラインの警備システムを契約しているようだ」前田が大手警備会社の名をいってから続けた。「一階の外回りは数ヶ所に防犯カメラが設置されていて、警備会社が二十四時間モニター監視しているらしい。警備員が張りついているわけではない」

「それじゃ業者と派遣会社それぞれに最低一人はアプローチするようにしようよ」

「ただ、派遣社員については、いま現在は募集していないようなんだ」

「でもいずれはでてくるだろうから、山宗スタッフとスタッフワンには誰か登録してもらおう。いまのところは業者を優先しようか。観葉植物レンタル会社は高松かな?」

堀井の横で高松が頷いた。

「あとは清掃会社か」と、堀井が吾郎に顔を向けた。「先崎さんはきれい好きのようだし」

「はい、はい。清掃会社は引き受けるよ」

吾郎は苦笑しながらこたえた。


吾郎はアパートに戻って秋津オフィスのホームページを見た。採用というページがあり、ここから直接応募できるようになっていた。

正社員とアルバイトの求人があったが、身元の確認が厳しくなさそうなアルバイトで応募することにして、エントリーシートを表示して書き込んだ。

名前は本名だが、経歴は実際と多少異なる内容にした。

まず自衛隊の入隊除隊は書かなかった。その分、民間会社での在職年数を少しずつ延ばした。アカベックの在職期間は派遣会社の名前を書いて、いくつかの企業に派遣されたことにした。

夕方にエントリーシートを送信した。すると翌月曜日の午後には面接希望日を問う電話がかかってきた。明日でもいいというので、午前十時にいくことになった。

採用面接は五年ぶりになる。おまえは見た目に威圧感があるから気をつけろと、友人から何度もいわれたことを思いだす。

当日は面接の三十分前から柔和な表情をつくるようにしていた。

面接官は最初に吾郎の顔を見つめて、正社員の経験があるのになぜアルバイトに応募してきたのかを訊いてきた。会社員は自分に合わないので、靴の修理店をだそうと考えている。いまは修業中なので、その間の生活費を稼ぐためにアルバイトをしたいのだとこたえた。

靴の修業時間を確保するために週三日勤務で、できれば住まいの最寄り駅である両国から数駅以内の仕事がいいと条件をつけた。週三日以内だと社会保険に加入させなくてもいいから、会社側にとっても都合がいいはずだ。吾郎は神妙に、仕事はあるときだけでいいですからとこたえた。

これで今回の面接は終わりだった。いろいろ条件をつけたので、どうなのかと思っていたのだが、意外なことに夕方には合格の連絡を受けた。それだけ人手不足が深刻らしい。まずは清掃の研修を受けなければならないのだが、できれば明日から三日間受けてもらって、来週の十月初日から働いてほしいといってきた。

8

ブルシアで覚醒剤所持の疑いで逮捕された内野匠也容疑者が本日十月十日の朝起訴されまし

た——昼のニュースでアナウンサーが淡々とした口調で伝えている。片平右子は錦糸町のアパートに置いてある小さなテレビで観ていた。ブルシアで逮捕され、週刊誌で反社勢力との交際を報じられていたころは連日のようにとりあげられていたが、その後進展がなくなってからはマスコミに内野の名前がでることがなくなっていたので、久しぶりに報道されたことになる。

アナウンサーは内野が容疑否認のまま起訴されたと続けた。

右子自身は度々ゲイツ弁護士を通して、内野に服や本の差し入れをし、その都度、状況の説明を受けていたので起訴されることは知っていた。ときにはゲイツが内野の言葉を伝えてくれることもある。伝言には、差し入れの礼とともに、警察はまともに捜査せず自供を迫るだけだと、不満を訴えたり、裁判で法廷にでたほうが、主張できるのでましかもしれないとか、絶対に屈しないで頑張るといった気丈な言葉もあった。

視線をテレビから監視カメラのモニターに移した。

それから三時間あまり、じっと画面を見ていた。席を立ち、画面を遠目に眺めながらコーヒーを淹れる。ドリップに三回目のお湯を注ぐ途中、画面右上に男物の靴とスラックスの裾が現れた。

ケトルを置いてすぐにモニターの前に戻った。

黒い靴に見覚えがあり、予感が脳裏を走った。頭部が見えた。やはりトリイだ。きょうは一人だった。

右子はバッグを摑むと外にでた。

トリイは例によってグレーのスーツだった。白いワイシャツに細かい柄のネクタイを締めている。一見するとふつうの会社員だ。

ＪＲ錦糸町駅へ入り、総武線の三鷹行きに乗った。右子は念のためにトリイが乗った車両を避けて、隣の車両に乗った。

座席に空きはなく、吊り革は半分ほど埋まっている。ドア付近には四、五人いる。右子はドア横の座席との境目にあるポールに背中を預けて、隣の車両を見た。トリイはこちらに左側を見せて吊り革に摑まっている。

三つ目の秋葉原駅でおりた。階段をおりていく背中を追った。山手線と京浜東北線の品川方面ホームへ向かっている。

山手線がきて、トリイが乗った。総武線より混んでいる。隣の車両では見失ってしまうかもしれなかった。右子は思い切って同じ車両に乗り込み、トリイを斜め後ろから見る位置に立った。

神田駅を過ぎたとき、トリイの頭が動きこちらを向く。そう感じた瞬間に、右子はスマートフォンを見るようにして顔を伏せた。実際にこちらを見たかどうかはわからなかった。

東京駅につく手前で顔をあげた。トリイは前を向き、東京駅でおりる様子は見せなかった。

次の有楽町駅でおりた。間に四人はど挟んであとを追った。

改札をでて銀座口に向かっていく。

駅舎からでて外堀通りを渡り、銀座二丁目の交差点を左に曲がった。大股で悠然と歩いていて、後ろを警戒しているような素振りは見えなかった。人通りが増えたので、右子は距離を詰めた。

銀座一丁目を右へ。しばらく歩いてダウニングホテルに入った。

右子はトリイの姿が自動ドアの向こうに消えたあと、五つ呼吸を数えてから入った。

ロビーの光景が目に入ったが、視界の中にトリイの姿はなかった。正面奥にフロントがある。手前にソファやアームチェアなどがいくつも並んだロビーがあり、八割以上は人が座っている。立っている人も多く、注意深く見なければならなかった。

ロビーの中央へ進む。左手に化粧室、右手にラウンジとエレベーターホールがあり、その奥がホテルショップになっているようだ。

ラウンジを一渡り見まわしたが、トリイはいなかった。

目の端に見覚えのある背恰好の男の姿が映った。エレベーターホールへ曲がる角に背中の半分が見えている。右子はラウンジの前を離れてエレベーターホールへ向かった。

男の背中に近づいていくと、男が身体を回してこちら向きになった。右子はそのまま歩いた。男はやはりトリイで、横の男と話しながらこちらに向かってきた。

横の男は直毛で浅黒い顔をしており、東南アジアに多い顔立ちのように見えた。黒いスラックスにたっぷりとしたプリント柄の長袖シャツを着ている。

トリイは横を向いて男に話しかけながら歩いてくる。

右子は、彼がこちらを向かないように祈りながらすれ違った。トリイが英語で喋っている。

断片的な言葉だけではどんな内容なのかわからなかったが、相手が外国人であることが確定したのは収穫だった。

エレベーターの前にいってから振り返ると、二人がラウンジの中に入っていくのが見えた。テーブルに案内されて二人が座った。右子はロビーへ戻り、離れた椅子に座った。バッグからデジタルカメラをとりだした。コンパクトタイプだが高性能のものを持ち歩くようにしていた。カメラをラウンジとは別の方向に向けて数枚撮ってから、ラウンジの二人を望遠で撮った。

トリイはあまり身体を動かすほうではないが、相手の男は身振り手振りが激しい。なんの話をしているのかまったくわからないが、昨日今日のつきあいではないように見える。

二人は三十分ほど話して立ちあがった。支払いはトリイがした。ということは、なんらかの取引相手ならば相手のほうが客になるのだろうか。

ラウンジをでると二人はわかれ、トリイはホテルをでていった。

右子はその場に残って相手の男をみていた。男はいったんフロントに寄って、二言三言フロント係と話してからエレベーターホールへ向かった。右子は椅子から立ちあがり、男がエレベーターに乗ったあと、閉じた扉の前に立った。階数表示がないから何階までのぼったのかはわからなかった。

右子はロビーの入り口に置いてあるホテルのパンフレットを手にとって外へでた。通りを少しいったところでスマートフォンをとりだすと、パンフレットに書かれた予約番号に電話した。当日の予約は厳しいかと思ったが、意外にあっさりとツインの部屋がとれた。近くのデパートに入ってボストンバッグを購入し、地下鉄の駅で新聞を何部か買ってくしゃくしゃにして詰めてホテルへ戻り、チェックインをした。手ぶらの客はいろいろ憶測を呼ぶだろうから、せめてものカモフラージュだった。

右子はいったん部屋にボストンバッグを置き、すぐにロビーへ引き返した。こんどはラウンジに入ってコーヒーを頼んだ。

ロビーの向こうの壁に埋め込まれた装飾的な時計の針が午後七時三十五分あたりを示していた。このホテルのレストランは二階と三階にある。あの男はホテル内で食事を済ませるのか、外にでかけるのか。

八時を過ぎた。コーヒーのお代わりとサンドウィッチをもらった。

九時を回った。じりじりする時間が過ぎていく。九時二十分ごろ、右子は伝票を手にとって席を立ち、レジへ向かった。エレベーターホールからロビーへとでてくる男の姿をとらえたのだ。水色のスーツに着替えていた。白いシャツからアスコットタイが覗いている。

ホテルをでて右へいく。しばらくいってから道を渡り、脇道に入っていった。何度も角を曲がっていくが、足取りに迷いがなかった。やがて両側にネオンが輝いている通りにでた。方々から客引きの声が聞こえる。

男の歩調が緩やかになり、ひときわ豪華な装飾に包まれたビルの地下へ入っていった。看板を見ると高級そうなクラブだった。右子はそのまま通り過ぎた。

9

先崎吾郎は秋津オフィスのアルバイトとして週三日の勤務をはじめた。

受け持ちになったのは、ＪＲ両国駅から一つ先の浅草橋駅近くにある二十階建てのオフィスビルだった。割り当てられた階を朝の六時三十分から一時間ほどで清掃したあと、ビルの外回りを掃除する。そのビルが終わると、三人のチームで近くの盛り場にあるクラブやスナックが入っているビルの清掃にいく。

受け持ちがすべて終わって会社に戻ると、吾郎は清掃員の割当を担当している田原という課長のところへ寄って、終了の挨拶をするのを習慣にしていた。

最初にいったときに、彼の机の近くに折り畳みの将棋盤があるのが目に入ったからだ。次から挨拶のたびに将棋の話題をふってみると、そうとう熱心な愛好家だとわかった。話の内容から互いにかなりの棋力があるのがわかると、是非一局、というのは自然な流れだった。

十月二日から働きはじめて、十日目のきょう、ついに田原の終業後に対局することになった。場所は小岩にある将棋道場だった。田原のなじみの場所らしく、中に入るなり、いろいろな客と挨拶を交わしながら、窓際の席についた。

「一つ、お手柔らかにお願いします」

吾郎は神妙な顔で頭をさげた。

「いやあ、そんなこといっちゃって。先崎さん、強そうだからな」

田原が嬉しそうにいう。目尻の小皺が目立つ五十代後半の男だ。根っからの将棋好きらしく、盤を前にした途端に笑みがこぼれている。

振り駒をして田原が先手となり、一手目に角筋を開けてきた。こちらは飛車先の歩を突くと相手もそうしてきた。飛車先の歩をさらに伸ばすと角があがってきた。

田原は意図的に定跡通りの手順にしているようだった。まるで、先手が選んだ戦法に後手が正しく対応してくるかを見定めているような感じだ。要は、定跡の知識を問うような指し方である。中盤以降に戦いがはじまると、じりじりと相手が優勢になり最後はあきらかに差がついて吾郎は投了した。

「完敗でしたね」

「いや、途中の3四に歩を打ったところは、ちょっと恐かったんだよね」田原がそういいながら、終盤にさしかかった局面に盤上の駒を戻した。「ここで同桂だったけど、同銀とこられたらどうしようかなと思ってね」

「それも考えたんですが、ちょっと変化が複雑で」

「そうなんだけど」といいながら、田原が指し手の研究をはじめた。

吾郎は感想戦につきあいながら、田原はアマの三段はありそうだと見た。吾郎は正式な段を持っているわけではないが、以前、高段者に二段くらいはありそうだなといわれたことがあった。もうかれこれ一年ほど将棋を指していないので一段は確実に下がっているだろう。田原とは香（きょう）を落としてもらってようやく互角かと感じた。

二局目は田原が序盤から定跡外れの手を指してきた。いわゆる力勝負となった。吾郎の将棋センスを試しているようだった。吾郎も必死に考えて指し、途中形勢がわからなくなるところもあったが、一手緩い手を指してから、相手に押されて潰されるように負けた。

「田原さんは、ほんとうに強い。到底かなわないですね」吾郎は本音でいった。

「うちの会社では平手で指せる相手がいなくてね。先崎さんとは平手で楽しめたからよかった。こんど昼休みに早指しでやろうや」

「昼休みにやられているんですか」

「うん。ただね、よくて飛車落ちで、四枚落ちが多いかな」

飛車角と香車を落とすとなると、対局をするというより、教えている感じだろう。

「でも、わたしは現場にでているので」

「そうか、昼休みに帰ってくるわけじゃないもんな。で、仕事は慣れた？」

「はい。でも朝の現場は、両国にしてもらえるとありがたいですね」

「なぜ？」

「手に職をつけようと思って勉強中なんで、けっこう夜遅くまでやっているもんですから朝がきつくて。それに、これから田原さんと将棋を指すとなったら、そっちのほうの勉強もしなくちゃ」

「あんまり勉強されて強くなられてもなあ」

「正直にいって、わたしの棋力じゃ平手では田原さんに勝てませんよ。だから、平手でお相手できるように勉強しますよ」

「そうおだてられてもな」そういいながら、田原が満更でもなさそうな顔つきになった。実力差はむろんのこと、わかっているのだ。「でもな、そう都合よく両国にお客さんがいたかな」

「一緒にやっている人が、あるっていってましたよ。そこなら近くていいなって思いました。たしか両国駅の南側の京葉道路に面した——」

「ああ、神津ビルか」

「そうそう。そんな名前でした」

「あの近くに住んでいるのか？」

「そうなんですよ。あそこだったら、すごく時間の節約になるんですけどね」

「まあ、次のシフトを決めるときに、できるかどうか見てやるけど。さて、もう一番いくか」

「それじゃ、香を落としてもらえますか。これだけ差があったら、平手じゃ失礼ですからね」

「なにをおっしゃいますやら、だね。まあ、一回香落ちでやってみようか」

すべての駒を並べたあとに、田原は優越感を押し隠すような顔つきで香車をとりあげると、ゆっくりと箱に戻した。

10

ダウニングホテルのロビーはチェックアウトを待つ人で混雑している。片平右子はロビーに隣接しているカフェでカプチーノを飲みながら、行きかう人々の顔を見ていた。

一昨日の夜は、高車会のトリイが会っていたアジア系の男がナイトクラブに入るまで尾行し、きのうは、一日中ロビーで見張っていた。男は二度姿を見せたが外出しなかったようだ。訪問者が部屋を訪ねたかどうかはわからなかった。

右子は二泊で予約したので、きょうは一旦チェックアウトしている。男がさらに泊まるようなら、また予約を入れるつもりだった。

きのうは長時間一階をうろうろしていたので、フロント係の視線が気になったが、むろん表立って咎められることはなかった。さょうまたチェックインしたら、かなり不審に思われるだろうから、服装や髪形を変えてくる必要があるかもしれない。

そんな心配をしていたのだが、どうやら無用だったようだ。男がスーツケースを転がしながらフロントへ向かう姿が見えた。白のスラックスに赤いシャツの裾を外にだして着ている。黒いバッグを肩にかけていた。

右子は玄関の近くで男がチェックアウトを終えるのを待った。時刻は午前十時十五分だった。男がきた。玄関に向かうのではなく、インフォメーションデスクへいった。財布をだしてなにかを受けとっている。一言いってから玄関に向かった。外にでると、車寄せを左にいく。そちらには空港リムジンバスの乗り場がある。

右子はインフォメーションデスクにいき、成田空港行きの乗車券を買って外へでた。途中でサングラスをかけた。

リムジンバスはまだきていない。

乗り場には三人並んでいた。ベルボーイが客たちのスーツケースを集めている。

右子は立ちどまって時間を潰した。男の次に並ぶのを避けたかったのだが、誰もこないうちにリムジンバスがきた。

右子は仕方なく男の後ろに並んだ。気配を察したのか男が振り向き、目が合ってしまった。男が愛想笑いを浮かべた。右子は顔を三度ほど傾けて返した。

リムジンバスの運転手がおりてきて車体の横にある荷物用の扉を開け、ベルボーイが客たちのスーツケースをその前に動かす。荷物が収まり、運転手が運転席に戻ると、先頭の客から乗車を開始した。

右子も最後にバスに乗った。すでに窓側の座席はすべて埋まっている。通路側は半分くらい空いていた。男が中ほどより少し奥に入ったところで左の通路側席に座った。右子は通路を挟んで斜め後ろに座った。

男はしばらくスマートフォンを見ていたが、京葉道路に入ったあたりで座席の下に置いたショルダーバッグを膝の上にあげた。ファスナーを開けて手を突っ込む。

パスポートをだしてくれれば国がわかる。モスグリーンならブルシア人ということになる。だが男がとりだしたのは、航空券のようだった。すぐにしまい、こんどは手帳を手にとってページを捲りはじめた。十五分ほど手帳を眺めたあとでバッグに戻し、また座席の下に置いた。バスは東関東自動車道に入った。男は腕組みをしている。目を閉じているのか、開いているのかはわからなかったが、空港までその姿勢は変わらなかった。

車内アナウンスが空港への到着を告げた。最初に第2ターミナルに停まる。

男が座席の下のバッグを摑んで膝の上に置いた。ブルシアの大手航空会社は第1ターミナルだから、ここでおりられたら当てが外れてしまう。

しかし男はバスが停まると立ちあがった。右子は後ろからきた客を一人挟んで乗降口に進んだ。

係員がおりた客の荷物をバスからだして並べている。男も自分の荷物を待っている。右子はその背後を通ってターミナルビルへ入り、離れたところに立った。おおぜいの人が行き交っている。さまざまな人種、さまざまな服装をした人々と、さまざまな制服を着たスタッフが各々別の方向に動いている。

男が自動ドアを通ってきた。立ちどまって、出発便の表示板を見上げた。目的のものが見つかったらしく、またスーツケースを転がしながら進んでいく。

男はチェックインカウンターの航空会社名をたしかめるようにしてから待ち行列に並んだ。日本の航空会社だった。行列には二十人ほど並んでいた。日本の航空会社であればいろいろな国にいっているので、まだ行先はわからない。

行列の先頭にいた客が係員に指示されたチェックインカウンターへいき、スーツケースを計量台に載せ、航空券をだす。航空会社の職員からなにかをいわれて、赤いものを差しだした。日本のパスポートだった。

右子はチェックインカウンターの様子が見やすい場所に移動した。この航空会社のカウンターは複数あり、行列の先頭の乗客は係員が指示するカウンターへいくようになっている。

やがて男の順番がきて、係員が右子の位置から三番目のカウンターを示した。男はスーツケースを計量台に載せて、カウンターにいる職員に航空券と思われるものを渡す。パスポートは一緒かどうかわからなかった。

職員の手から男になにかが渡った。水平の状態になっていて、なんなのか判別がつかない。男が受けとり、その角度が変わった。モスグリーンだ。大きさからパスポートに間違いない。

右子はその場を離れ、チェックインを終えた人がでてくるのを正面で捉えられる場所に移動した。あまり近づくわけにはいかないが、光学ズームで顔がはっきり撮れる位置どりをする。

男がでてきた。正面から三枚、斜め横から二枚撮ることができた。撮れ具合を確認して顔をあげると、男が出発口に入っていくところだった。

出発便の表示板を見てブルシアのピニョン市行きの便名を確認すると、ロビーの椅子に座った。

デジタルカメラとスマートフォンをケーブルで繋いで写真のデータを転送してゲイツ弁護士

へ送った。これは片平右子が個人で依頼する調査で費用は別途支払うことを伝え、この便の飛行機が到着したら写真の男を尾行して身許を突きとめてほしいという文章を添えた。

帰りの成田エクスプレスの車内で返信を受けとった。ゲイツは時間単価の料金を書いてきて、この金額で承知するなら仕事を受けるといってきた。

右子は貯金の残高を頭に思い浮かべながら、すぐに承諾する旨を送った。

第五章　工作

1

清掃会社のバンが神津ケミクス本社の裏手にある駐車場へ入った。運転手を入れて六人の男たちが車からおりた。

先崎吾郎は建物を見上げた。いよいよ敵陣に乗り込んでいくという興奮で、ほんとうに武者震いが起こった。清掃員の割当を担当している田原に将棋で取り入った成果で、十一月から神津ビルを担当することになったのだ。初日は会社から車できたが次から直行してもいいことになっている。

バンの後部ドアが開けられると、各自が掃除機やほかの道具を手にとって車外に並んだ。みな薄青のツナギを着て、同色のキャップを被っている。

リーダーが前にでてほかの五人を見回した。「ここがはじめてなのは、先崎さんか。きょうは二班に入ってくれ」

六名を二名ずつの三班にわけ、一班は一階と二階とエレベーター、二班は三階から六階、三班が七階から十階を担当する。

午前六時半になると同時にリーダーが通用口の鍵を開けた。各自が一斉に持ち場へ向かった。

二班のもう一人は吾郎より三、四歳若い男で、正社員ではなくフルタイムの契約社員だった。三階につくと、作業内容の説明をしてくれた。

建物はいくぶん東西に長い矩形で、中央の北寄りにエレベーターがあり、その裏側はストックルームで、残りの凹字形が廊下とオフィススペースになっている。

まず給湯室に連れていかれ、生ごみの処理やトイレの掃除の説明を受けたあとに、ドアを開けてオフィススペースに入った。三台から六台の机が横に連なり、向かい合わせに同数の机が並んで島ができている。間にローパーティションがある。ごく一般的な執務空間のように見えた。

フロアごとに大型の総合コピー機が八台あり、その隣に燃えるごみと燃えないごみの大型ごみ箱が置かれている。またその脇に再生用の分別トレイがあり、新聞紙、雑誌というふうにわかれている。社員の机の脇には個別のごみ入れが置いてある。

ごみの処理が終わったら、二階以上はカーペット敷なので掃除機をかける。

一通りの説明を終えて廊下にでると「じゃあ今日は、先崎さんは中のごみ集めをしてください。おれは廊下と水回りをやっているので」と先輩がいった。

「了解です」

吾郎は近いドアからオフィスへ入った。

コピー機脇のごみを集めながら、スマートフォンで内部の写真を撮っていく。次に個々の机ごとのごみを回収しながら、どういう部署なのかを調べていった。

机の上の景色はそれぞれ異なっている。よけいなものは一切載っていない机もあれば、ごみ屋敷のミニチュア版のような机まである。

役職者の机には決裁箱があり、載っている文書を見れば、机の主がどのような決裁権を持っているのかがわかる。それに加えてところどころに貼られているスケジュールボードに書かれている内容を合わせると、部署を特定することができる。

いま吾郎がいるところは資材部門のスペースだと推察できた。

そのとき鈍い足音が聞こえた。続いてドアの一つが開く音がした。

「先崎さん」先輩の声だった。

「はい」

「遅いから、なにか困っていることがないかと思ってさ」

「すみません。大丈夫です。もうすぐ終わりますから」

「まあ、最初だからしようがないか。じゃあ、おれトイレやっているから、終わったらきてくれる？」

「わかりました」

ドアが閉まったのを見て、吾郎は吐息を漏らし、残りのごみを袋に放り込むと廊下にでた。

2

モニターに映る通りのあちこちに照明の光が見えるようになった。日暮れが早くなり、つい明かりをつけるのを忘れてしまいがちだった。片平右子は立ちあがって蛍光灯の紐を引いた。

室内が青白く照らされると同時に、ドアがノックされた。

インターフォンもドアスコープもないので、右子は「どなたですか」と声をかけた。

「磯辺です」

ドアを開けると、磯辺久志がポリ袋をさげて立っていた。

「これ、差し入れです。そこの和菓子屋のおはぎがおいしそうだったので」

「あなたは甘党だったの？」

右子は磯辺を部屋に通しながら、電気ケトルのスイッチを入れた。

「どういうわけか、会社では辛党が多くて、肩身が狭かったんですけどね。そういえば片平さんも酒豪じゃないですか。甘いのはだめですか」

「大丈夫よ。わたしは両刀遣いだから」

「よかった。ところできょうはお願いにきたんです。この部屋に住み込みたいんですけど、いいですか？」

「どういうこと？」右子はお茶を淹れる手をとめて訊いた。

「この先の酒屋でバイトを募集していたんで、申し込んできたんです。住所はここにしちゃいました」

「この先のって」

「そう。高車会事務所の斜向かいにある店です。さっき前を通ったらアルバイト募集の貼り紙がしてあったんです。あした履歴書を持っていくんですが、たぶん大丈夫です」

「この辺、よくきていたの？」

「時間があるときは、ですけど」

磯辺はまだ若くて貯金がなく、退職金もたいしてでなかったので、まずは生活のためのアルバイトをしなければならなかったはずだ。これまでトリイの監視を代わってくれたことはあったが、頻繁には無理だった。

「この部屋を使うのは構わないけど、生活に必要なものは揃えないといけないわね」

右子はお茶をだし、おはぎの包みを開いた。

「いや、実際は自分のところから通いますよ。ここじゃ眠る気になれませんからね。住所だけ貸してもらえればけっこうです。たぶん、ここに人がくることはないと思いますから。ところでブルシア行きの飛行機に乗った男の身許はわかったんですか」

「向こうの弁護士が依頼した調査員があとをつけて住んでいるところを突きとめたって。いまはなにをしている人間なのか調べている最中よ」

「最終的には、社長の部屋に覚醒剤を持ち込んだ人間を特定しないといけませんよね。その男がなにかの組織に属していたとしても、そこから実行したものを見つけるのは大変ですね」

「いまのところ、ほかにいい手がないのよ。組織がわかれば、その関係者の顔写真を撮ってホテル関係者に聞き込みをするしかないかもね。それにしても別の手がかりも見つけないと厳しいとは思っているわ」

「酒屋で見張っていれば、トリイが車ででかけるのも捕捉できますから」

「トリイが車に乗るのがわかったら、すぐに知らせて。前の通りは一方通行だから、その先で待ち伏せができるかもしれない」

「じゃあ、決まりですね」磯辺が嬉しそうにいって、おはぎにかぶりついた。

翌日から右子はアパートのすぐ近くにあるコインパーキングに車を停めるようにした。そこから徒歩十分の宅配会社の営業所へ通い、八時に仕事を終えると、アパートの部屋に入る。

酒屋での磯辺の仕事は、午前八時から午後四時までだった。彼は仕事が終わると、アパートに寄って高車会の様子を話していくのが日課になった。

3

「アカベックの社員を専務がいわれた三段階に分類しました」

三友商事経営企画室長の小林通夫は黒部専務の机にファイルを置いた。

「Aは絶対に必要な人間で、いなくなれば会社全体の業績に影響がでるレベルです。Bはいたほうがいい人間で、いないと部門業務に影響がでるレベルです。Cはほかの人間と代替がききます」

「Aが三割でBが四割か」黒部史郎はファイルを開いていった。「一般的な企業と比べれば遥かに高い比率じゃないか」

「そこが職人企業たる所以です。まあ、我々が直に評価する時間はないので、これまでの人事評価資料や社員へのヒヤリングで分類した結果そうなりました。ですから客観性には乏しいかもしれません」

「おおよその判断基準というわけだな。ところでSが二人いるが、これは？」

「菅原利之と近藤行生の二人はアカベックの先端技術を担っています。彼らがいないと他社と差別化できる製品をつくることができないといわれています。発想力など天性のもので、スキルという言葉ではとらえられないものを持っているのでSにしておきました。二人の履歴書と業務経歴を後ろのほうにつけておきました」

黒部がページを捲りながら、呟くようにいった。「菅原が四十二歳で課長、近藤は三十二歳で課長か」

「アカベックでは勤続年数で決まる基本給の割合が高く、同じ課長でも菅原のほうがかなり高くなっています」

「若い近藤は年配の平社員より低いのか？」

「そういうことになります」

「それはまずいな。二人とも部長にあげられないのか？」

「そんなに部をつくってもしようがないというのもありますが、アカベックの役職手当は高くありませんので」

「新しいポジションをつくってもいい。フェローでもシニアエンジニアでもなんでもいいから、高給を与えられるように……」

突然、黒部が言葉を切って履歴書に目を落とした。

「どうかされましたか？」

「二人とも赤部市の出身じゃないな。菅原が岡山で近藤は滋賀か。赤部に特別執着する理由はなさそうだな。それだけの技術を持っているのなら他社から誘いがあるだろうし、自ら転職するにしても簡単に条件のいい就職先が見つかるだろう。なぜいままで辞めていない？」

「彼らは両方とも新卒で入社しています。学歴からすると、ほかの大手企業にも就職できたと思いますが、あえてアカベックを選んだのでしょう。なにかこだわりがあるのかもしれません」

「アカベックに残る可能性が高いと？」

「なんともいえませんが」

「いまのアカベックに、彼らを引き留めておく魅力があるとは思えない。やはり石倉がつくる新会社へ入ろうとしているのではないか」

「そうなるでしょうか？」

「いままで特別なこだわりがあってアカベックにいたのだとすれば尚更、三友がスポンサーになった時点でこだわりを捨ててもおかしくない。二人ともなにか希望があるからいるんだよ」

「それが石倉が立ちあげる新会社ですか」

「菅原と近藤を持っていかれるのは痛いぞ。それ以外にも要になっている社員を引き抜かれたら尚更、スポンサーになった意味がなくなる。その後、新会社設立の噂はどうなっている？」

「アカベック社内に五人ほど情報提供者をつくりました。新会社設立の動きは、以前はけっこうあったようですが、いまは下火になっているのではないか、という見方が多いのですが、一人だけ、だんだん具体化してきているから話題にのぼらなくなったと見ているものがいました」

「なるほど。その一人のほうが真相を見抜いているかもしれないな。優秀な人材の引き留めと新会社の設立阻止を徹底してくれ」

「はい」

「それにしても、気になるな」黒部が机に両肘をつき、眉根に溝を刻んだ。「神津ケミクスは、アカベックとデイトロンを引き入れてＪＶを組み、東南アジアの案件を落札したわけだ。その直後に、アカベックの社長にスキャンダルが続いて持ちあがった。それを材料にして神津さんがうちにアカベック買収を持ちかけてきた」

「はい」

「できすぎだとは思わないか？」

「と、おっしゃいますと？」

「ずいぶんと神津さんに都合のいいことがタイミングよく起こったもんじゃないか」

「たしかに、そうですが。神津さんの運が強いのでしょう」

「単に強運の持ち主ならいいが、あの人はそうとう陰険な性格だぞ。なにかあったときに、すぐに神津ケミクスを切れるようにしておかないとな。いまあそこにはうちから六、七人出向させているんだったな。ささいなことでもきちんと報告するように指示しておいてくれ」

「わかりました」

黒部は、小林が部屋をでていったあと、大きなため息をつきながら呟いた。「まったく、神津を買ったばかりに、よけいな手間が増える」

4

十枚のラフな図がテーブルに並んでいる。先崎吾郎が描いた神津ケミクス社内のレイアウト図だった。清掃業務の合間に撮った写真をもとに机や什器の配置を描き、役職者の決裁箱や壁などに貼られたグループのスケジュールボードから特定できた部署名を書き込んである。担当階はローテーションしており、これまでにすべての階を見ることができたのだ。

閉店後のアメリカ屋に集まった七人が図面を覗き込んでいた。

「八階に経理財務の会計部門がある」吾郎はレイアウト図の一枚を指さした。「財務諸表や取引先の明細を探すならそこなんだが、キャビネットに鍵がかかっているんだ」

「鍵はどこに？」堀井武史が訊いた。

「キーボックスがあるんだよ」吾郎はスマートフォンをとりだして写真を見せた。

奥山重夫がそれを見て「ああ、うちでも使っていたやつだな。このサイズだと三十二個の鍵を収容できるタイプだろう。たしか、一桁から八桁の暗証番号を設定できるんじゃなかったかな」

「で、いま暗証番号を書いたメモがどこかにないか、探しているところなんだ」

吾郎はまず課長は知っているはずだと思い、決裁箱が置いてある机を調べようとしたのだが、すべての抽斗(ひきだし)に鍵がかかっており、机の上や目の前のローパーティションのどこにもそれらしいメモは貼られていなかった。

普段はキャビネットの鍵をいちいち課長にだしてもらうことはしないだろう。一般社員の中で二人くらいは暗証番号を知っているはずだと思ったものの、それがどの席かがわからない。

「会計部門は東西南北でいえばどっち側だっけ？」堀井が吾郎に訊いた。

「北だね」

「ということはブラインドを閉め切っているわけではないな」

「ああ、けっこう開いている」

「それなら外から中の様子を見ることができるんじゃないか？」堀井が、悪だくみをするような目つきになった。「神津ビルの北側を見張れる場所はないか？」

「たしか斜向かいに同じような高さのビルがある。その同じ階からなら見られるだろうな。でも、そこはテナントが入っていると思うけど。あとはそのビルの非常階段が神津ビル側にあるので、そこからなら」

「明日にでも、現地を見にいこうや。そこから神津ケミクスの会計部門を監視できれば、誰がキーボックスを開けるかわかるかもしれないじゃないか」

翌日、吾郎は堀井と高松君平の二人で神津ビルの裏手を歩いた。

「神津ビルから丸見えだな」

堀井が神津ビルの北側斜向かいにある建物の非常階段を見上げながらいった。階段の手摺が縦格子になっているので、身を隠すところがない。

「しばらくこのビルを観察する必要がありますね」高松がいった。

吾郎が周囲を見渡してから「あそこにコインパーキングがある。停める場所さえ選べば、車の中からこの辺りを観察できそうだな」というと、ほかの二人が頷いた。

さっそく高松がレンタカーを借りて、明日の朝から見張ることになった。

三日後の午後、吾郎は仕事を終えてから駐車場にいってみた。黒いミニバンが一台だけ前向きに駐車していた。

吾郎は窓ガラスを叩いてから後部ドアを開けて中に入った。

「どうだ、なにかわかったか?」

「賃貸ビルで、テナントが全部で十六社入っています。ビルの管理は、ビル管理会社から日中は二人、夜間は一人きていますね」高松がいった。ハンドルにかけた両手に双眼鏡を持っていた。

「ビル管理会社と外回りを担当している清掃員の制服は写真に撮った」助手席にいる堀井が一眼レフカメラの液晶画面を吾郎のほうに向けた。

「つまり、こういう恰好をして非常階段にいこうというわけか」

「午後三時から四時までの間は、ビル管も清掃員も外にでてこないので、その時間帯が狙い目です」高松が双眼鏡を覗いたままでいった。

「たかだか三日程度の観察だろう。決めつけるのは早いんじゃないか」

「それはそうなんですけど、その前に大きな問題があるんです。非常階段からどうやって神津ビルの内部を観察するのかということです。一日中非常階段に突っ立っているわけにはいきませんからね。映画なんかだと、衛星のカメラとか防犯カメラの映像を簡単に利用したりしているけど」

「それ、いいじゃないか」吾郎は高松の言葉から連想したことを口にした。「自分たちでカメラを設置してしまえばいいんだよ。非常階段を八階までのぼるだけなら、どちらかの制服に似たものを着ていれば怪しまれない。で、なにかにカモフラージュしたビデオカメラを設置して引きあげる。あとはカメラがずっと観察してくれるというのはどうかな?」

「なににカモフラージュするかが問題だな。よく非常階段というけど、法律にでてくるのは避難階段という言葉だ。つまり、避難の邪魔になるものを置いてはいけない場所なんだよ。なにかあればそれだけ目につくってわけだ」堀井が後部座席に顔を向けながらいった。

「天井につけたらどうだろう」吾郎はいま頭に浮かんだものを逃さないように、ゆっくりといった。

「天井？」

「踊り場の下が平らな面になっていて、照明がついているじゃないか。その脇にカメラを隠した箱をつけてしまう。照明器具と一体になるようなものでもいいし」

「おもしろそうだけど、そんな都合のいいものがありますか？」高松が訊いた。

「つくるんだよ。アカベックはいろんな製品をつくっていたんだから、あそこにつけても目立たないものをつくる技術は持っているはずだろう？」

「なるほど。こっちには専門家が揃ってますものね」高松が笑みを浮かべた。

さっそくアメリカ屋へいって検討会を開いた。

「岡本は設計部にいたんだから、つくれるんじゃないか？」

前田宗太がカウンターの中にいた岡本佳秀に声をかけた。

「デザインすることはできますけど、実際につくるのは無理です。技術もないし道具もありません」

「そうすると、本社にいる連中に頼むしかないな」

堀井は思い当たる社員がいたようで、スマートフォンをとりだして電話をかけた。

高松がビル管理会社の制服に似た作業着を探しにでかけた。夕方には、作業着の専門店で目的のものを見つけたと連絡があった。

翌日の午後、吾郎はコインパーキングに停めた車の中から、神津ビルの裏手の通りを見ていた。午後三時になり、吾郎はアメリカ屋にいる高松に電話した。

しばらくすると、作業着を着た高松と岡本がやってきた。岡本はマスクをして顔を隠していた。

二人は躊躇なくビルの敷地に入り、非常階段をのぼっていった。八階に到達して、直上の踊り場の下部についている照明器具を観察しだした。ビルのテナントからは非常階段は見えない。外からは、ビル管理の人間が非常階段を点検しているように見えるだけだった。岡本が写真を撮ったり、照明器具の寸法を測ったりしている。高松は監視役だった。

二人は数分で作業を終えて、階段をおりてきた。

アメリカ屋へ戻ると、岡本がデータを整理して電子化し、本社の仲間に送った。

非常階段にとりつけるウェブカメラとケースが届いたのは、一週間後だった。

カメラは携帯型のＷｉ－Ｆｉ機器と接続して映像をインターネット経由で送れるようになっている。ケースはそれらをコンパクトに収納し、非常階段にある照明器具とデザインを合わせてつくられていた。

「これなら照明の脇につけても、違和感がないですね。誰かに気づかれても照明器具のオプシヨンかなにかと思いますよ」高松が感心したようにいった。

午後三時になるのを待って、高松と岡本が装置をつけにいった。今度も吾郎は駐車場に停めた車の中にいた。

膝の上にあるパソコンに、ウェブカメラを通して神津ケミクスの八階の様子が映しだされている。間に窓ガラスがあるので、それほど鮮明ではないが室内の人間がどう動いているかはわかる。

キャビネットのキーボックスは窓際から三メートルくらい内側にある。キーボックス自体は映っていないが、その周辺は映っている。だがこれだと、キーボックスのところへやってきた社員がどの席に座っていたのかがわかりづらい。

「気持ち右に回してくれないか」吾郎はスマートフォンのハンズフリーマイクに向かっていった。「ほんの少しでいいから」

すぐに画面が右に旋回した。

「いきすぎた。二度程度戻して」

被写体との距離を頭に入れて角度の微調整をしていく。

位置と向きが決まったので、非常階段では脚立に乗った岡本がカメラのケースを固定する作業をはじめた。

そのときビルの玄関からビル管理の制服を着た男がでてきた。

三時から四時までは現れないはずじゃなかったのか。

「おい、ビル管の人間がでてきたぞ。下から見えないようにしてくれ」

吾郎はマイクに向かって怒鳴った。

「無理ですよ。腹ばいになるしかないじゃないですか」高松が声は抑えているが、焦った口調でかえしてきた。

「見られたらおしまいだぞ」そういいながら、吾郎は車をでた。

「ここで二人して腹ばいになったら、周りのビルから変に思われますよ」

「ビル管に見つかったら、それどころじゃないぞ。時間稼ぎをするから、うまく逃げろ」吾郎は小走りで駐車場をでた。

ビル管理の男が非常階段のほうへ歩いていく。手にボードのようなものを持っている。毎日の点検ではなく、月一回の点検なのかもしれない。

岡本たちはいったん吾郎の視界から消えていたが、再び見える位置になった。二人ともしゃがんでいるだけなので下から丸見えだった。ビル管理の男があと数メートル進んで見上げれば、すぐに見つかってしまう。

吾郎は途中から全速で走ってビルの敷地に駆け込み、大声をだした。

「すみません」そのまま、速度を緩めずに、ビル管理の男の前までいった。

「向こうで人が倒れているんですよ。一人じゃ、どうにもならなくて。ちょっと手伝ってもらえますか」

男が驚いた顔をした。

「あそこの角を曲がったところで」と、吾郎は道路を指さしながら「女性が倒れているんですが、声をかけても返事がなくて」早口でそういって、男の腕をとった。「頼みます」強引に引く。

「ちょ、ちょっと待って」男が踏ん張るようにした。

「お願いします。あれはかなり危ないので」

吾郎は摑んだ腕を放さずに、引っ張り続けた。

「わかりました、わかりました」

「助かります」

吾郎が駆けだすと、男もついてきてくれた。

角を曲がった。倒れた女性などいるはずがなかった。

「あれ？」吾郎はさらにその道を進んで叫び、四方を見た。

「ここに倒れていたのになあ。どこにいったんだろう」こんどはビル管理の男のほうを向いていった。

「意識が戻って、いっちゃったんじゃないですか」男が皮肉なのか、怒っているのか、素っ気なくいった。

「重症のように見えたのになあ」

「じゃあ」男が短くいって踵（きびす）を返した。

吾郎は横に並びかけて「ほんとうにすみませんでした。よけいなお手間をとらせまして申しわけありませんでした」何度も頭をさげた。

「もういいですから」男が辟易した様子で戻っていった。

吾郎はスマートフォンをとりだした。高松とはまだ繋がったままだった。

「いまどこにいる?」

「アメリカ屋に入るところです。助かりました」高松の声がした。

「カメラは?」

「設置してきました」

「途中じゃなかったのか」

「あとビス二本だったので。先崎さんがビル管を連れだしてくれたようだったから、最後までやってきました」

まったく図太い神経をしたやつらだ。

吾郎は車に戻り、ノートパソコンでウェブカメラからの映像を確認した。カメラはしっかりと神津ビル八階の様子をとらえていた。

5

十二月十一日、ピニョン市の地方裁判所で内野匠也の第一回公判がはじまった。逮捕されてから七ヶ月と二十日目に当たる。

片平右子は官吏に連れられて入廷してきた内野を傍聴席から見た。頬がこけ、胸の厚みもなくなっていた。

ゲイツによると、ブルシアでは政権の取り締まり強化によって逮捕者が急増し、拘置所はどこも収容能力をはるかに超えているのだという。いまは所全体が一つの雑居房のようになっていて、雑魚寝のスペースしかなく、寝返りさえもできないようだ。食事は受刑者がつくる粗末なもので、内野は飲み込むのに苦労しているらしい。

被告人席に座る内野の頬に痣らしきものが見えた。照明の当たり具合かとも思ったが、やはり痣にしか見えなかった。拷問という単語が脳裏をかすめた。ブルシアの警察などでは、取り調べの最中に暴力が使われると聞いたことがある。

冒頭、英語で本人確認があった。パスポートの内容に相違ないかという程度のものだった。次に検察官が立ちあがり、手にした紙に目を落としながらブルシア語で発言した。それはすぐに終わった。内容はわからなかったが起訴状を読みあげたのだろう。

判事が内野に向かって、なにかを問いかけた。内野が官吏に促されて証言台に立った。

「わたしは、ブルシア語を解さないので、こたえようがない」内野が英語でいった。力のない声だった。栄養が摂れずに身体が弱っているように見えた。

判事が指示をだし、検察官が再び立ってこんどは英語でいった。ここでは被告が外国人でも、通訳をつけないのだろうか。

「被告人はメタンフェタミン二百グラムを所持し、麻薬覚醒剤規制法違反を犯した」

検察官はそれでじゅうぶんだという顔をして着席した。

「被告人は起訴内容を認めるか」判事が英語でいった。

「いいえ。わたしは覚醒剤を持ち込んではいません。あれは……」

そこで判事に制された。

「認めるかどうかだけでいい」と、ここまで英語でいって、あとはブルシア語に戻った。

内野が被告人席に戻された。横にはマニー・ゲイツが座っている。その隣にもう一人、おそらくブルシア人の弁護士がいた。

判事に促されて検察官が喋りだした。いわゆる冒頭陳述だろうが、こちらの言葉なので右子には内容がまったくわからなかった。

検察官はときおり身振り手振りを大きくして熱弁を振るっている。それも十分程度で終わり、次に弁護側の反論に移った。ブルシア人の弁護士が三十分ほど休みなく喋った。早口で捲し立てるような口調だった。熱心に弁護してくれているような印象を受けた。

きょうの公判はそれだけで終わった。

右子は退廷していく内野の姿を目で追った。途中で彼は右子のほうを向いて小さく頷いた。気づいてくれていたのだ。

右子は深く頷き返した。

法廷の外でゲイツ弁護士と会った。

「検察はホテルの部屋から覚醒剤が発見された事実でじゅうぶん罪に問えるという論調だった。

まあ、実際に覚醒剤があったわけだから、その事実を争点にしてもしようがないので、こちらはウチノさんがいかにドラッグとは繋がりがない人物かを訴えた。そこでアカベックの社員を証人として呼ぶことを申請した。次回はこちらに派遣されている社員にきてもらう。いってみれば時間稼ぎだね。その次は日本から社員や家族を呼んでウチノさんがどんな人物なのかを証言してもらうつもりだ。ただし――」ゲイツが言葉をいったん切って、眉間に皺を寄せた。

「日本で暴力団と交際していたことが報じられたでしょう。それを持ちだされると証人がどんなにウチノさんに有利な証言をしても、あまり意味がなくなってしまうかもしれない」

「ホテルの部屋に誰かが覚醒剤を置いた、ということは？」

「それに関しては、いまのところは軽く触れた程度だね。なにも証拠がないから現段階でそこを深掘りするのは得策ではない」

「やはり証拠が必要なんですね。ところで、トリイと会っていた男がどういう組織の人間なのかは、まだわかりませんか？」

「それほど名前の通った男じゃないようで、まだどの組織のものか特定できていない。裏の社会に入り込まなければ情報を得ることができないかもしれない。そうなると時間がかかりそうだ」

「裁判をできるだけ長びかせてください」

「わかっている。いまはそんな作戦しかとれないのが辛いところだね」

そういうと、ゲイツは腕時計を見て、きょうはもう一つ別の公判を抱えているといって立ち去った。

右子は先刻見た内野のやつれた顔を思い浮かべながら重い足取りで裁判所をでた。

6

先崎吾郎は狭い自室をうろうろと歩き回っていた。ときおりテーブルに置かれたノートパソコンの画面を覗いては、また歩き回った。

パソコンの画面には神津ケミクスの八階の様子が映しだされている。

大竹忠雄が画面を見ながら、傍らに置いた紙に線を描き続けていた。紙には吾郎が描いた会計部門のレイアウト図が描かれている。

彼は五年ほど前に工場の生産効率をあげた実績がある。工場管理の仕事をしているときに、従業員たちの動線に無駄があることに気づいたことがきっかけだった。工場の一段高い位置から一ヶ月間従業員たちの動線を解析した。予算がついていればセンサーやICタグを利用したり画像解析が可能だろうが、提案段階では手作業による方法しかなかったのだ。大竹は多数の従業員がそれぞれ異なる動きをするのを、目視だけで細大漏らさずに記録し続けた。分析結果もさることながら、大竹が作成した動線図にみなが感心したという逸話がある。

非常階段にとりつけているカメラのバッテリーには限界があるので、長くても三日の間にけりをつけなければならず、録画したものをあとから分析するのでは間に合わない。ではリアルタイムに正確な分析ができるのは誰だとなり、真っ先に大竹の名前があがったのだ。

「どうだ、特定できそうか？」吾郎は大竹の背後から声をかけた。

「一人はわかった」大竹が図の一ヶ所を指さした。「こいつがキーボックスの暗証番号を知っている」

翌朝、吾郎は神津ケミクスの清掃業務につくと、ローテーションを変えて七階から十階を担当できるようにリーダーに頼んだ。こういうときのために夜のつきあいを欠かさないようにしていた。

八階のオフィスに入ると、問題の机に向かった。毎日キーボックスを開けているのならば、おそらく暗証番号は暗記しているに違いないが、最初に書いたメモがまだどこかに残っている可能性はある。

だが一目見て舌打ちがでた。机上には電話機とパソコンしかなかった。こういうやつはどこも鍵をかけているに違いないと思いながら抽斗の取っ手を引いてみた。こんなときだけは勘が当たる。

向かい側の席との境にあるローパーティションにもメモ一枚貼られていなかった。隣の席は逆に、机の上がごみ箱状態だった。

ほかの机にあった内線表から、超几帳面氏が山崎（やまざき）という名前だとわかった。

仕事を終えてアパートに帰ると、大竹がパソコンの画面を睨んでいた。

「きのう見つけたやつはだめだった」吾郎は机の様子を話した。

「そいつに鍵の管理を任せておけば間違いないと上司が思ったのもわかるな。しかし困ったな。いまのところ、ほかにキーボックスを開けているやつがいないんだ」

「ほかにいないってことか」

「いや、そいつが休んだりすれば困るわけだから、必ずほかにもいるはずだ」

きょうが観測二日目。あすが最後になるかもしれない。ここは強硬手段が必要か。

「やつの出社時刻は？」

「二日とも八時二十五分に席についている」

「あとは通勤ルートだな」吾郎は呟いた。「あしたの朝、そいつが出社しなければ、ほかの人間がキーボックスを開けるだろうな」

大竹が怪訝そうな顔で吾郎を見上げた。


「いま、やつが帰り支度をはじめた」

大竹の声がスマートフォンから聞こえた。午後七時を過ぎたところだった。

吾郎は神津ビルの玄関が見える位置に移動した。すぐに山崎がでてきた。年齢は四十代半ばだろうか。中肉中背、髪はきっちり七三にわけていて、ベージュのハーフコートの第一ボタンまでかけている。あの机の持ち主として期待通りの男だった。

山崎は駅のほうへ歩いていく。街の明かりが背中を照らしている。

横断歩道を渡り、そのまま両国駅の駅舎へ入り改札を通ると、総武線のホームへあがった。

すぐに上り電車がきた。吾郎も同じ車両に乗り込んだ。

山崎は二つ目の秋葉原駅でおりた。乗り換えかと思っていると、駅をでていった。さまざまな色の光で溢れる街にでていく。クリスマスソングが流れる賑やかな通りをいく足取りに迷いがなかった。

通いなれた感じで雑居ビルのエレベーター脇にある階段をおりていった。地下の店の看板を見ると、メイド喫茶だった。ちょっと入っていく勇気がなかった。しかたなく近くの路上で待つ。歩道は客の呼び込みだのなんだのと得体のしれない男たちが多く、ただ突っ立っていても怪しまれる心配はなかった。

山崎は一時間後にでてきた。どんな表情をしているのか見たかったが後ろ姿しか見えなかった。きたときと同じ足取りで駅へ戻っていく。

こんどは京浜東北線の下りに乗った。四十分近く乗り続けて与野(よの)駅でおり、五分ほど歩いて単身者向けと思われるアパートに入った。

翌朝、吾郎は六時五十分に与野駅についた。

山崎の出社時刻から割りだすと、七時二十分台の電車に乗る可能性が高い。吾郎はコーヒーショップでコーヒーを買い、手に持ったままで飲まずにいた。

七時十八分、駅前の通りに山崎が現れた。昨夜と同じハーフコート姿だった。吾郎は彼の姿を目で捉えながら移動した。

山崎が駅構内に足を踏み入れる直前に、吾郎は横からぶつかり、手にしたコーヒーのカップを傾けた。ハーフコートとスラックスにコーヒーが飛び散った。

「あ、すみません。申しわけありません」吾郎はひたすら謝った。

「ええーっ」という声がした。「ちょっと」

「すみません。ほんとうにすみません」

「もう、どうすんのよ、これ」山崎が苛立った声でいった。

「弁償させてください。ここではなんですから、ちょっと向こうにいきましょう」

ここに立っていては野次馬の餌食になるだけだった。山崎が渋面をつくりながらついてきた。

「コートとズボンですね。おいくらのものでしょうか」

「ちゃんと覚えていないけど、コートとスーツで十万はしたよ」

そういってから、山崎は視線を逸らした。わかりやすい男だ。このコートはどう見ても量販店で精々が二、三万円程度で売っている代物だ。スーツも黒っぽいスラックスしか見えていないが、似たようなものだろう。倍以上はふっかけてきているに違いなかった。

「わかりました。じゃあ、十万円で勘弁していただけますか？」

山崎は再び吾郎に視線を当てて無言で頷き返してきた。

「いまＡＴＭでおろしてきますので、たしかこの先にあったはずなので一緒にきてもらっていいですか」

山崎が腕時計を見る。いつもの出社時刻には間に合わないし、どのみち、着替えに戻らなくてはならない。そんなことを考えているのだろうか。

「早くしてよ」

「はい、それはもう」

吾郎は信金の看板を目指して歩きはじめた。

「あ、そうだ。信金なんで、ATMが八時からなんですよ。すみません、あと三十分ほど待ってもらえますか。なんだったら、その間、お着替えに戻られても」

山崎がため息をつく。

「もうどうせ間に合わないから、ここで待つよ」

ここで目の前の男を逃がしたら十万円が手に入らないかもしれない。当然そう考えるだろう。

「すみません」吾郎は謝罪の安売りをした。

山崎がもう一度、大きなため息をついて、スマートフォンをとりだした。会社に電話をするためだった。トラブルがあって少し遅れるので、とかなんとかいっている。


山崎に十万円払ってから、自宅に戻ると、パソコン越しに大竹が顔をあげた。

「わかったか？」吾郎の気は急いていた。だめだったら、私費の十万円が無駄になる。

「一人は確実だ」大竹がレイアウト図を指さした。一つの机に丸がしてあった。

「男だった。出社してすぐに、たぶんキーボックスを開けてくれと頼まれたんだと思う。で、キーボックスのところにいく前に机か脇机の抽斗を開けて顔を近づけたように見えた」

「抽斗を開けるのに鍵は？」

「鍵で開けるようなことはしていなかったな」

さすがに大竹だった。仕種の一つひとつを見逃さずに見てくれていた。

翌日は神津ケミクスの清掃日だった。

今回の同僚は吾郎よりあとに入ってきた若い男だったから、おまえは廊下をやれといって八階のオフィスに入った。

まっすぐに問題の机に向かう。机上は適度な散らかりようだった。よしよしと、心の中で呟いた。モニターの縁やローパーティションに何枚かの付箋が貼られていたが、暗証番号らしきものはなかった。

机の抽斗を引く。やはり鍵はかかっていない。

そのとき、廊下側のドアが開いた。

「すみません」同僚が顔をだして大きな声で叫んだ。

抽斗を閉じる暇はなかった。向こうから机は見えないはずだが。

「給湯室の三角コーナーの生ごみもうちらがやるんでしたっけ」

「いま、そっちにいく」

吾郎は、前回教えたじゃないかと苛立ちながら、抽斗をそのままにして、ドアに向かった。

若い同僚を押すようにして廊下にでると給湯室にいってやり方を教えた。

オフィスに戻って開けっぱなしの抽斗の前に立ち、思わず吐息を漏らした。

抽斗の中を見る。ざっと見て暗証番号のメモはないことがわかった。小箱を仕切り代わりに並べている。その一つひとつを持ちあげて、下にメモがないかどうかをたしかめる。次に手前のペントレイを持ちあげてみた。メモは見当たらなかった。

机の抽斗を閉じ、脇机の抽斗を開ける。名刺やいろいろなカード類が入っていた。ここにもペントレイがあったので、持ちあげてみる。

メモの池を発見した。ちょうどペントレイで隠れる部分に、十枚ほどの付箋がきれいに並べられており、それぞれにパスワードらしい英数字が書かれているのだ。すぐにスマートフォンでメモ群の写真を撮った。

キーボックスの暗証番号は、テンキーで入力するので数字だけのはずだ。該当するものは一つしかなかった。その番号をキーボックスに入力してみると、扉が開いた。

この日の清掃業務が終わったあと、リーダーに声をかけた。「今晩一杯いきませんか。万馬券をとったんで、豪勢にいきましょうよ」

「またとったの？　凄いな」

「競馬で儲けたときにリーダーと飲むと、次もいいんですよ。まあ、験担ぎにつきあってもらっているようなもんだけど」

「そういう験担ぎなら、いつでも歓迎だよ」

この男は酒好きで、飲みに誘うとまず断らない。この日はちょっと高級な寿司屋でいい気分にさせてから、神津ビルの分担階を、上のほうが気分がいいから今後七階から十階に固定してほしいと頼み込んだ。彼は、そのくらいの希望は聞いてやるかといった表情で、いいよとこたえた。

次回の清掃日からキャビネットの中を探った。順番にキャビネットを開けていき、どんな資料が入っているかを調べた。同僚がごみを一階に持っていっている間にキーボックスを開けてキャビネットの鍵を一つとりだし、札に書かれた番号のキャビネットを開けて調べることになる。一回の清掃業務中に、一台か二台がやっとだった。

キーボックスには二十三本の鍵が入っていた。全部を見るためには五週間程度はかかることになる。

長期戦を覚悟で調べていくと二週目で税務申告書の写しが入っているキャビネットを見つけることができた。年内はもう清掃の仕事はないので、実際に中身を見るのは年明けまで待たなくてはならなかった。

7

黒部史郎は小林通夫を伴って、神津ケミクスを訪ねた。上原会長から、最近神津が神津ケミクスとアカベックの合併はいつになるんだと、頻繁に訊いてくるようになったので、宥めてくれと頼まれたからだった。年の瀬に迷惑な話だった。

玄関を入ると、受付にいた女性二人が立ちあがってお辞儀をした。

「ここはいつも美人を揃えていますね。それに制服も凝っています」小林が小声でいった。「神津さんの趣味だ。そういうところに金をかけるから……」受付の近くにきて、黒部は口を閉じた。

受付で名乗ると、十階の社長室に案内された。

「わざわざ、恐れ入ります」部屋に入ると、神津が少しも恐れ入っていない口調でいって「どうぞ、こちらへ」と、重厚な応接セットの長椅子を勧めてきた。

椅子に座るとドアがノックされて、きちんとスーツを着た女性秘書がお茶を持ってきた。玉露の香りが漂った。神津が好色そうに細めた目で女性の動きを追い、彼女が部屋をでていくと、ようやく黒部に視線を戻した。

「じつは、年が明けたら息子に社長職を譲って、わたしは会長になろうと思っていましてね」

神津が小さな頷きを繰り返しながらいった。

「息子さんは、いま常務取締役でしたね」

「そう。わたしがここを引き継いだのは三十歳のときでした。あれはもう三十五だから、そろそろ代表権を与えてもいいかと」

「御社には専務もいましたね。社内はまとまりますか?」

「なあに、専務はわたしが決めたことに逆らいません。それにわたしが代表取締役会長でいるので、実質的には変わりないのでね」

「では、そんなに急ぐこともないのではないですか」

「来年はアカベックとの合併があるかもしれないでしょう。その準備ですよ」

「神津さん、前にもお話ししましたが、合併はまだ既定路線ではないのですよ」

「アカベックは順調に回復しているという話だったね」神津はそういって、小林のほうを見た。

「はい、順調に業績を回復しつつあります。しかし先行きに不透明な点もありまして」

「それは？」

「たとえば、アカベックの旧役員が新しい会社の設立を模索しているらしいこともその一つですね。もし、会社ができれば、人材が流出するかもしれません」

「なにか動きでも？」

「元副社長の石倉、そして元専務の奥野という人物が、銀行、ファンド、そして取引先になりそうな企業を頻繁に訪ねているんです。具体的な話ではないらしいのですが、もし新会社を設立した場合に出資や融資をしてくれる可能性とか、取引に応じてくれるかどうかの感触を探っているようです」

「会社ができたとして、どのくらいの人数が抜けると？」

「多くて百人というところでしょう」

「それなら、なにも心配いらないじゃないか。どうせうちとの重複部分は切らなきゃならないのだから。その手間が省けるというものだ」

「しかしキーマンに抜けられると、アカベックの良さがなくなってしまいます」

「アカベックの良さ？　そんなものは大したもんじゃないよ」

「ですが」

小林がなおも食いさがるのを、黒部は目で制して「神津さん、アカベックのことは、わたしどもにお任せください。親会社としてまずは更生計画を進めなければなりませんから」

黒部の言葉に神津が苦い顔をした。

「石倉たちが回っている先というのは、全部把握できているのか？」

黒部が帰りの車の中で小林に訊いた。

「アカベックの仕入れ先や販売ルートを、三友グループの企業を中心に再編するのに伴い、従来の取引先の契約解除が発生します。向こうはそういうところに話をもちかけているんです。かなり正確に把握していて、ちょっと驚いています」

「どういう手当をしているんだ？」

「それらの会社には、三友から新たな仕事を依頼するのでよろしくといって回っています。まだできるかできないかもわからない会社と三友を天秤にかけたら、どっちがいいかはわかりきっていますから。でも、そこまで手当する必要があるでしょうか？」

「きみも、神津さんと同じ意見か？　百人くらい大したことがないと」

「いえ。数では判断しませんが、石倉に求心力があるようには見えないので、思い過ごしになりかねないと思うことはあります」

「わたしの勘だ。なんとなく気になるんだよ。石倉という男が」

車内が暗くなった。車が新三友ビルの地下駐車場に入ったのだ。

8

新幹線の車内は年末年始の帰省客で混雑していた。軽やかなメロディとともに、次は京都という車内アナウンスがあり、先崎吾郎は荷物棚からバッグをおろした。赤部市へ戻る前に、石倉良雄を訪ねることにしていた。

古都は街全体が年始を迎える慌ただしさに包まれていた。

吾郎が椥辻の石倉家についたときには顧問をしていた吉村忠や取締役だった奥野将良もきていて、どういうわけか、みなが難しい顔をしていた。居間のテーブルの上には表が書かれた用紙が何枚も置かれていた。吾郎は石倉に勧められてソファの端に座った。

「銀行はほぼ全滅といっていいでしょうな」奥野がそういいながら、手に持っていた紙をため息とともにテーブルに置いた。「メガはいうにおよばず、関西、北陸の地方銀行も軒並み相手にしてくれませんでしたね。東海地方の銀行にも打診してみましたが、けんもほろろですよ」

「信金もか？」吉村が訊いた。

「そうです。徹底していますね、これは。最初はいい感触だったところも、あとになって断ってくる。どこからかの圧力があったと見るべきでしょうな」

「どこから圧力がかかっているのかと訊くわけにもいかんしな」

「向こうも認めないでしょう」

奥野と吉村のやりとりの間、頷くこともなくじっとしていた石倉が口を開いた。「じつは取引先も厳しい状況で、部品メーカー、販売協力先、どこも反応がよくありません」役職は石倉が上だったが、年上の奥野や吉村への言葉遣いは丁寧だった。「会うたびに悪くなってきていますね」

「どこかが銀行や部品メーカーに圧力をかけているとしたら、我々が声をかける企業をどうやって知ったかねえ」吉村がいった。二年前に六十五歳で取締役を退き、顧問になっていた人物である。

「アカベックの取引先にはすべて声をかけているんでしょうね。それから、その輪を少し広げているということではないですか」奥野が少し考えるようにして言い足した。「そんなことができるのは、三友商事くらいじゃないですか」

「三友はなぜそんなことをする？」吉村が目をむく。「我々が新会社をつくっても三友商事が困るわけはないだろう。向こうから見れば、とるにたらない会社だ」

「そうともいえないんじゃないですか」石倉がいった。「アカベックは技術の会社でした。技術力で売っている会社にとって重要なのは人材です。新会社ができて優秀な人材が流出すればアカベックの価値は下がります。それを知っている人間が三友にいるということじゃないでしょうか」

「ならば新会社をつくらせなければいいというわけか」吉村が興奮した様子で空咳をしてから

「しかしこれは厄介ですな。三友ほどの大会社が圧力をかけているとすれば、ふつうの企業はいうことをきくしかない」

事態は想像以上に深刻なようだった。東京の連中は新会社さえできれば自分たちの働き場所ができると単純に考えているところがあり、石倉の決断が遅いと文句をいっているものもいる。

「会社設立を断念せざるを得ない状況なのでしょうか」吾郎は、たまらずに訊いた。

「いや、まだ諦める段階ではないな。それより、東京の様子を報告してくれないか」

石倉が吾郎を促した。

第六章　追跡

1

「トリイがいま車に乗っています」

　磯辺久志から片平右子のスマートフォンに電話がかかってきたのは、宅配会社でのパート勤務を終えて、錦糸町のアパートについた直後だった。切迫した話し方から、彼がアルバイト先の酒屋から高車会事務所の様子を見て電話してきたのだとわかった。

「車種は？」

　右子はスマートフォンにハンズフリーのイヤフォンマイクを繋ぎながらいった。

「黒のＳＵＶ、車種は――」磯辺が続けて車種とナンバーを早口で伝えてきた。

　右子はバッグを摑み玄関のドアを開けた。廊下にでて外階段を駆けおりる。スニーカーが鉄の踏み板を踏むたびにナットかなにかが緩むような音がした。

「車がでました」磯辺の声が急かす。

右子は通りにでると裏手の駐車場に走り、入り口の機械で精算を済ませて車に飛び乗った。すぐに発進して商店街にでる。すでに向こうの車は通り過ぎているはずだ。

商店街の出口に黒いＳＵＶが見えた。左に曲がるところだった。

右子は通行人に気をつけながら速度をあげて同じように左折した。

ＳＵＶは四ツ目通りの信号で右折のウィンカーを点滅させて停まっていた。右子は軽トラックを一台挟んで後ろにつけた。

信号が変わって前の車が動きだした。ＳＵＶは四ツ目通りをしばらくいき、こんどは左折して錦糸町ランプから首都高速七号小松川線に入った。右子は車二台を間に挟んであとをつけた。ＳＵＶは常に追い越し車線を走っている。遅い車がいると車間を詰めて道を空けさせる。そんな車の後ろにぴったりついていく車はなかった。

右子は車線を頻繁に変えてついていこうとしたが、向こうの乱暴な運転にはついていけず、どんどん引き離されていく。しかし高速道路は空いているわけではないので、ＳＵＶも減速を余儀なくされるときもあり、かろうじてその姿だけは見失わずにいた。

京葉道路を経て東関東自動車道に入った。これで行き先が成田空港だと見当がついた。目的地がわかったところでＳＵＶの姿も見失った。

成田空港には第1から第3まで三つのターミナルがある。右子は車と接続しているスマートフォンで、磯辺に電話した。

「まいど」磯辺が一回のコールででた。

「調べてもらいたいことがあるの」右子はハンズフリーのマイクがある方に向かっていくぶん声を張りあげた。「これから成田を出発するブルシア行きと、その周辺の国行きのフライトの出発時刻を教えて」

「了解です。わかったらかけ直します」

五分後にはコールバックがあった。

「JALの十時五十五分発ピニョン市行きがあります。ほかにクアラルンプールへ十二時十分、それから」

磯辺が早口でそのほかの周辺国へのフライトを読みあげた。

ブルシア行きは一便だけだ。トリイがこれに乗るか乗らないかが重要なのであって、ほかの便に乗った場合は関係ない。

現在九時を少し回ったところ。錦糸町をでたのが八時二十分ごろだった。渋滞がなければ成田空港まで一時間でつく。ブルシア行きの出発時刻の一時間半前につくから、チェックインになんとか間に合う計算だった。

JALは第2ターミナルだ。これで目標は決まった。右子はアクセルを強く踏み込んだ。

成田空港第2ターミナルの乗降場についたのは午前九時八分だった。駐車禁止のところだがハザードランプをつけたまま車を離れ、建物内に走り込むとエスカレーターを駆けあがり、三階の出発ロビーまでいった。

ＪＡＬのチェックインカウンターを片っ端から見て回ったが、トリイの姿はなかった。

出国審査場の中を覗き込む。

――いた。手荷物検査を受けている人たちの向こうに、免税店の横で携帯電話を耳に当てているトリイの姿があった。

どの航空会社のカウンターでチェックインをしたのか見ていないので確定的ではないが、ブルシア行きに乗る可能性はかなり高くなった。

右子はゲイツ弁護士にトリイが搭乗すると思われる日航機の便名を伝えて調査員に尾行を依頼してほしいといった。乗降場に戻り車を駐車場に入れると、ブルシア行きのフライトを予約しに航空会社のカウンターへ向かった。

2

真っ青な長袖シャツの男の背中が四輪車と二輪車の喧騒で溢れるピニョン市の道をいく。白いスラックスに白い靴を履き、濃い色のサングラスをかけている。気温は三十二度で湿度は八十パーセントを超えている。いまは一月下旬だが、ピニョン市の気温は季節お構いなしにこのくらいはある。

ゲイツがよく使っているという調査員が空港で張り込み、以前送った顔写真を手がかりにトリイを見つけ、尾行して宿泊先のホテルをつきとめてくれた。

右子はLCCの夕方の便に乗ってきのうの朝ピニョン市についた。空港からトリイと同じホテルを予約し、きのうは一日ロビーで張っていたのだが、トリイを見つけることはできなかった。きょうになってようやくその姿を捉えることができたのだ。

トリイが通りに架かっているゲートを潜っていく。

「あそこは？」

右子は尾行につきあってくれているマルトノに訊いた。トリイの宿泊先を突きとめた調査員である。

「ショッピングストリート」

入ってみると、日本にあるアーケード商店街のようなところだった。ただし一般道と同様に車両が走っている。

トリイはぶらぶらと店先を覗きながら歩いていく。右子たちは道路の反対側を歩いて尾行した。

店の看板やディスプレイに書かれた文字はアルファベットだ。英語で表記されたものと、英語としては読めない単語がある。ブルシア語はアルファベットを用いて発音を表しているのだ。日本でいえばローマ字表記に統一されているようなものだった。

右子はトリイから目を離さずに額の汗をハンカチで拭った。

「ヒジャブは暑いですか？」マルトノが笑みを浮かべながらいった。

「ほんと。いいものを勧めてくれて感謝しているわ」右子は皮肉を込めてこたえた。

トリイとは日本で一度、サングラスをかけていたとはいえ顔を合わせている。その話をマルトノにしたら、念のためにヒジャブを被るといいと助言をくれたのだ。

ヒジャブはイスラム教徒の女性が髪を隠すために使うスカーフのようなものだ。まずヘアバンドをしてその上から巻くものだから頭全体が蒸される。頭をムスリマ風にすると服は必然的に肌を隠さなければ不自然だから、上は長袖で下は足元まで隠すスカートかパンツになる。右子はホテルのショップで買ったロングスカートを穿いていた。

トリイが立ちどまった。扉の上半分がガラス張りになっている店の前だった。一度中を覗き込んでからスイングドアを開け、中に入っていった。看板の文字は英語としては読めなかった。

「なんの店なの?」

「中古のブランドショップだね。貴金属もやっている」

マルトノの英語はブルシア人の中では聞きとりやすかった。ゲイツ弁護士は用心棒代わりにもなるといっていたが、あまり強そうには見えない。身長は右子と同じくらいだから、百六十センチ台半ばだ。浅黒い肌で目と鼻が大きく、どことなく愛嬌のある面立ちだった。白い開襟シャツに下はグレーのスラックス姿で、どこにいても背景に溶け込むような恰好をしている。

二人は車が途切れるのを待ってから道を渡り、トリイが入った店の前までいった。

中の様子は見えたがトリイの姿はなかった。女性の店員が奥のカウンターに二人いるだけで、客はいなかった。

店の前を通り過ぎてから右子はマルトノに訊いた。「ここは看板通りの商売をしているところなの？」

「実際に中古品の販売はしていると思うけど、バックにいるのは犯罪組織じゃないかな。表向きはこういう店をだしている組織があるからね。店内にトリイの姿が見えなかったということは、すぐに奥に通したわけだ。ぶらっと入ってきた客をいきなり店の奥に案内するのはふつうじゃない」

「そうね。どこかで見張れないかしら」

「あそこにカフェがあるから入ろうか」

マルトノが指さしたのは、小さな店だった。壁がなく、よくいえば開放的なところだ。

マルトノがパールミルクティーを注文し、右子はコーヒーにした。

二人は通りに近い席に座り、横目でトリイが入った店を見た。

右子はコーヒーカップを持ち、一口飲んだ。思わず、吐きだしそうになる。

「すごく甘い」ブラックだと思い込んでいたので不意打ちを受けたようなものだった。

「オー」とマルトノが驚いたような声をだし「あなたはコーヒーに砂糖を入れないで飲む人ですか？」

「もちろん。なにも入れないわよ」

「それは気の毒に。こちらではみんな甘い飲み物が好きなので、コーヒーにも最初から砂糖を入れてきます。注文するときに砂糖なしでと断らないとだめ」

「頼む前にいってほしかったわ」

考えてみれば、これまでホテルや国際的な大手コーヒーショップでしか飲んでいなかった。

右子はコーヒーは諦めて、視線を先刻の店に戻した。

「あの店がどの組織と関係あるか、わかる？」

「調べてみよう」マルトノはそういうと、スマートフォンをとりだして、どこかへ電話をした。

席を立ち、通りにでてしばらく話してから戻ってきた。

「事務所で調べてもらっている。コネのある警察官が知っていれば、じきにわかるだろう」

それから一時間近く経ってやっとトリイがでてきた。太った男と一緒だった。緑の生地に幾何学模様が染められているシャツを着ている。こちらでは正装と認められているもので、沖縄のかりゆしのようなものだと、この国へ最初にきたときに聞いた。

右子はスマートフォンで男の写真を撮った。

「いきましょうか」立ちあがって店をでた。

トリイと太った男はアーケード街の奥へ進み、すぐに横道へ入っていった。そこは道幅が五メートルほどしかなかった。二十メートルほどいって交差点を曲がった。

雰囲気ががらりと変わった。左側は長屋のように隣家と界壁を共有した建物が続いている。右側はトタン板で囲った住宅なのか屋台なのかわからないものが並んでいた。家の前にベンチを置いて座っている男たちが何人もいる。着ているものがTシャツなのか下着なのかわからないような男たちが、ぶらぶらと歩いている。

長屋のほうは壁が一部なくなっているところもある。バイクがそこら中に停まっていたり、ベンチが通りにでていたりしているので、実際に通行できるのは道幅の半分もない。風の向きが変わったのか、一瞬すえた臭いがした。

太った男はときおり左右を指さしながらトリイに話しかけている。トリイは軽く頷きながらこたえている。

太った男が立ちどまり、一段と大きく手を振って話しはじめた。

右子たちはとまるわけにはいかず、そのまま歩き続けた。

声が聞こえそうな距離に近づいたときに太った男が横を向き、英語ではない言葉で近くにいた数人の男たちに叫んだ。

右子は二人の脇を通り過ぎた。トリイが顔の向きを変えてこちらを見た。右子は視線を感じながらも、うつむき加減で歩いた。

長屋が途切れたところで交差する道があり、マルトノが左に曲がるように合図をしてきた。横道をしばらくいくと大通りにでた。そこは高層ビルが建ち並ぶ都会の風景が広がっていた。

右子は深呼吸をしたあとマルトノに訊いた。「さっきの店と、太った男がどこかの組織と繫がっているか、調べられそう？」

「もう一度、事務所に電話してみる」

マルトノがスマートフォンをとりだした。

通話を終えると「すぐにはわからなかった。ちょっと時間が必要になると思う」といった。

「トリイがわざわざ立ち寄ったということは、彼らのビジネスに関係しているのは間違いないと思うの。絶対に堅気ではないはずよ」

「この街の犯罪組織はけっこう数が多いんだ。簡単ではないよ。時間がかかるということは、それだけ請求書の金額もあがっていくけど、それは大丈夫?」

調査員の時間単価を訊ね、弁護士より格段に安いのがわかったので大丈夫だと判断した。

「当然その分は払うので、お願いします」

通りが急に騒がしくなったので、右子は語尾を叫ぶようにいった。

周りを見たら、なにかの集団が声をあげていた。

「この国では、デモが日常の光景になっているんでね」マルトノが、それが癖なのか肩をすくめていった。

3

年が明けてからというもの、先崎吾郎は神津ケミクスの清掃業務中、もっぱら税務申告書の撮影に時間を費やしていた。財務資料の分析を担当する島岡佑樹の、三年分の税務申告書を手に入れてほしいという要求を満たすためだった。

一口に税務申告書といっても、さまざまな種類の文書や表で成り立っており、かなりの厚さがある。

まさか会社のコピー機を使うわけにもいかず、持ちだすこともできないので写真に撮るしかないのだが、時間がかかることこの上ない。撮影した分をその都度島岡へ送ることにしたが、三年分を撮り終えるのに一月以上かかりそうだった。

やっと半分ほど進捗したころ、堀井武史から、原島惣介と大竹忠雄が上京してくるという連絡があった。

吾郎は指定された日にアメリカ屋へ向かった。三日前に東京では珍しく積雪があり、いまでも方々に雪が残っていた。時刻は午後七時を少し回ったところで、気温は零度に近いだろう。ダウンコートのポケットに手を突っ込んで歩いていたが、路面がところどころ凍っているのを見て、思わず手をだした。

今日は日曜日なので、アメリカ屋のドアにはＣＬＯＳＥＤの札が掲げられていた。店に入ると、カウンターのとまり木に一人で座っている堀井の姿が見えた。カウンターの中に前田宗太がいた。

吾郎は堀井とは一つ席をあけて座った。前田が黙ってスコッチのダブルをだしてくれた。

「なんか、お通夜みたいだね」吾郎は一口含んでからいった。

「似たようなもんかな。高松が損保に就職が決まった」

吾郎は思わず堀井の横顔を見つめた。高松君平は堀井、奥山とともに新会社をつくることを強く主張して積極的に関わってきた主要メンバーではないか。

「意外だね」

「自分と奥さんの両方の親から責められて、どうにもならなかったと。父親もお舅さんも銀行マンでかなり上までいった人だから、アカベックに入ったのだって反対されたらしい。で、いつまで定職を持たないんだと」

「そういう家柄だから、ということか」

「うん、暗にそういっていたような気がしたな。だから、しようがなかったと」

「就職先は自分で見つけたのかな」

「いや、親父さんの紹介らしい」

「なるほどね。その気になればいつでも就職できたわけだ。年明け早々に決まったということは、遅くとも先月から親父さんは動いていたわけだ。本人も知っていたんだろうけど」

「まあ、そんな感じだった。しかしなあ――」

堀井は最後は言葉にならなかった。彼にしてみれば直属の部下に裏切られた恰好になったのだからショックは大きいだろう。

「ほかにも」堀井がぽつりといった。「東京組であと二人、赤部でまだ在職中だった三人が新会社の計画から離脱すると連絡があった」

年末年始は家族と過ごす時間が長くなるから、年明けは脱落者がでるかもしれないと思っていたが、やはりその通りになった。

吾郎も正月に赤部の家へ帰り、このままでいいのかとあらためて自問するときがあった。家計の収入が減り、夫が個人の私設秘書などという不安定な職についているのだから、和子はとても浮き立つ気分にはなれなかったろうし、例年になく質素な正月だった。

子供たちの学校では、アカベックに残留しているものの家と退職したものの家の子の間で、微妙な空気が流れているらしい。和子が明るく振舞ってくれていることが救いだが、それだってほんとうは不安で辛いのを我慢してのことだとわかっている。

一日も早く新会社を設立できるようにしなければならないという焦燥感を募らせ東京へ戻ってきた。

店内が騒がしくなり我に返ると、多くのメンバーが集まってきていた。

仲間の離脱や、石倉たちが進めている銀行や取引先との話が思わしくないという話題を、みなが声高に話していた。

やがて原島と大竹が到着した。ひとしきり挨拶が交わされたあと、二人にみなの視線が集まった。

「今回の上京は本来なら京都にいる石倉さんや奥野さんたちから新会社の感触を詳しく聞いて、これからしなければならないことをみんなに伝えるのが目的だったんだが」

原島がいかにもいいにくそうに話しはじめたものだから室内に動揺する空気が流れた。

「どうしたんです？」せっかちな堀井が問いただす。

原島は一度大竹と顔を見合わせてから話を続けた。「石倉さんは人が変わってしまった。三日間、京都にいたんだが……」

一度もまともに新会社のことを話せなかったというのだ。それというのも石倉が昼はゴルフや競馬、はては歌舞伎などの観劇、夜は頻繁にクラブ通いに明け暮れているからだった。原島と大竹が新会社の話をはじめても、すぐにどこそこにいく時間だといっていなくなってしまう。

「なんだって。奥野さんや吉村さんはなんていってるんだ？」

「それが二人とも石倉さんにつきあって遊んでいるんだよ」

「冗談じゃないぜ。このだいじなときに」堀井が顔を紅潮させていきりたった。「新会社が設立可能かどうか、方々に当たって分析してくれているはずじゃないのか」

「それを諦めたってわけか？」奥山重夫も憤慨した様子を隠そうともせずに詰問口調でいった。睨まれた大竹が困惑したような顔になった。「石倉さんは、まあ待てといっていた」

「なにを待てというんだ？」

「それは教えてくれなかった。ただ、まあ待てと、そればかりだった。それよりきみたちも遊んでいきなさい、ときた。世の中、深刻なことばかりを考えていたら頭がかたくなる。遊ぶときは遊ぶ。それが一番だとさ」

「なにをふざけたことをいっているんだ。待っていいことがあるのか。いったい新会社の見通しは立ったのか？」こんどは堀井が睨む。

「あまり思わしくはないようだ」大竹が大きなため息をつきながらいった。

「で、石倉さんたちは諦めてしまったわけか」

「そこがよくわからない」大竹はそういうと、原島を見た。

「石倉さんは昔からけっこう遊び好きなんだよ。たまには息抜きが必要だと思うんだが、それにしても度が過ぎているような気もする」原島が首をひねりながら、一言ひとこと確認するようにいった。「なんという か、自棄(やけ)になったような遊び方なんだよ。ちょっと石倉さんらしくないというか」

「おれが京都にいってくる」堀井が決然とした表情でいった。「もし、石倉さんたちが諦めたんなら、もう当てにするのはやめだ。おれたちだけで会社をつくろうぜ」

東京組から、口々に賛同する声があがった。その中で、吾郎は一人黙っていた。原島がいった、石倉が自棄になったように遊んでいるという言葉が気になっていた。

4

内野匠也の裁判は、三回の公判を経て、弁護側は新たな材料に苦慮していると、片平右子はゲイツ弁護士から聞かされていた。一月に入り、逮捕されてからもう十ヶ月近く経った。心身ともに衰弱しているらしく、最近では右子への伝言もなくなってしまった。

いっそブルシアへいこうかと迷っているときに、ゲイツから、トリイと会っていた男が属している組織がわかったと連絡があった。ブラックドラゴンと呼ばれているグループだという。右子は、裏社会の情報に通じている人物を探しだしてほしいと依頼した。

一週間後にゲイツから見つかったと連絡があり、右子はすぐにブルシアへ向かった。

ピニョン市のホテルに到着し、ゲイツに連絡するとマルトノが迎えにきてくれた。

観光客など歩いていない猥雑(わいざつ)な通りを抜け、さらに波板のトタンで囲まれた民家が密集しているところを通った。いくつもの好奇に満ちた目に晒され、自然に歩調が速まった。

周りとは異なる瀟洒（しょうしゃ）な建物に入った。冷房がよく効いている。香の匂いがした。

二階にあがって広い部屋へ通された。照明は暗い。骨董屋にでも入ったようだった。伝統工芸品や西洋の絵画が脈絡なく並べられている。

どっしりとしたマホガニーのテーブルの向こうに男が座っていた。年は七十代だろうか。こざっぱりとした服装をしていた。顎だけに白いひげを蓄えている。自宅でいろいろな種類の蛇を飼っているので、通称をスネークというらしい。

周囲に屈強な男が三人立っていた。後ろの壁には昔の弓矢や槍が飾られている。いろいろな形をした刀剣もある。

「ようこそ、ジャパニーズレディ。おかけなさい」スネークがブルシア訛りの強い英語でいった。

右子は男の正面に座った。マルトノが左に座る。

「なにかわたしに頼みたいことがあるということだが？」

「はい。去年の四月に大統領主催の晩餐会があったのですが、そこで招待客同士のトラブルがあって、日本人が逮捕されてしまったのです。警察が宿泊先のホテルの部屋を調べると、覚醒剤が発見されて、覚醒剤所持の容疑でも逮捕されました」

「ああ、覚えているよ。間抜けな日本人の事件だな。覚醒剤を持っていたら、絶対に警察沙汰を起こしてはいけないのが鉄則だ。常に目立たず、おとなしくしとかないとな」

「違うんです。彼は覚醒剤など持っていなかった。誰かがホテルの彼の部屋に持ち込んだのです」

「それが今回の依頼と関係があると？」

「その通りです。彼の部屋に入って覚醒剤を置いた人物を捜しています。その人物の情報に懸賞金をつけます」

「それはそれは」

「懸賞金は五千ドルです」

ブルシアの給与水準からすれば、日本の四、五倍の価値がある。だから五千ドルは日本でいえば二百万円以上に相当するのだ。米ドルにしたのは、この国の通貨より為替レートが安定しているからだった。

「で、わたしになにを期待しているんだ？」

「わたしが懸賞金をかけているということを、その情報を持っていそうな人たちに流してほしいのです」

「持っていそうな人たちとは？」

「ホテルの部屋に覚醒剤を置いたのは、いつでも覚醒剤を手に入れられる人です。つまり犯罪組織の人ということになります。とくにブラックドラゴンの誰かである可能性が高いと思っています。それからホテルの従業員ですね。誰かが買収されて部屋の鍵を渡したと思うので」

「わかった。ではわたしへの依頼料は、懸賞金と同額にしてもらおうか。むろん成功報酬ではない。見つかろうが見つかるまいが関係なく前払いだ」

それぐらいはいってくると思っていた。

「いいでしょう」

「プラス成功報酬だ。情報提供者が現れて、あんたの要望が満たされたらさらにプラス五千ドルだ」スネークがわざとらしい笑顔を見せた。

右子は預金の残高を思い浮かべながらこたえた。「わかりました。結構です」

「よし、詳しく話してくれ」

スネークが葉巻を手にして、背もたれへ背中を深く預けた。

スネークの事務所からの帰り道で、マルトノが囁くようにいった。「いまから、常に警戒したほうがいい」

彼を見ると、真顔だった。

「もし誰かが襲ってくれれば、社長の部屋に覚醒剤を持ち込んだ人間がいるという証明になるわ」

「死んでしまえば、それを証明することもできない」

「そうね。でも命まで狙ってくるかしら」

「相手が犯罪組織なら、彼らにとってそれが一番シンプルな解決策だからね」

「気をつけるようにするわ」

「それがいい。わたしとの契約では、あなたを命懸けで護るところまでは入っていないからね」

マルトノがいつもの癖で肩をすくめた。

「ほんとうに、そんなことをしたんですか？」

磯辺久志が大声をだして、天井を見上げた。

右子は人差し指を唇に当てた。この錦糸町のアパートは、隣室の声が同じ部屋にいるように聞こえてしまう。

「相手を誘きだすには、それしかないでしょう」

「それにしても大胆だなあ。その調査員、マルトノでしたっけ、彼がいうように命を狙われてもおかしくないじゃないですか」

「それが狙いなんだもの」

「無茶すぎるなあ、どう考えても」磯辺は口をすぼめて強く息を吐いていった。

「ほかに方法がないじゃない」

「じゃあ、こうしましょう。こんどブルシアへいくときには、わたしも一緒にいきます。ボディガードを頼まれたんだから、そうしますよ」

「あれは冗談でいっただけじゃない」

「いや、いや。わたしはまともに受けとりました。とにかく、二人でやったほうが絶対に確率があがりますって。こう見えてもわたしは頼りになる男なんですよ」

磯辺が大げさに胸を張った。

5

二つ前の座席で幼児がぐずっている声が聞こえていた。隣の席には六十代に見える白髪のきれいな女性が座っている。

先崎吾郎はじっと車窓に映る景色を眺めていた。いや、視線を向けてはいたが、焦点はどこにも合わせていなかった。

今回のメンバー同士には従来から強力な繋がりがあったわけではない。障害があまたある中で仲間意識を維持できたのは稀なことだ。そんなときに要である石倉がメンバーからの信頼を失えば、求心力が弱まり空中分解するしかない。新会社を実現させたいという思いは日に日に切実さを増してくる。自分にもこれほど強い気持ちがあったのかと、意外にも感じていた。

新幹線を京都駅でおり、三十分後には石倉のマンションの最寄り駅である地下鉄椥辻駅についた。外にでると薄暗くなりはじめていた。

まずは石倉のマンションの周囲をゆっくりと巡り、道の情景を記憶した。とくに停車している車に関しては、細部まで脳裏に刻んだ。

ふと、自衛隊の警務隊にいたころを思いだした。

最後にマンションの正面玄関に面した道を、離れたところから眺めた。

次に祇園へ向かった。

四条大橋でタクシーをおりて祇園まで歩き、原島から聞いた石倉のいきつけのクラブの周囲を眺めた。

二時間ほど待ったところで石倉がご機嫌な様子で店をでてきた。女性が四、五人見送りにでてきて、嬌声をあげているのが、吾郎のところまで聞こえた。きょうは奥野や吉村は一緒ではないようだった。

「あの客、最近派手に遊んどるな」

背後で声がして、吾郎はなにげなく斜め後ろを見た。呼び込みの黒服を着た男が同僚と話していた。

「ああ、あれな。ほれ、社長が外国で覚醒剤かなんかでとっつかまって潰れてしもうた会社があったやろ。兵庫のほうの会社や。そこの役員やってたんやて。会社潰して自分は遊びまくってるんやから、よっぽどええ身分なんやろな」

呆れたような口調でいっている。

吾郎は四条通にでてタクシーを拾い、また椥辻に戻った。

すでに石倉は自宅に戻っているだろう。夕方と同じようにマンションの周囲を歩いた。

最後にマンションの前面道路をゆっくりと歩く。路上駐車している一台のステーションワゴンに見覚えがあった。ただし四時間前には、この通りと交差する道に停まっていたはずだ。距離にして約五十メートルの移動といったところだ。車内にほのかな光が見えた。携帯電話のようだ。吾郎は咄嗟に手前にある路地を曲がった。

ステーションワゴンが車首を向けている方向の丁字路までいき、暗闇に身を潜めた。この界隈はあまり人通りがなかった。夜気が冷たかったが堪えられないものではない。三十分ほど経ったとき、先刻のステーションワゴンが動きだし、吾郎の目の前の丁字路を曲がっていった。助手席にも人がいるのがわかった。駐車していたときは、一人だった。張り込み――という言葉が脳裏に浮かんだ。むろん対象者が石倉と断定できるわけではないが、石倉の帰宅から間もなく引きあげたのを見ると、可能性はかなり高いといえそうだ。

吾郎は椥辻駅に戻り、堀井武史に電話をした。

「石倉さんへの直談判はやめたほうがいい」

「なぜだ？　石倉さんが諦めたのなら、それをはっきりさせたい。じゃないと、おれたちの行動が決まらないだろう」

「石倉さんは諦めてはいない。わたしが保証するよ」

長い電話になった。

吾郎は翌日、島岡佑樹と姫路駅の近くにあるカフェで落ち合った。

「税務申告書の分析はどうだ？」吾郎は挨拶抜きに本題に入った。いまは直近二期分を撮り終えて、三期目の途中まで島岡へ送っていた。

「税務署にだすものだから、おかしなところはない」

島岡は常に通告するような口調でいう。髪をきちんと七三にわけて黒縁眼鏡をかけている。几帳面さが外見にも滲みでているのだ。

「簡単にいうなよ」吾郎は口元に持っていっていたコーヒーカップを音を立てて置いた。「あれを手に入れるのに、どれだけ苦労したか」

「手がかりがないわけではない」島岡が思案顔になった。「僕は勘というものは好まないけれど、データが少ないから勘といわざるをえないので困るのだが」

「勘は悪いことではないさ。結論をいってくれ」

「業務委託費がおかしい」

業務委託費は外部に仕事を委託した場合に発生する費用のことだ。外注費が主なものになる。

「どういうことだ？」

「販管費のほうの業務委託費だ」

税務申告書には、各勘定科目ごとに内訳明細書が添付されている。期末時点で一定額以上の残高がある取引先を記載しなくてはならないのだ。つまり期末という一瞬の状況を切りとったに過ぎないが、毎月定常的にどのくらいかかっているかは類推できる。十二倍すれば年間費用が想定できる。しかし神津ケミクスの業務委託費は、想定費用より数億円多いのだという。これは期内に完結した委託業務が相当量あったことになる。

「スポットで外注が必要になるのは、なにか強化したい理由があったと考えられる。ならば、関連する科目でも通常より多くの支出があるはずなんだ。たとえば多くの人材派遣を受ける事態が発生したのなら社員の人件費も増えているだろうし、経営のコンサルテーションを受けたとしたら、販売促進関連費や教育訓練費だとか、なにかが増えるものだけど、どこにも見当たらない。業務委託費以外は、だいたいこんなものだろうな、という範囲内に収まっているんだ」

島岡が顔をしかめてから「たかだか二期分で結論をだすべきではないけれど」

「同業者の勘は、大事だろう。見るものが見て、引っかかるのであれば、なにかあるんだよ」

会社の支出は製造原価と販売管理費にわかれる。製造原価は製品や商品を生みだすためにかかるもので、仕入れや製造部門の社員の人件費、協力会社への外注費などが含まれる。販売管理費は営業部門や管理部門にかかる経費だ。

「期中に完了した委託業務の相手先を調べるのは可能か？」島岡が思いつめたような表情でいった。「総勘定元帳があれば文句はないが」

それは難しい。総勘定元帳は全部の取引を記録しているもので、印刷すればメートル単位の厚さになるだろう。見つかったとしてもコピーや撮影するには無理があるし、抜きとってしまえば目立つのは間違いない。

「島岡さん、ＳＲＸを使ったことは？」吾郎は神津ケミクスで使っている会計システムの名前をいった。

「ない。けれど、マニュアルは手に入れられるから、操作は覚えられる」

「キーボックスの暗証番号をメモしていた社員のところには、ほかにもパスワードを書いたメモがけっこうな数あるんだ。経理の担当だから当然会計ソフトを使っているはずだ」

吾郎の言葉に島岡が無言で頷く。

「わたしが手引きするから、そいつのパソコンを使って、会計データを抜きだしてくれないか」

「建造物侵入罪、不正アクセス禁止法違反」

「だめか？」

生真面目な島岡には無理か――。

「やる」

意外な返事だった。見ると、島岡はあくまでも毅然とした表情をしていた。


関西から戻った翌日、吾郎は神津ケミクスの清掃業務に就いた。例によって同僚が廊下の掃除をしているときに、各種のパスワードをメモしている社員の机の前に立った。

机の下の床置きになっているパソコン本体の電源を入れ、机上のモニターのスイッチも押してからスマートフォンをとりだし、以前撮影した十枚のメモの画像を表示させた。

さてどれがパソコンのパスワードなのかだ。キーボックスの暗証番号を除く九個のうち、一行のものが一枚、二行のものが二枚、三行のものが六枚ある。

一行はパスワードのみ、二行はＩＤとパスワード、三行はシステム名の略記とＩＤ、そしてパスワードだと推察できる。

自分のパソコンのIDは長年同じものを使っているだろうから、わざわざ書く必要がない。ということは一行のみのものがそれだろう。文字列は十文字あり、英字の大文字と小文字、そして数字が使われていていかにもそれらしい。

二行のものはシステム名が省かれている。よく使っているシステムだから書く必要がないか、あるいはIDが特徴的ですぐにシステム名が連想できるからだろう。三行のものに書かれているシステム名には会計システムを連想させるようなものはなかった。ということは二行のもののうちの一つが会計システムのIDとパスワードになるのではないだろうか。

吾郎はアカベック時代の自分を思いだしてみた。もっともよく使うシステムはメールやスケジュール管理の機能を持つグループウェアだった。そのIDは記憶していたが、最初は情報システム部からあてがわれたものだからメモをしたことを覚えている。

自分の経験を踏まえて二つの二行メモを眺めると、一つはｎｓｕｚｕｋｉ、もう一つはｋｅｉｒｉ００３とある。おそらく机の持ち主は鈴木という名前なのだ。グループウェアは個人単位の登録だからｎｓｕｚｕｋｉが該当しそうだ。会計システムはいろいろな部署で使われるから、各部署に必要な数だけライセンスが割当てられるはずだ。ｋｅｉｒｉ００３というのは経理課の三番目という意味にとれるので、会計システムの可能性が高いのではないか。

モニターに目を向けるとログイン画面になっていた。ＩＤ欄にはすでに文字が入っている。パスワードのボックスに一行だけのメモに記された文字列を入れた。

エラーになった。ＩＤあるいはパスワードが違うと表示されたのだ。自信があっただけにショックが大きかった。ほかのものは考えにくい。一文字一文字確認しながら入力したので、タイプミスは考えられない。

　一般的に三回連続してパスワードを間違うとロックされるものが多い。そうでないものもあるが、いまは誤入力は二回までだと考えておいたほうがいい。

　もう一度メモを凝視する。ＩＤはすべて小文字でよさそうだが、パスワードに使われている英数字では、大文字のＳだと思ったのが小文字のｓかもしれないと気づいた。ほかのメモでＳを探す。ｓｕｚｕｋｉのｓも前後の小文字に比べると大きめに書いてある。そういう目で見ると、ＤとＯ、０（ゼロ）とＯ、２とｚが似ているので気になってきた。これら四つの組み合わせで、十六通りの文字列ができてしまう。

　すべてのメモを詳細に見て、文字を識別していった。

　これだと決めて、再入力した。

　またもエラーが表示された。あと一回失敗すればロックされてしまう可能性がある。そうなれば誰かが不正なログインを試みたということになり、このパソコンの記録からこの時刻に電源が入ったというのがわかる。清掃員しかいない時間帯だから、犯人を特定するのは簡単だ。

　一方で、０とＯを替えればいけるのではないかという思いもある。

　みたび挑戦するか、ここは自重して、次回まで待つか。鈴木が出勤して、タイプミスがなく一回でログインしてくれれば、そこでいったん三回の縛りは解けるはずだ。しかしタイプミスをすれば一回でロックされてしまい、そのときは不正アクセスしようとしたのが知られてしまう。

ここはいったん中止にしようと決めた。

翌々日の水曜日、いつも通り、神津ビルの清掃がはじまった。誰かが会社のパソコンに不正アクセスをしようとしたと騒ぎになった様子はなかった。

つまり、鈴木はタイプミスすることなく一回でログインに成功したということだ。きょうも真っ先に鈴木の席にきてパソコンの電源を入れた。

一昨日二回目に失敗した文字列の0をOに替えて入力した。エラーがすぐに返ってこなかった。しばらくしてデスクトップ画面が現れた。

よし、と心の中で叫び、SRXのアイコンを探す。それはもっとも目立つところにあった。ダブルクリックをして起動させると製品のロゴがでてきてログイン画面になった。IDのボックスにkeiri003と入力し、そのパスワードを入れた。鈴木の手書き文字の特徴を散々研究したので、今度は自信があった。

あっけなくSRXのメニューがでてきた。

きょうはここまでだ。すぐにログアウトし、パソコンもシャットダウンした。

清掃の業務を終えると、島岡佑樹に電話をした。

6

二月九日、ピニョン市地方裁判所で内野匠也の判決公判が開かれた。

裁判官が被告人席に向かって、なにかをいった。今回は通訳がついていて、英語に直して伝えた。

審理は終了したが、最後に被告人はいいたいことがあるかという内容だった。

「わたしは覚醒剤を持ち運んだことはありません。これは事実であり、真実です。それを一貫して主張してきました。この国に正義があるのなら、率直にわたしの言葉に耳を傾けてほしかった」

裁判官が軽く頷くと事務的な表情で机上の紙を手にとった。

ブルシア語で短い言葉を口にした。傍聴席がざわめく。

片平右子は悪い予感を持って隣のマルトノの顔を見た。

「死刑です」と、訳してくれた。

被告人席の内野匠也は通訳から判決内容を聞かされても微動だにせず、後ろ姿だが、まっすぐ裁判官に顔を向けているのがわかる。右子には、抗議の表れに見えた。

「泣かないで」

マルトノの言葉で、右子ははじめて自分が涙を流しているのに気づいた。

涙で滲んだ光景の中で閉廷が宣言され、内野が官吏に促されて退廷していく。彼は傍聴席に視線を向けてこなかった。

廊下にでてマニー・ゲイツ弁護士と向かい合った。

「控訴してください」右子は挨拶抜きにいった。

「もちろんです」

ゲイツが頷きながらいった。そして言い終えてまた頷いた。

翌日の土曜日、右子はマルトノと一緒にスネークを訪ねた。

「懸賞金の話は、流していただけましたか？」

スネークが笑いながら頷いた。「もちろんだ」

「なにか反応はありましたか？」

「なにもない。かなり難しいと思うがね。まあ、唯一の可能性は、覚醒剤を部屋に持ち込んだ本人が自分だと名乗って、五千ドルくれといってくることぐらいか」

そういって、自分のジョークに笑った。笑うのが好きな男だ。

「お金を払うといっている日本人はどこにいるかとか、訊いてきた人はいませんか？」

「いないね。こういうことは時間がかかる。手配書を配ったり掲示するわけにはいかない。口伝で広げるものだからな」

「わかりました。今回はこちらに一週間いる予定です。連絡を待ちます」

「けっこうだ。まあ、観光でもしながら待っているといい。世界遺産になっているところもあるし」

そういって、スネークがまた笑った。

マルトノとわかれてホテルに戻ると、磯辺久志が到着していた。

「一審の死刑判決のことは、日本でニュースになっていましたよ」磯辺が日本での報道の様子を説明してくれた。「メインニュースではなく、中程度の扱いでした」

「問題は政府ね」

右子は死刑判決がでたあと石倉に電話をして、官邸筋への働きかけがどうなっているのかを問い合わせたのだ。

「事件発生以来、石倉さんが政府に社長の釈放をブルシアに働きかけるようにいっているんだけど、全然反応がないのよ」

「覚醒剤所持で死刑になる国は少ないんだから、ふつうは政府が掛け合うもんじゃないんですか。しかも社長は地位のある人物なのに。今回の死刑判決で変わりますかね?」

「わからないわ。石倉さんによると、政府内にブルシアと交渉することに反対している人がいるようだって」

「どんな理由で反対しているんですか?」

「ホテルの部屋から覚醒剤が発見された事実と日本で暴力団と交際していたという報道から、

そんな人間を政府が庇(かば)うようなことをすれば日本の外交上不利益をもたらすという理由らしいわ」

「あの週刊誌の記事がボディブローのように効いてきているというわけですね。ところで、懸賞金の件でなにか情報はありましたか?」

「まだ、なにも」右子は首を振った。

「そうか、残念ですね。まだ懸賞金の話が広まってないんでしょうか」

「そうでも、ないかもよ」右子は少し前かがみになっていった。「エレベーターホールへ曲がるところにベルボーイが二人いるでしょう?」

磯辺が横目で見た。「ええ」

「さっきからこちらを見て、なにかを話しているのよ。インフォメーションカウンターのところにいる従業員たちもそう」

「ということは」

「懸賞金の話が、ホテル内に広まっているということじゃないかしら。去年事件が起こったときにわたしはここに泊まっていたし、そのあと何度もきているから、事件の関係者だと知られていると思う」

「懸賞金を払うといっているのは、あの日本人だとかなんとか、話しているのかもしれませんね」

「下手に動くよりホテルにいたほうが、情報を得られるかもしれないわね。じゃあ、きょうはホテルの中で夕食を摂りましょうか。なにがいい？　ブルシアははじめてでしょう？　やっぱりブルシア料理？」

「ここのレストランには中国料理とかフランス料理もあったじゃないですか。そっちにしましょうよ」

「地元の料理のほうがいいんじゃない？」

「どうもエスニックってやつが苦手なんです。酸っぱいのとか、変に甘酸っぱいのとか、ココナッツミルクとか、パクチーとか」

「それは日本で食べたからよ。こっちで食べれば全然違うから」

疑わしそうな目つきの磯辺を促して、ブルシア料理のレストランにいった。

「ああ、騙されただま、騙された」エレベーターの中で、磯辺が同じ言葉を繰り返していた。

「そう？」右子は冷たくいった。

「日本のと一緒じゃないですか。どこが本場のものは違うんですか」

「舌の訓練をしなくちゃね。まだ子供の舌をしているのよ」

「別に、大人になりたくないですね」

部屋の前でわかれるまで、磯辺の不機嫌は直らなかった。

右子は部屋に入り、ノートパソコンを立ちあげるとメールのチェックをはじめた。

数通読み進んだときに、ドアがノックされた。

「誰?」右子はドア越しに訊いた。

「ルームサービスです」

ドアスコープを覗くと、黒いベストに蝶ネクタイという、このホテルのレストランで見かけた制服を着た男が立っていた。

「なにも注文していないけど」

少しの間があった。

ブルシア人特有の英語が聞こえた。「いい情報の、注文があったと、聞いています」

そういうこと——。

右子はそういうと、スマートフォンで隣の部屋にいる磯辺を呼びだした。呼びだし音が聞こえるが、でない。思わず、早くでてと口にだす。寝てしまったのか、食事の件で不貞腐(ふてくさ)れているのか。

「少し待ってて」

右子はスマートフォンを耳に当てながら、もう一度ドアスコープを覗いた。

チェーンロックをしたままドアを開けた。男の顔が半分ほど見えた。

隙間からワイヤーカッターが現れたり、ナイフが差し込まれることはなかった。

「去年、このホテルの部屋から、覚醒剤が、見つかった事件の、情報を知りたがっているのは、あなたですか」

男がゆっくり一語一語区切るようにいった。英語の発音はかなり癖があり、そのくらいの速度でないと理解できない。

「そうよ」

「わたしはあなたが、欲しがっている情報を、持っている。中に、入れてください」

男はしきりに廊下の左右を見ながらいった。

エレベーターホールのほうから騒がしい声が聞こえてきた。

男がそちらを見て眉をひそめた。

右子は思い切って、いったんドアを閉めると、チェーンロックを外し、ドアを開けた。

男は脇にあるワゴンに手をかけると、それを押して室内に入ってきた。ワゴンには白布がかけられている。ドアは開けたままだった。

廊下の話し声が近づいてくる。

男は二メートルほど室内に入ったところでとまり、つかえながらいった。

「わたしは、事件のあとで、自動車を、買った、ホテルの、スタッフを、知っている。彼の給料では、自動車を、買うことはできない。この情報で、いくらくれる？」

「事件のあとって、いつ？」

「五月のはじめ」

事件が起こったのが四月二十一日だから、買収されて臨時収入があったとすれば、車を買おうと思う人間もいるかもしれない。

三、四人の客が甲高い声で話しながらドアの前を通り過ぎていく。

「その人は、お金を貰えば、なんでもやるような人なの？」

「はい、彼はそうです」

適当にいっているように聞こえる。

「部屋に入った人物に協力したホテルの従業員に関する情報に五千ドルというふうにしたけれど、それは確実な証拠がある場合よ。あなたの話だと、その人は車を買っただけで協力者とは決めつけられないでしょう？」

相手がどれだけこちらの英語を理解しているかわからなかったが、男の眉根が吊りあがった。

「で、いくら？」

全額は支払えないということだけは伝わったみたいだった。

「五百ドル」少ないと思うだろうかと、不安が過る。でも、日本だと二十万円以上の価値があるのだから。

沈黙。

「もう少し」相手がしばらくしていった。

「七百ドル」

また、沈黙。

「オーケー」ようやく相手がいった。

男が右手を差しだしてきた。金をくれという意味なのはわかったが、ここで財布をとりだすわけにはいかなかった。

「いま現金をまったく持っていないのよ」

「いつ？」

「あした用意するわ」

「では、あしたの夜に、またくる」

一瞬、躊躇した。部屋で現金のやりとりは危険のような気がした。

「くる前に電話をして頂戴」

あすの晩は磯辺にいてもらえば、それでもいいと思い直した。

「オーケー」

男はワゴンを引きながら部屋をでていった。

ドアが閉まり、ドアチェーンをかけて、ようやく深呼吸ができた。いままで呼吸を忘れていたのではないかと思うくらいだった。

そのときスマートフォンが着信を告げた。磯辺だった。

「なんか、電話をもらったみたいですけど。シャワーを浴びていたもので」

のんびりした声が聞こえた。

「せっかくボディガードの腕を振るういい機会だったのに」

「えっ、なにかあったんですか。すぐにいきます」

「もう遅いわよ。ナイフをワゴンに載せたボーイがきたんだけど、追い払ってやったわ」

「ええ？」

磯辺が大声で叫んだのが壁越しにも聞こえてきた。

日曜日は磯辺をピニョン市街に案内した。といっても有名な観光スポットにはいかずに、ブラックドラゴンが縄張りにしている地域などを巡ったのだが。

一日歩き回ったあとで夕食を摂り、ホテルへ戻った。磯辺に部屋まで一緒にきてもらった。

三十分ほど経ったとき、きのうの男からこれから訪ねると電話があり、数分のちにドアがノックされた。

ドアスコープで確認してドアを開けると、ワゴンを押して入ってきた。磯辺の姿を見て、少し警戒する素振りを見せた。

男は「Ｍｏｎｅｙ？」と、ほかには関心がないとばかりに訊いてきた。

「用意したわ」

右子は封筒から百ドル紙幣をだして、枚数がわかるように見せた。

「これだ」といって、男が紙片を差しだした。

磯辺が受けとって右子のほうへ向けた。単に名前らしい文字が書いてあるだけだった。

「この人は、このホテルのスタッフなんでしょう？」

男が頷く。

「なんの仕事をしているの？」

男が金を渡せというふうに右手を差しだしてきた。右子は紙幣を封筒に戻して渡した。

「フロント係」

「どんな人？」

「若い。二十五歳くらい。フロントの中では、一番、背が高い」

「あなたは親しいのね？」

「同僚、というだけ。もう、じゅうぶんだろう」

そういうと、ワゴンを方向転換させて足早にでていった。

「どう思う？」右子は磯辺から紙片を受けとりながらいった。

「どうなんですかね。適当な情報でぼったくられた気もしますけど」

「その可能性は高いでしょうね。でも、そんな情報でもお金になるという噂がホテルの従業員の間で広まったら、ひょっとするとそのうちにいい情報を持ってくる人も現れるかもしれない。餌は魅力的じゃないと意味がないものね」

右子はルームサービス係が閉めていったドアを睨んだ。


月曜日に、右子はマルトノにホテルへきてもらった。

「これが、ルームサービス係からもらったフロント係の名前」右子はメモ用紙を渡した。「この人をどこか話を聞けるところに連れだしてほしいんだけど。わたしたちが直接いったら、懸賞金のことが知られているだけに、ほかの従業員がどう反応するかわからないから」

「いいでしょう。ここの二ブロック先に大きな公園があるから、そこでは？」

「けっこうです」

一時間後にマルトノから連絡があった。件のフロント係のきょうのシフトは午後四時までなので、四時半に公園に連れていくから、噴水の前で待っていてくれというものだった。四時まではブラックドラゴンから刺客がくる可能性も考えながら、ほかの情報提供者が現れるのを部屋で待っていた。結局そのどちらもこなかった。

右子と磯辺は、四時二十分に指定された噴水の前についた。

公園はただただ広い原っぱという感じだった。道路との境に木々が並び、その木陰にベンチが置かれているが、あとは芝生が敷き詰められているだけである。唯一の設えが噴水だった。

若者たちがサッカーの練習やフリスビーに興じる光景が見られる。

十分ほど待っていると、マルトノが背の高い青年を伴って歩いてきた。

「彼だよ」マルトノが簡単に紹介してくれた。青年にも一言ブルシア語でいった。おそらく同じように「彼らだ」といっているのだろう。

「英語は話せる？」右子は青年に訊いた。

「仕事では使っている」

「あなたに質問があります」右子は青年を見上げた。彼の表情は変わらなかった。「去年の五月に、あなたは自動車を買ったそうですね？」

「はい」

「あなたの給料では自動車を買えるはずがないという人がいる。お金はどうしたの？」

「あなたたちとは関係ない」

「あなたは去年の四月に、客室の鍵かマスターキーを誰かに渡したんじゃない？　お金と引き換えに」

青年がマルトノを見て、なにかをいった。マルトノが言葉を返した。青年が右子のいったことを理解できなくて、マルトノに通訳を頼んだようだ。

「半分以上は父親が払ってくれた」と、青年が右子に向き直っていった。

「ほんとう？　もし実際は誰かに客室の鍵を渡していたのなら、真実をいってくれれば、わたしもお金を払うけど」

金額を訊いてくれれば、脈あり。

「そんなことはなかった。まったく」

青年はそういったあとに、マルトノに向かってブルシア語でなにかをいった。

マルトノが「誰かが、自分が自動車を買ったという情報をあなた方にいったらしいけれど、その情報に金を払ったのか、と訊いている」

「払ったわよ」

「いい情報がある。買ってもらえるか？」

「続けて」

「あの日——。警察がやってきた日だから、印象に残っている。客が部屋の鍵を失くしたトラブルがあった。フロント係の一人がそういった」

男は英語を短いセンテンスで繋いでくるのでわかりにくかった。

「お客が鍵を失くしたといって、フロントにきたの？」

「違う。フロント係がそういってきた。客は急いでいた。すぐに部屋に入って、なにかを持っていかなくてはならない。マスターキーを持っていくのが、許可された」

ホテルのどこかで、客がフロント係の一人に鍵を失くしたと伝えた。客は外出するところで、すぐに部屋に戻る必要があった。そのフロント係は、フロントに戻り、マスターキーの持ちだし許可をチーフに求めて認められた。

その解釈でいいかを、マルトノにブルシア語で確認してもらった。

間違いないとの返事があった。

「何時ごろの出来事だったの？」

「午後九時十五分ごろだった」

内野社長が警備員に連れていかれたのが七時四十分ごろだった。警察がすぐにきて連行していった。それを知った神津が高車会に電話し、ブルシアの犯罪組織へ連絡をして内野の部屋に覚醒剤を置くように依頼した。あの日は、八時に晩餐会の客を会場に入れはじめたはずだから、神津が連絡したのは八時前だ。高車会がすぐにつきあいのあるブルシアのブラックドラゴンに連絡をする。八時十分。ブルシアの犯罪組織はホテルのフロント係が使えると考え、その人物に内野社長の部屋番号を調べさせてマスターキーを持ってこさせる。それが九時十五分ごろだった。連絡を受けてから一時間。可能な時間だと思う。

では、ルームキーではなくマスターキーだったのはなぜか？　ルームキーはフロント奥の壁にあるキーボックスに入っている。そこから抜きとるとなると、誰かに見られる恐れがあるし、ほかのフロント係がたまたま1527号室の鍵がボックスに入っていなかったことに気づくかもしれない。そうなると後々、第三者が内野の部屋に忍び込んで覚醒剤を置いたのだと主張するものがでてくる余地を残すことになる。それを避けたい犯罪組織が、マスターキーを持ってこさせたとも考えられる。ただし犯罪組織がドールトンホテルのフロント係の一人が利用できると、前から知っていなければならないが――。

「で、あなたが価格をつけたい情報とは？」

「彼女の名前」

それまでフロント係の一人という表現をしていたが、いまは彼女といった。信憑性が増したような気がした。

「いいわ。買いましょう、その情報」

右子は百ドル紙幣を七枚だした。

男が女性の名前をいった。

「彼女の明日のシフトはわかる？」

「彼女は辞めた。去年の五月」

「理由は？」

「わたしは知らない」

「どんな人だった?」

「着るものやアクセサリーが好きで、ずいぶん買っていた。その印象が一番強い」

そういう女性なら借金をしそうだ。この国でも消費者金融、あるいは闇金融があるだろう。

闇金から借りているとすれば犯罪組織と繋がってくる。

これは、予想外にいい情報なのかもしれなかった。

7

先崎吾郎は神津ビルの九階のごみを集めた袋をまとめて台車に載せ、荷物用のエレベーターに乗った。一階でおり、裏口から廃棄物の集積場所へ運んだ。建物に戻るとき、スーツ姿の島岡佑樹が歩いてきて通用口で並んだ。

「おはようございます」といいながら、吾郎は持っている入館カードをかざしてロックを解除し、ドアを開けた。

午前六時四十五分、社員はまだ一人も出社していないのは確認済みだった。

中に入ると、清掃員の一人が台車を押してきた。島岡はすれ違いざまに「おはようございます」と挨拶し、一般用のエレベーターのほうへ歩いていった。勝手をよく知っている人間の行動に見える。

むろん彼にとってははじめて入る建物だが、吾郎がつくったレイアウト図で何度も予行演習をしてきたのだ。

吾郎が荷物用のエレベーターで八階へいき、オフィスに入ると、島岡がパソコンを立ちあげているところだった。室内ではもう一人の清掃員が動き回っている。きょうは吾郎が廊下を担当するようにしていた。

島岡の姿を確認すると、給湯室とトイレのごみ箱からごみを集め、次に廊下で掃除機をかけはじめた。島岡に与えられた時間は二十五分だ。朝一番に出社してくる社員は決まっており、二階の資材部の人間で七時二十二分である。だから島岡には七時十分に切りあげるようにいってある。

廊下には掃除機の吸引音だけが鳴り響いている。七時五分を回ったところでオフィスの様子を覗きにいこうとドアの一つに近づいていった。

そのとき吸引音とは異なる音が聞こえたように感じた。掃除機のスイッチを切る。エレベーターの昇降音だ。それも一般用の。清掃員がエレベーターの中を掃除することはあるが、いまはその時間帯ではなかった。エレベーターホールが見える場所へ急いだ。

一般用は二基。それぞれの扉の上部に階数表示があり、手前のエレベーターが上昇中だった。6、7――。

吾郎はスマートフォンをとりだし、通話ボタンをタップした。あらかじめ島岡の番号をだしていた。それを作業着の胸ポケットに入れる。

階数表示が8でとまった。扉が開く。紺のスーツを着た中年の男がでてきた。

よりによって、と思った。これまでこの階の社員がこんなに早く出社することはなかったのに。

「おはようございます」吾郎は大きな声でいった。

「あ、どうも」男が曖昧な挨拶を返した。

「ちょっと、すみません」吾郎は男の前に立った。「男子トイレの中にですね、どなたかの忘れ物がありまして、ちょっとだけ見ていただけますか」

男が渋々という感じで頷く。

「ありがとうございます。とりあえず給湯室に置いているものですから」

そういいながら、作業着のポケットに手を入れる。

給湯室に先に入り、右手を奥にある台へ伸ばして、男が入ってきたときに、そこからとったと見えるように右手を引き、掌を開いて見せた。

「このボールペンなんですが」百円程度の代物だった。「わざわざ正規の拾得物として書類をつくるのもなんですし、どうでしょう、お預けしてよろしいでしょうか？」

男があからさまに面倒くさそうな顔をして「あったところに置いとけばいいよ。忘れたやつが気がつくと思うから」

「そうですか、それでいいですかね。ちょっと心配だったものですから。どうもすみませんでした」

男が小さく頷いて、給湯室をでていった。

廊下にでると、男が会計部門に近いドアを開けてオフィスに入っていくところだった。吾郎はスマートフォンをとりだした。まだ通話状態のままだった。

「どこにいる？」と、呼びかけた。

「階段をおりている」と、島岡から返事があった。

吾郎は大きく吐息を漏らして通話を切った。

それにしても、向かいのビルの非常階段にカメラを設置したときといい今回といい、想定外のことばかり起こる。まだまだリスク分析が甘いのだ。


仕事を終えてから島岡に電話すると、昨年度の支払い先をＵＳＢメモリーに記録して持ちだすことができたといった。

堀井たちに集合をかけて、閉店後のアメリカ屋に集まってもらった。

「途中で邪魔が入ったので、そのとき見ていたものだけしかコピーできなかった」島岡がみなの顔を見回しながらいった。

昨年度に発生した支払いという仕訳のデータで、支払った金額と相手先がわかる。

「不正が見つかるとしたら販管の業務委託費なので、それだけを抜きだした」

島岡がプロジェクターで壁に映している表を指さした。

「たしかに、反社とつきあっているとしたら、毎年なんらかの形で金を渡しているだろうから、まあ一年分あればその中に反社宛の支払いがある可能性は高い」堀井がいった。「で、支払い先は何社ぐらいあるんだ？」

「業務委託費として支払っている先は、国内で百二十四社」

「よし、それを東京組で手分けして調べよう。五人で手分けするとして、一人二十件ちょいになるな」堀井が参加者に同意を得るようにしていった。

「どうやって調べるんですか？」一人が質問した。

「目的はこの中から反社の関連会社を見つけることだ。具体的には高車会の関連会社になると思う。例のリバーウエスト運輸のようなところだ。まず上場会社は除外していい。証券会社や取引所がチェックしているはずだからな。それ以外では年間百万以下の支払いしかないところも除外しよう。あとはネットで調べるなりして、怪しさにランクをつける。で、怪しいほうから順に詳細を調べていく」

「実際にいってみるんですか？」

「うん。いってみないと、ほんとうのところはわからないと思う」

「そのほかに」と、島岡がいった。「海外の委託先が二十七社ある」

「海外分は国際業務部だった赤羽の担当だな」堀井がいった。

「わかった。海外経由で反社に金が渡っているケースもあるだろうからな」赤羽がこたえた。

みな大変な作業を割り振られた割には嬉しそうな顔をしていた。やるべきことがあると、いきいきとしてくる連中ばかりなのだ。

第七章　奇策

1

ドゥイ――。ドールトンホテルの内野匠也の部屋から覚醒剤が発見された日に、マスターキーの使用許可を求めてきた女性フロント係の名だ。年齢は二十五歳だとわかった。

二月十三日に磯辺久志が帰国してから、片平右子は一人でドゥイのことを調べて回った。ホテルの従業員への聞き込みでは、彼女のことはよく知らないというこたえしか返ってこなかった。ほんとうに知らないのか、関わりを持ちたくないのでそういっているのかはわからなかった。

マルトノにドゥイのホテル在職時の住所を調べてもらい、実際にいってみた。

二十代半ばに見えるブルシア人の女性がいたが、ドゥイではなかった。

彼女はドゥイと住まいをシェアしていたが、去年の五月十日ごろにドゥイは引っ越していったという。

「いまどこにいるか知っている？」右子はメモ帳を取りだしながら訊いた。

「知らない」女性の英語はオーストラリア風の発音だった。

「友達なのに？」

「彼女とはお互いがインターネットでルームメイトを募集していて知り合ったのよ。だから別に友達というわけではないわ」

「引っ越したあとに手紙がきたらどうするの？」

「手紙なんてこない。ＤＭは捨てていいといっていた」

そのとき別の女性が奥からでてきて、右子の脇を通って外にでていった。髪の色がブルネットの西洋人だった。

「彼女はドゥイのあとのルームメイトよ」

「ドゥイが引っ越すのはいつ知ったの？」

「直前。だから彼女は次の月の家賃も置いていった」

「突然の引っ越しだったわけね。理由はなにかいっていた？」

「地方でいい仕事が見つかったからといっていたけど、それ以上詳しいことは聞いていない」

「そのころ彼女になにか変わったところはなかった？」

「引っ越すといいだす前は、ちょっとナーバスになっていたようだけど」

「どのくらいの期間？」

「たぶん二、三週間くらい前からかな」

五月十日の二週間前なら四月二十六日、三週間前なら十九日。例の晩餐会があったのは二十一日。まさに二、三週間前という期間に入ってくる。

「そのころ誰かが訪ねてきたことは？」

「別に、なかった」

「電話は？」

「彼女の携帯電話のことは知らない」

「帰りが遅くなったとか、なんでもいいんだけど、いつもと違ったことはなかった？」

「なかったと思うけど」

「あなたが知っている、彼女の友人はいる？」

「全然」

ようするに彼女たちの共同生活は、互いに無関心であることが大切だったのかもしれない。それでも右子は粘って、ドゥイがよくいっていたところを訊いた。ルームメイトは、美容室、レストラン、スポーツジムを思いだしてくれた。

最後に彼女がスマートフォンで撮ったドゥイのスナップ写真のデータをもらった。

翌日からその写真を持って街を歩いた。美容室やスポーツジムでは従業員が彼女のことを覚えていたが、去年の六月ごろから見ていないということだった。

ただそこで、彼女が気に入っている店や場所の情報を得られることがあった。そうして捜索範囲を広げていったのだ。今回のブルシア滞在はもうすぐ一ヶ月になろうとしている。あと三日で観光ビザが切れてしまうので、それまでになにか新しい手がかりをと思い、きょうもドゥイがおいしいといっていたスイーツの店にきてみた。店員はドゥイの写真を見せても覚えていなかった。

なんの収穫もないときは、帰路にスコールにあたるというジンクスができてしまっていた。いまも大粒の雨が顔に当たった瞬間に、やはりと思った。すぐにどしゃ降りになる。傘など役に立たない。近くにあった屋根つきの商店街へ駆け込んだ。

ハンドタオルで頭や肩を拭きながら通りを見ると、なんとなく既視感を覚える景色だった。そのまま通りを進むと、一月に高車会のトリイをつけてきたときに通った商店街に、前回とは逆方向から入ったのだとわかった。

このまま進めば、トリイが入った中古ブランドショップが左側に見えてくるはずだ。たしかに見覚えのある看板が見えてきた。その反対側の歩道で妙な動きをしている男が目についた。服装からこちらの人間ではなく、観光客、それも日本人のように見えた。男はスマートフォンを持ちながら歩道をうろうろしている。

顔がわかる距離までくると、右子は思わず「あらっ」と声をあげた。

右子は歩調を速めて男に近づいていった。

「赤羽さん」

「おっ、片平さん。どうしたの、こんなところで」

「それはわたしが訊きたいくらい」

「あの店の住所が、神津ケミクスの業務委託先として帳簿に載っているんだよ。それでおれは実体があるかどうかを調べにきたんだ」

「あそこは、高車会と関係のある店よ」

「どうして、そんなことを知っているんだ？」

「向こうで話しましょう」右子は商店街の入り口のほうを指さした。「赤羽さんの動きは変でしたよ。店の人に気づかれちゃいます」

「目立たないようにしていたつもりだけどな」

「じゅうぶん、目立っていました」

右子は不満そうな顔つきの赤羽を促して、その場から遠ざかった。

2

先崎吾郎は神津ビルの八階フロアを歩き、キーボックスから鍵を一本とりだした。すでにキャビネットごとに中身のリストをつくっているので迷いがなかった。

扉を開けると、ファイルの背表紙を眺め、一つをとりだした。ここには取引ごとに発生した伝票類がまとめられている。神津ケミクスからの発注内容と、先方からの請求書の内容が一致しているかを照合し、一つに綴じているのだ。請求書には担当部署の検印が押されているはずだった。

吾郎はページを捲り、アールオー株式会社へ業務委託をしたときの伝票を探した。神津ケミクスの業務委託先の調査をしているメンバーから、どの部署から発注しているかを調べてほしいと依頼があったのだ。

この会社のホームページには従業員数六十七名と書かれているが、実際に所在地へいってみるとマンションの一室で、とてもそれだけの人数がいるとは思えなかったのだという。

吾郎は廊下の音に注意しながら、伝票を捲った。上階の階段室の扉が閉まる音がかすかに聞こえた。同僚がこの階におりてくる可能性があった。

これだ――。伝票を捲る指をとめた。アールオー株式会社、内容は市場調査、請求額は四百三十二万円。押されている検印は、神津と彫られた印影のものが一つだけだった。

ファイルを元の位置に戻し、キャビネットの扉を閉じた。鍵を引き抜き、キーボックスへ戻してその場を離れた。

仕事を終えると、依頼してきたメンバーにあとの調査は引き受けると伝え、アールオー株式会社の所在地へいってみた。京急鶴見駅(けいきゅうつるみ)から海側へ歩いて八分ほどのところにある八階建てマンションの二階だった。

隣地の梅の木が満開の花をつけている。枝の先がマンションの外廊下の手摺に届きそうになっていた。

たしかに六十名以上の社員がいるとは思えなかった。

ホームページによれば、事業内容は経営コンサルティングやマーケットリサーチとなっている。資本金一千万円。一九七〇年創業で当初は株式会社副島市場調査研究所という社名だった。それが七年前に現在の社名に変更された。

昨年神津ケミクスが支払っているのは三回。四百三十二万円、四百六十万円、三百八十五万円、合計で千二百七十七万円だった。

吾郎は建物の中央にある階段で二階にあがった。築三十年から四十年くらい経っていそうな建物だった。

外廊下が左右に真っすぐに延びている。左にぶらぶらと歩いていく。三つ目のドアにアールオー株式会社と書いたプレートが貼りつけられていた。そのまま奥までいって引き返してきた。ドアの間隔や建物の奥行などから、一戸は六十平米から七十平米といったところだろう。六十七名もの従業員は入らない。むろん社員が常駐しない会社はいくらでもあるから決めつけられないが。

吾郎はマンションの外廊下が見える場所で佇んだ。三十分余りそうしていると、二階の廊下を歩く人の頭が見えた。明るい色の髪をした女性だった。エントランスの近くにいくと、その頭の女性が外にでてきた。四十代のお喋り好きに見えた。多少の希望的観測が入っているかもしれないが。

「すみません」警戒するような顔つきの女性に、言葉を繋いでいく。「二階に入っているアールオーという会社についてお伺いしたいのですが」

女性が無言で見返した。反応は悪くなかった。

「何人くらいの会社か、ご存じでしょうか？」こういう質問を奇異に感じるだろうかと思いながら訊いた。

「さあ。誰も見たことないわよ。人がいないいんじゃないかって」住民がいっている、ということなのか。

「あ、そうなんですか。一人もですか？」

「ずっと長い間誰もいないようなので、気味が悪いって話してんのよ。あなた、関係があるの？」

喋っている間に、好奇心が湧いてきたようだ。

「あの会社の人に話を聞きたかったんですが、留守のようだったので、困っていたんです」

「待っていても、誰もこないと思うわよ」

「わかりました。ありがとうございます」

女性の後ろ姿を見送りながら、吾郎は思わず拳を握りしめていた。最初はヤクザ風の男たちが出入りしているというような話を聞けるのではないかと期待していたのだが、無人というのも魅力的な話だった。

吾郎はスマートフォンをとりだして代表取締役である副島浩太郎(こうたろう)という名前を検索してみた。株式会社ソエジマリサーチという会社の代表取締役の名前と一致した。検索結果として、ほかにもいろいろでてきたが、リサーチという名前からアールオー株式会社の前身である副島市場調査研究所との共通点があり興味深かった。

所在地を調べると、横浜駅の近くだった。

吾郎は京急線に乗って横浜駅でおりた。西口をでて、橋を渡った先にある七階建てのオフィスビルだった。テナントは比較的小さな会社が多いようで、ソエジマリサーチがある五階は六社入居していた。エレベーターをおりて廊下を歩いていくと、三番目のガラスドアにソエジマリサーチと赤い文字で社名が書かれてあった。中には一畳程度のこぢんまりとした受付があり、小さな台に電話機が載り、傍らに傘立てがあった。受付の奥にドアがあり、その向こうがオフィスのようだ。真っ当な会社の匂いがした。

吾郎はドアを開けて中に入った。電話機の上に、来客の方は電話機の呼びだしボタンを押してください、と記した貼り紙がしてあった。いわれた通りにすると、受話器から女性の声がした。間仕切りのパネル越しに肉声も併せて聞こえた。

「副島社長をお願いします」

「どちら様でしょうか」

偽名をいう。一分ほど待たされてから「どのようなご用件でしょうか？」と、先刻と同じ女性の声がした。アポもなにもなしで、知らない名前をいわれたら、向こうも慎重になるのはわかる。

「アールオー株式会社について伺いたいのですが」

「お待ちください」

こんどは三十秒ほどで間仕切りパネルのドアが開き、総白髪の初老の男がでてきた。吾郎の頭のてっぺんからつま先まで、品定めをするような目で見てきた。

「なんですか？」副島らしき男がなぜか小声でいった。

「副島さんですか？」

「だから、なに？」

「副島さんは、アールオー株式会社の代表取締役ですね？」

「わたしは、知りませんよ」副島が早口でいった。

「副島さんがつくられた会社ではないのですか？」

「名前だけだから」掌をこちらに向けながら、もう一度いった。「名前だけだから」

「どういうことですか」

「名前だけ貸している。名前だけ。なにをしているのか、わたしはなにも知らないから」

「おかしいじゃないですか。創業者がなにも知らないなんて」

「あそこの経営権はもう別になっているから、わたしはなにも知らない」

「じゃあ、社名が変わったときに、経営権つまり株が別の人に移っているということですか？」

「そう、そう、そう。だからわたしはなにも知らない」

「でも代表取締役は副島さんじゃないですか」

「だから」と、苛立った口調になって「名前を貸しているだけ。一切関係ない」

「じゃあ実質的ないまの経営者の名前を教えてください」

「だって、その人に株を譲渡したわけでしょう？　譲渡契約書もあるでしょうし」

「知らないっていってるでしょう。さあ、帰って、帰って」副島の丸い手が吾郎を廊下に押しだそうとする。

「知らない」


「なぜ、隠すんですか？　相手が暴力団だからですか？」

副島の押す手が一瞬とまった。

「さあ、さあ、でていってくれ」一段と強い力で押してきた。

副島はドアを閉め、一睨みしてから間仕切りパネルの向こうへ消えた。

吾郎はビルをでて、横浜駅へ向かって歩いた。

おそらくは副島市場調査研究所が債務超過などで倒産しそうになったのだろう。そこに反社会的勢力が借金の肩代わりを申し出て、会社は存続できた。そのとき副島は全株式を反社に譲渡し経営権を失った。

ただし、登記上の代表取締役は副島のままになっている。ようするに堅気の社長がいる幽霊会社をつくったわけだ。これで反社チェックはすり抜けられる。

その後社名をアールオー株式会社にし、一見なにを生業にしているのかわからないようにして、架空取引の場にした。副島社長はその後再出発して現在のソエジマリサーチを興した。そんなところだろう。

アールオー株式会社はきちんと登記している。ということは、いつ税務調査が入るかわからないので、どの会社でも備えておかなければならない会計帳簿や給与台帳といった書類はあるに違いない。暴力団のフロント企業は、税務申告はきちんと行っているものだと聞いたことがある。

「給与台帳か――」吾郎は思わず声にだした。これは使えそうだった。

吾郎はメンバーの中から奥山重夫を選んで電話した。

「奥山さんは法務部の前には総務にいたことがあると聞いたことがありますが」

「ああ、いたよ」

「じゃあ、労基の調査を受けたことはありませんか?」

「あるある。前の会社でも経験している」

「それなら労基の職員になりすますことはできますね」

「どういうことだ?」

吾郎はこれまでの経緯を説明した。

「アールオーという会社に労基の職員に化けて入ろうってわけか」

「どうですか、二人で」

「おお、やってやろうじゃないか」

「調査は事前に日程を知らせてくるものですか?」

「抜き打ちで、いきなり会社にくることもあるし、事前に電話でいってきて、労基まで資料を持ってきてくれというのもあるし、さまざまだな」

「今回は、電話して次の日に訪問することにしましょう。抜き打ちでいっても、どうせ向こうは留守なんですから」

「任せる。準備ができたら連絡くれ。当日持っていく小道具を揃えておくから」

奥山との電話を終え、吾郎は固定電話を確保する算段をした。アールオー株式会社がある区域を担当する労基と同じ局番を持つ電話番号が必要だった。

吾郎は原島惣介に相談して鶴見に安アパートを借りて、そこに固定電話を引く承認をもらった。新会社へ参加を希望しているメンバーから、毎月少額ずつだが活動費が振り込まれてきており、それを原島が管理しているのだ。

アパートと電話の手配をして、一週間後には使えるようになった。


二月二十六日の午後二時にアパートで奥山と落ち合った。

電話しかない部屋で、奥山がアールオー株式会社のホームページに書かれている電話番号にかけた。ハンズフリーの設定をして受話器は置いたままにしてある。

呼びだし音が三回鳴ってから、かすかにカチッと音がして呼びだし音の調子が変わった。

「転送電話ですね」と、吾郎は口にした。

十秒ほど経って、相手がでた。

「はい」

「アールオーさんでしょうか」奥山がいった。

「はい」警戒している声音だった。

「こちらは鶴見労働基準監督署です。御社の調査を行いたいのですが、ご協力いただけますか？」

「あ」といったきり、数秒の沈黙があった。「ええと、ちょっと待ってください」

送話口を手で塞いだようだった。そのまま一分近く経った。想定外の電話だったのだろう。

「お電話、代わりました」別の声がした。

奥山が先刻と同じことをいった。

「はい、それはもう」

「では、これから伺うのでよろしいでしょうか？」

「これから？　きょうは担当者がいないので、なにも見せられないですよ」

「わかりました。では、明朝伺います。九時半ということでいかがでしょうか」

「九時半ですか。ちょっと確認します」また十秒以上の沈黙があった。「わかりました。九時半でいいですよ」ちょっと不貞腐れたような言い方になった。

「ありがとうございます。わたしは鶴見労働基準監督署の佐々木と申します。連絡先は――」といって、いま使っている電話番号を伝えた。「なにか不明な点があれば、この番号にかけてください」

通話を終え、奥山が親指を立てて見せた。

「それじゃ、わたしは念のためにきょうは六時ごろまで、ここで電話番をしています。まあ、さっきの感じだと、ここに電話してくることはなさそうですけどね」

「そうだろう。我ながらうまくやったな」

もし相手が不審に思ってここの電話番号をインターネットで調べたとしても、単に持ち主不明の固定電話だと知れるだけである。鶴見労働基準監督署の代表番号でないことはわかるが、末端の部署が使っている電話番号である可能性は残ることになる。

しかし今回は相手が焦っているようだから、疑うことはないのではないか。


翌朝は七時から、アールオー株式会社が入居しているマンション二階の外廊下がかろうじて見える位置にレンタカーを停めて観察をはじめた。きのうもアパートを引きあげたあとにここにきて見ていたのだが、動きはなかった。

きょうは七時三十五分に男が一人鍵を開けて入っていった。その五分後にもう一人、男が両手に荷物を抱えて入った。九時過ぎには髪の長い女性が周りを気にする素振りで廊下を歩き、ドアを開けてすぐ室内に消えた。

九時半近くなり、吾郎は車を近くのコインパーキングに移動して停めた。

約束の時刻丁度に奥山とともにアールオー株式会社のドアの前に立ち、インターフォンを押した。

ドアを開けたのは、四十代後半に見える男だった。

「どうぞ」ぶっきらぼうに迎えてくれた。

三和土に入ると「靴のままで」といわれた。廊下に面して左右に一部屋ずつあり、奥がリビングで続き部屋が一つある。もとの間取りは3LDKのようだ。エアコンの暖房が入っていたが、埃っぽい臭いがした。ふだんは無人なのだからエアコンの中はカビだらけに違いない。あまり呼吸をしたくない気分だった。

リビングに田の字に並べた机があり、女性と若い男性が座っていた。続き部屋にはテーブルと椅子四脚が置かれていた。男が吾郎たちをそのテーブルに案内した。

「昨日、お電話を差しあげた佐々木です」奥山が名刺を差しだした。吾郎が名刺作成ソフトでつくったものだ。

男も名刺をだした。役職は総務部長となっていた。眉毛が太く、目、鼻、口が大きい。迫力のある顔だが、白いワイシャツにストライプのネクタイをしていて、堅気に見えないことはない。むしろ奥山のほうがその筋のものに見える迫力満点の容貌をしている。向こうも親近感が湧くのではないかと、吾郎はおかしかった。

「では早速ですが、昨年度の給与台帳と勤怠の記録を見せていただけますか」奥山がそう切りだした。

男は立って隣の部屋へいき、ファイルを二つ抱えてきてテーブルの上に置いた。

開いてみると、一つが給与台帳で、もう一つが出退勤の記録だった。どちらも十センチほどの厚さがあるもので、一度も開かれていなかったように角がきれいに揃っていた。おそらくきのう急遽印刷したのだろうが、常にデータを用意しているのは大したものだった。

か？」

「これは」と奥山が、いった。「正社員はあなただけで、ほかの方はパートということです

「はい。うちは、そういうやり方ですよ」

「どういう仕事のやり方をしているんですか」

「いろいろな調査を頼まれるんですが、こういう調査は誰それが得意だとかあるんで、そのときどきで使う人間を決めてます」

「それでは」といって、奥山が給与台帳を開き、何ヶ所かに付箋を貼って相手に示した。「この方たちのパート契約書を見せてください」

テーブルに資料が揃うと、奥山は時給と勤怠記録から賃金を計算して給与台帳と比較しはじめた。一通り照合が済むと、納得したというように紙から目を離した。

「ところでパートのみなさんはいつもどこにおられるのですか？」

「在宅勤務が多いんですよ。事務所にこなければならないときは、くるんですけどね」男が隣の部屋の二人へ目を向けながらこたえた。

吾郎はこの会社のからくりがわかった気がした。表向きの収入は市場調査などのサービスで得られたことになっている。支出の大半は人件費になる。ようするに六十余名へ給与を支払ったことにするのだ。

正社員だと社会保険への加入義務があり、保険料の半分は会社が納めなければならないから、金が目減りする。そこで従業員をほとんどすべてパート契約にして保険料を免れているのだ。

パートでも一定の条件を満たせば社会保険に加入しなければならないが、週に十時間程度で月額七万円台であれば加入義務はない。

一時間半程度の時間を使ってから「とくに指摘事項はありませんでした」と、奥山が終了を宣言すると、男が安堵したような表情を見せた。

アールオー株式会社をでると、コインパーキングから車をだし、マンションの外廊下を見張ることができる場所に移動して停めた。

吾郎は運転席に座り、奥山が助手席でビデオカメラを手にした。

二十分ほどしてドアが開いた。奥山が録画をはじめる。三人がでてきた。吾郎は車からでて、彼らのあとをつけた。

三人が、先刻まで吾郎たちが車を停めていたコインパーキングに入っていった。ニアミスをしていたわけだ。吾郎は急いで車に戻り、コインパーキングの近くまで車を移動した。

向こうの車がちょうどパーキングをでてきたところだった。黒いバンだ。高速に乗るならこちら側にはこないはずだと思って見ていると、やはり向こう側に曲がっていった。アカベックを辞める前に、会社の顧問弁護士が作成した高車会についての報告書に目を通していた。それによると組事務所は錦糸町にある。特別な事情がない限り、高速を使うと思っていた。

大きな通りにでてからは間に二台挟んで追った。バンが首都高の汐入料金所に入っていく。間に入っていた車は一般道をいったので、バンの直後にならざるを得なかった。

吾郎はサングラスをかけ、奥山は伊達眼鏡をかけてマスクをしている。少しでも労基の職員と雰囲気を変えようという努力をしていた。

前の車の運転席には若い男がいるようだが、ウィンカーをだすのが遅いし、斜め後ろの車を無視するような車線変更をしているところを見ると、あまりバックミラーを見るタイプではなさそうだ。

バンが横羽線に入った。高速は順調に流れている。ここでも二台間に挟んだ。羽田線に入る。昭和島ジャンクションを平和島方面へいき、浜崎橋ジャンクションで首都高速都心環状線に入る。

「撮れていますか？」

「大丈夫だ。三脚を持ってくればよかった。腕がだるくなってきた」奥山がぼやく。

バンは環状線の江戸橋ジャンクションで六号向島線に移り、両国ジャンクションから七号小松川線に乗った。

「間違いないですね」ここまでは見込み通りのコースだった。

次は錦糸町出口の標識がでた。前の車がウィンカーを点滅させて出口方面の車線に入っていった。

吾郎は速度を落とした。ここでバンの直後につけたら、いくらぼんくらでも尾行に気づくだろう。

高速から一般道に入った。バンは最後に商店街を通り、高車会の組事務所前で停まった。吾郎はバンの脇を通り過ぎた。助手席で奥山がバンのナンバープレートをアップで撮った。

3

シャンデリアの光の向こうからときおり大きな笑い声が聞こえてくる。客三人にホステスが五人ついている。

「真ん中が石倉です」小林通夫が黒部史郎にいった。「右が顧問をしていた吉村、左が専務だった奥野です」

「なんなんです、あの連中は?」黒部の横にいる三友商事関西支社長が口を挟んだ。

このナイトクラブは祇園でも古いほうで一見の客は断られる。関西支社が京都での接待場所として利用しているというので、支社長に同行してもらったのだ。

「支社長はアカベックという会社をご存じですか?」小林がいった。

「もちろん、知っている。本社は関西だからな」

「あの三人はアカベックの元役員ですよ」

「アカベックはいま、うちの傘下になっているじゃないですか。前の役員なんかに、なぜ専務が興味を持っておられるのですか」

「石倉というのがやり手だという噂を耳にしたので、どんな男か見にきたのさ」

黒部が石倉のテーブルを見ながらいった。

「あれがですか？　やり手には見えませんね。こういうところで遊ぶのは慣れているようですが、それだけなんじゃないですかね。鋭さが感じられません。あの嬉しそうな顔を見てごらんなさいよ。女で身上(しんしょう)を潰すタイプに見えますね」

「そうかな」黒部がかすかに笑った。

「専務、支社長がおっしゃる通りかもしれません」小林が声を潜めていった。「銀行や取引先から相手にされずに、そうとう参っているんじゃないでしょうか。いままでつきあいのなかった先に当たるのは辛いでしょう。なにしろまだ実体のない会社ですから、先方も取引できるとは即答しかねますよ。それで諦めたんでしょう。いまは自棄を起こしているような感じです。なにしろ週に三日はクラブ通いですよ。ほかの日はゴルフをしたり、競馬にいったりしているようですから」

「石倉はもともと遊び人だという評判だったじゃないか。以前からそういう生活なんだろう？」

「ここまでじゃなかったようです。だいたい、アカベックの元役員なら経営破綻に陥った責任を感じてもいいはずじゃないですか。あの連中にはそれをまったく感じません。新会社をつくろうとしたのも、単なる思いつきだったのではないですかね」

「そうかな」

　黒部がまた同じ言葉を口にした。

「専務はそう思われませんか？」

「まだ、決めつけるのは早い気がする。これまでより人数は減らしていいが、ときどき動向を探るようにしてくれ」

「承知しました」

小林があまり納得しない様子でこたえた。

そのとき石倉の席で歓声があがった。

「賑やかなことだ」

小林が愚痴るようにいった。

4

アメリカ屋の店内に拍手が起き、喝采があがった。

「よし、これで神津が反社と取引があると証明できるじゃないか」

堀井武史が叫んだ。そうだ、そうだと同調する声があがる。

先崎吾郎と奥山重夫がアールオー株式会社から高車会組事務所までバンを尾行したときの映像を、アメリカ屋に集まったメンバーに披露したのだ。

三月に入って最初の日曜日の午後、店内は十五人の仲間の熱気で満たされていた。

喝采がおさまったあとで赤羽賢太郎がフロアの中央に進みでた。右手にちゃっかりグラスを持っている。酒を清涼飲料水と勘違いしているのではないかと疑いたくなる男だった。

「これから海外取引先の状況を報告するので、みんな拍手の用意をしておいてくれ」赤羽がもったいをつけて話しはじめた。「有名企業やホームページでまっとうなビジネスをしていそうだと判断できるところを除いた取引先を調べた」

ブルシア一社、マレーシア二社、ベトナム二社だった。これらの住所を吾郎が調べ、赤羽が実際に現地へいって実体があるかどうかを確認してきたのだ。

「三国のそれぞれ一社ずつが実体のない会社だとわかった」

昨年度の支払いはブルシアの会社に八回、合計二千八十万円、マレーシアへは七回、合計千七百三十六万円、ベトナムへは七回、合計二千二百四十七万円だった。これらの総額は六千六十三万円となる。

取引の受発注はすべて期中に収まるようになっていて、期末残高にはなっていない。つまり税務申告書などで作成される科目明細には記載されないようになっていた。

「税務署も予算があるから、このくらいの金額でいちいち海外出張までして調査はしないだろうな。その程度の金額に抑えているという気がするね」

「実体がないと、どうしてわかったんだ？」

「神津ケミクスに記録されていた住所は、マレーシアはレストラン、ベトナムは民家、ブルシアは中古ブランドショップだったんだよ。どこにも業務委託できるような会社はなかった。そしてこれはきょうの目玉だが、ブルシアの店は高車会と関係があるのが確実なんだ」

「そこまでわかったのか」

「じつはおれの手柄じゃない。秘書室にいた片平さんが、高車会の組員をつけていって、その店に入っていくのを確認していたんだ。おれはその店の前でばったり彼女と遭遇したってわけだ」

「片平さんといえば、社長の……」誰かがそういいかけて語尾を濁した。

しかしその周りでは口々に遠慮ない言葉が飛び交った。

「あれ以来、なんか、話しにくくなったよな」

「ちょっとなあ。社長と秘書なんて、ありがちだし、社長も片平さんも、イメージが違っちゃったよね」

「まあ、まあ」赤羽が両手を広げていった。「おれは片平さんの話を聞いて、ちょっと感動したんだよ。彼女は、誰がホテルの社長の部屋に覚醒剤を持ち込んだのかを必死に調べているんだけど、自分の身を危険に晒しながらやっているんだ。高車会と関係しているブルシアの店を突きとめたのも、高車会の組員を尾行した結果だ。高車会の組事務所の近くにアパートを借りて、張り込んでいるらしい」

「そこまで」

「そうなんだ。あの愛情は本物だよ。週刊誌に書かれたような浮ついたものじゃないね。社長も片平さんも真剣につきあっていたんだとわかったよ」

「そうか。それなら、おれたちと目的は共通するところがあるんだから、彼女と情報共有したほうがいいんじゃないか」堀井がいった。

「うん。おれたちのやっていることを説明したら、彼女も興味を持ってくれて、こんどここを訪ねてくることになっている」

「そうか。彼女がきたときにどう協力し合えるか、話し合ってみよう。ところで、おれからも一つ報告がある。裏金の使い道に関しておもしろいことがわかったんだ」

きっかけは、神津ケミクス製のAEDが作動しなかったという事例が、インターネットのクチコミサイトに投稿されていたのを目にしたことだった。四年前の日付だった。

投稿者の祖父が図書館で倒れて心肺停止状態になり、施設に備えてあった神津ケミクスのAEDを使用したのだが作動しなかった。図書館に勤めていた孫娘が、以前研修を受けた心臓マッサージを施した。しかしいくらやっても蘇生しそうになかった。絶望的な気持ちになったときに救急隊員が到着して、なんとか一命をとりとめたものの半身不随の後遺症が残ったという内容だった。

投稿者はAEDの販売元に対しクレームをいったのだが、新しい製品が送られてきただけだった。こんなのありなのか、という憤りの気持ちが書かれていた。

サイトの読者からメーカーを訴えたほうがいいという意見がでて、投稿者も、そうするとこたえていた。

ところが投稿はそこまでで、その後どうなったかということは書かれずじまいになっていた。

投稿内容には現場となった図書館を特定するヒントがいくつかあったので、比較的容易に東京多摩地域にある市立図書館の分館だということがわかった。実際に現地にいってみると、多くの職員がいるわけではないので投稿者はすぐにわかった。

彼女は神津ケミクスに直接クレームをいいにいったのだという。大好きな祖父がリハビリに苦しんでいるのを見ていたので、強い口調で責めた。何度かやりとりしても誠意が感じられなかったので、損害賠償の訴訟を起こすといった。

すると神津ケミクスの社員が訪ねてきて、穏便に済ませたいという意味の申し出をしてきた。彼女は父親に相談した。父親は落選中ではあったが元市議会議員で弁が立ち、相手を問い詰めたり責めたりするのはお手の物だった。会社や経営者の責任を明確にしろと強硬な態度で臨んだ。

しかし政治関係者が自宅を訪ねてくるようになってから父親の態度が変わってきた。父親は前回の選挙では国政与党の公認が得られずに落選していたのだが、党に所属する古参の市議会議員が何度か訪ねてきたのだ。あるときはもう一人、柳沢保(やなぎさわたもつ)衆議院議員の秘書という男が一緒だった。

父親がこの問題は終わりだといいだしたのは、その直後のことだった。

一昨年にあった市議会議員の補選では、父親は公認されて当選した。

つまり次回選挙の公認と引き換えに娘の口を封じたのではないかと、彼女は淡々と語っていた。

「おれはその話を聞いて、市のほかの施設へいってAEDについて調べてみた」

市営の施設はおそらく同じAEDを使っているだろうと考え、訪ねてみると、女性のクレームがあったあと、定期点検と称して神津ケミクスの人間が訪問して作業を行っていたのがわかった。当時神津ケミクスから自主回収の届はでていないので、もし点検と称して修理や交換を行っているのであれば闇改修にほかならない。ＡＥＤの不作動は、重篤(じゅうとく)な健康被害または死亡の原因となり得るとされ、回収措置の中でももっとも重いクラスⅠに分類されるものだ。

つまり柳沢代議士の政治力を使って、クレームがなかったものにしたと考えられるのだ。

「柳沢は外務省出身の政治家で現在は官房副長官だ。外務省ＯＢだから現職の官僚にも無理をいえるだろう。神津ケミクスがＯＤＡ案件を多くとれるようになったのも柳沢の口添えだと考えるとすべてが繋がってくる。つまり神津は官邸にパイプを持っているんだよ。官房副長官が内野社長の助命に反対していれば話が進むわけがない」

「柳沢と神津はどういう関係なんですか」

「いまのところ、わかっていない。つまり表立った関係はないんだ。柳沢が関係している政治団体の収支報告書を調べてみたが、神津本人や親族、神津ケミクスや関連会社からの献金はまったくなかった」

「そうすると、もし神津から柳沢に金が流れていれば、違法な闇献金になりますね」

「その通り。海外でつくった裏金が柳沢に流れている可能性はある。神津は高車会のほかに柳沢に金を渡すために裏金をつくる必要があったんだよ。ブルシアの要人に賄賂を贈るとなると、会計上の操作も限界になって、アカベックとデイトロンに金をつくれといってきた」

「それを証明できれば、一気に形勢逆転だな」赤羽が興奮気味にいった。「神津の不正をまとめて暴露してやろうじゃないか」

「まあ、待てよ」堀井が掌で制した。「どうやって暴露する?」

「税務署でも警察でもいいから、まずは具体的にアールオー株式会社の名前を挙げてチクればいい」

「問題はそこじゃない。神津が反社と取引があるということは当局に知れるかもしれないが、それだけだ。アカベックが反社と取引を持ったのは、神津が仕組んだことだという証明にはならない。内野社長の死刑判決を覆すことも、アカベックの汚名をそそぐこともできないんだ」

みなが黙った。それらが解決されなければ、新会社を設立する上での障壁もまた残り続けることになる。

「神津がリバーウエスト運輸とも以前から取引していたことがわかれば、どうだ?」

「それは有力な傍証にはなるな。しかし、今回手に入れたデータにはリバーウエストの名前はないぞ」

「結局我々が見ているのは一部でしかない。神津ケミクスの全部のデータを見ることができれば、必ず証拠はでてくると思うけどな」

銘々が口々に感想をいいだし、その後またしばらく沈黙が続いた。

「ちょっと、いいかな?」吾郎は躊躇しながら手を挙げた。大胆に過ぎるだろうか、という自問へのこたえがまだでていなかった。

「抜き打ちの税務調査に入るというのはどうかと考えたんだけど。ようするに、マルサだね」

店内が疑問符で溢れたように、言葉にならない声がいくつも漏れてきた。

「税務調査では財務資料のほかに取引に実体があるかどうかも調べるので、すべての資料を閲覧できる。神津が反社のフロント企業に毎年いくら支払っているかわかるし、海外の幽霊会社を使って裏金をつくっているのも立証できる」

「おい、おい、おれたちは税務署員じゃないぞ」奥山がみなを代弁するようにいった。

「我々がマルサに化けて乗り込むんですよ。奥山さんだって労基の職員を装ってアールオーにいったじゃないですか」

「規模が違うだろう」

店内が急に静かになった。銘々がマルサに化けた自分を想像しているような顔をしている。

「税務署の連中は、不正を見つけたら加算税を課したり告発したりできるが、おれたちは不正を見つけてどうするんだ？」奥山が怒ったような口調でいった。

「調査の一部始終を撮影して、ネットで配信するというのはどうですか？　事前に警察や税務署へ連絡しておいて、配信映像を見てくれと伝えておく。当局だけでなく、世間一般にもSNSかなにかを通じて広めることもできるんじゃないですかね。神津の不正をネットを使って告発して、同時に神津が内野社長に罠をしかけたことを証明する」

でも、税務署員を騙って向こうの会社に乗り込んだら、法律違反になるのでは、という声があがった。

「それは覚悟の上で実行する」吾郎は声を心持ち張りあげた。「これまでも他人のビルに監視カメラを設置したり、清掃の間に書類を漁ったり、いくつも法律違反を犯している。それらはすべてが終わったあとに償わなければならないものだ。我々の身の潔白を証明して新会社を設立するにはこれしか方法がないとしたら、やるべきだと思っている。法律を犯すのはたしかだけど、反社とつきあいがあったという謂れのない汚名を引きずっていくよりずっとましじゃないか？」

吾郎は言葉にするほどに高揚していく感覚を味わっていた。なにか考えはないかと問われて、いままで漠然と考えていたことを、一気に放出したようなものだった。

第八章　囮(おとり)

1

三月七日、日本の検察当局は、内野匠也が自身と反社会的勢力との交際を報じた週刊誌を発行している出版社と記事を書いたライターを、名誉棄損で告訴した事案を不起訴処分とした。

東京在住のメンバーからは、もう待てないという声があがってきた。石倉良雄に面会を求めたが、待てという返事ばかりだった。業(ごう)を煮やした堀井武史は、このままでは東京組は独自の行動を起こすと半ば脅し文句をつきつけ、三月十三日に会合を開くことになった。

先崎吾郎は堀井とともに京都へ向かった。

場所は山科にあるホテルの小会議室で、参加者は一人ずつ別々にホテルに入った。

吾郎が会議室についたときには、奥の席に石倉を真ん中にして左右に奥野将良元専務取締役と吉村忠元顧問が座っていた。堀井が三人と相対するように座っている。いずれも厳しい顔つきだった。吾郎は挨拶をして堀井の隣に座った。

やがて、関西で活動をしている原島惣介と大竹忠雄が相次いで入室してきて吾郎たちの側に座った。

「きょうの参加者はこれで全員揃いました」堀井がいった。

石倉が無言で頷いた。

「先日お送りしたメールはご覧になっていただけたと思いますが」堀井がいったん言葉を切って前の三人を順に見た。

メールには、神津ケミクスの調査結果が詳細に記されていた。要点は三つ。第一に海外取引先の中に実体のないところが含まれており、裏金づくりに使われている可能性が高いこと。第二は国内取引先に高車会のフロント企業と思われるところがあること。第三は柳沢保官房副長官との間に特別の関係があることだった。

三人がやはり無言で頷く。

「神津ケミクスの不正を公的機関に告発しても、神津が政界とのパイプを利用して揉み消しを図る危惧(きぐ)がある以上、我々が直接暴くしかありません。メールに詳しく書きましたが税務調査員に扮して証拠を押さえるのがもっとも有効な手段だと思います」

堀井が石倉を正面から見据えた。

石倉のほうはゆうに一分ほど沈黙したのち、おもむろに口を開いた。「いま名誉棄損で告訴している。公の判決でアカベックの潔白が証明されるのが一番じゃないか？」

「しかし不起訴処分になったではありませんか。裁判すらできません」

「わたしは検察審査会に不服申立てをするつもりだ。検察審査会で審査するのは一般人だ。起訴相当の判断がでれば、裁判で争うことができる。不服申立ては遅くともいまから四週間以内、つまり四月初旬までにはする」

検察審査会は検察官が下した不起訴処分の是非を、一般の国民から無作為に選ばれた十一人が審査する制度だ。審査員が起訴すべきと判断すれば、起訴への道が開けることになる。

「見込みはありますか」

「わからない。だが最善策の可能性を捨てるわけにはいかない。法的な意味を持つし、第一違法性がまったくない」

「税務署員を装うのですから偽計業務妨害とか威力業務妨害など違法性があることは承知しています。しかしほかの手段では神津の悪事を暴けないとなれば仕方がありません」

「だからまだ最終手段をとるときではないといっているんだ」

石倉にしては珍しく威圧的な口調でいった。

「わたしたちが最終手段をとるしかないと判断したときは東京組だけでも実行するつもりです」

「それは許さない」石倉が断定的にいった。「きみたちが失敗をすることで検察審査会の判断に悪影響を及ぼすことになる。きみたちがなんの成果もあげられず、単に罪に問われるだけの結果を残したらお終いだ」

「失敗しません」

「いま決行しても失敗するだけだよ。最初は騙せても時間の経過とともに、偽の税務調査だと見破られる可能性が高くなる。つまり向こうの会社に入ったら短時間で決着をつけなくてはならないわけだが、勝算はあるのか？」

「どの程度の時間を想定されていますか」

「三十分以内だろうな。超過したとしても四十五分が限度だろう。ただし打つべき手を打っての限界時間だがね」

難しいと思い、吾郎は堀井の横顔を見た。彼も同じように感じたようだ。

「短時間で決着をつけるためには」と、石倉が続けていった。「こちらが欲しい資料がどこにあり、最短で提供させるためには誰にいえばいいかなどを、あらかじめ調べておかなければならない。特定できたら、その人物が必ず在社しているときに調査に入らなければならないだろう。また、神津ケミクスの社員の中には、これまでの税務調査で知り合った税務署員がいるだろうから、直接問い合わせをするかもしれない。実際に連絡されたら三十分などといっていられないぞ。どう防ぐ？　ほかにも想定しておかなければならない事態は山ほどある。一つひとつに事前の手当と事後の対策を講じておく必要がある。全部のリスクを潰してはじめて成功に近づける。その準備ができているか？」

「いえ。ですが、実行するまでには」

堀井の語調が弱くなっていく。

「きみたちはアカベックのやり方を過信しているところがあるようだ。アカベックでは連綿と続いてきた事業を熟練者が自律的にこなしてきたので、細かいマニュアルは要らなかったが、偽の税務調査を遂行するのははじめてのことだよ。誰一人熟練者はいないプロジェクトになる。きちんとリスク管理をして、詳細なプロジェクト計画を作成しなければ成功しない。準備だけで相当な期間が必要だ。検察審査会の審査結果を待つだけの時間は最低でも必要になるだろう」

たしかに石倉のいう通りだと、吾郎は認めるしかなかった。

堀井が吾郎を見た。吾郎が頷きかえすと、次に原島たちを見た。彼らもすぐに決行したいと思っていた口だが、石倉の指摘にうなだれていた。

「わかりました」と、堀井が正面を向き直っていった。「では、想定し得るあらゆる事態への対策をして準備を進めます」

石倉は表情を変えずに頷いた。奥野と吉村は、どこかほっとしたように吐息を漏らした。

2

片平右子はホテルの窓から暮れなずむピニョン市街地の様子を眺めた。

この街のどこかにドゥイはいるのだろうか。地方にいい仕事が見つかったといっていたらしいから、もしそれがほんとうならもういないかもしれない。

観光ビザが三月七日までだったので、五日に帰国して九日にブルシアに再入国した。

ドゥイの元ルームメイトが記憶していた彼女のいきつけの場所を中心に聞き込みをし、その後さらに範囲を拡げて行方を捜してきた。

しかし新しい手がかりが得られないまま四月に入ってしまい、また観光ビザの期限が迫ってきた。もうじき内野が逮捕されてから一年が経とうとしている。

軍資金を稼ぐために帰国している磯辺久志が、渡航費用が貯まったらしく「交代しますよ。片平さんは一度日本で休んでください」といってくれた。彼は今日こちらにくる予定になっていた。

電話の呼びだし音が鳴った。受話器をとると、外線がかかっているが繋いでいいかと、女性の声が訊いてきた。承諾すると、男の声に変わった。

「ある種の情報を求めているのはあなたか？」ブルシア訛りの英語だった。

「はい」

「金を払ってくれるそうだが、ほんとうか？」

「はい」

「五千ドルだと聞いた」

「情報の価値次第です」

「ホテルの元従業員の居場所はどうだ？」

「元従業員とは？」

「ドゥイのことだ」

「それなら、その金額に値するでしょう」

「ではこれからいう住所に午後八時にきてほしい。金を持って」

相手は、住所を二度繰り返していった。

右子は地図を引き寄せて位置を確認する。そこは主要道路から外れた地域だった。

「どこかのホテルのロビーで取引できませんか？」

「それは無理だ。人目につきたくない。あなたに情報を提供したと知られたら、わたしが危ないからね。さっき教えた場所でなければだめだ」

そういって電話は切れた。

右子はもう一度窓際にいき、街を見下ろした。外はようやく暮れていくところだった。

この時間、マルトノは時間外だ。前もって予約を入れておけば夜でも仕事をしてくれるが、急な呼びだしは勘弁してくれといわれていた。磯辺に同行してもらえればいいが、彼がホテルにつくのは八時を過ぎるだろう。

一人でいくしかない。電話の相手はドゥイという名前までだしてきていた。彼女の居場所を知ることができるのなら、どんなところだろうといくべきだ。

あれだけいろいろな場所でドゥイに関して聞き込みをしていたのだから、たまたま彼女の行方を知っている人物が懸賞金のことを耳にしたとしても不思議ではない。

右子はホテル内のレストランで軽い食事をとったあと、フロントに寄って貴重品として預けていたセカンドバッグを引きだして部屋へ戻った。バッグから五千ドル分の紙幣が入った封筒をだしてショルダーバッグに入れた。

磯辺へのメールでこれからいくところの住所を伝え、吉報を待っていてという文章を添えた。指定された場所は距離からすると、歩けば三十分ほどのところだ。タクシーは当てにならないしバスの路線もよくわからないから、もっとも確実な徒歩でいくことにした。

袖口がすぼまって手首までしっかり覆う長袖のTシャツとパンツに着替え、靴をスニーカーにしてヒジャブを頭に巻く。バッグに懐中電灯を入れて斜めにかけた。

ホテルをでると、生暖かい風が顔の露出しているところに当たる。

歩きはじめて二十分くらいは割合明るい通りだったが、次第に暗くなってきた。大きな建物を囲む塀が続いている。主要道路でも物騒なところがあるから気をつけてと、マルトノにいわれていたのを思いだした。

自然に足が速くなる。ブルシア人のような恰好をしているのは観光客と見られないためだが、そんなことで強盗が見逃してくれるものかどうかわからなかった。

スマートフォンに入っている地図アプリはピニョン市でも使え、現在位置と道順は常にわかる。画面にはあと四ブロックいったところを左に曲がるように示されていた。

前方から二人の男が歩いてくる。その前後に人がいない。後ろを振り返ってみると、後続の人影は一ブロック離れている。ショルダーバッグのベルトを右手で握りしめる。二人の男は話しながら歩いているが、ときおりこちらに視線を向けているのが暗がりでもわかる。

右子は走りだしたい気持ちを抑えた。ヒジャブの下にしているヘアバンドが汗で濡れ、額から汗がしたたり落ちてくる。

男の一人がなにかいった。右子はうつむき加減になったまま通り過ぎた。

男が右子に声をかけたのか、連れに話しかけたのか、不明だった。

身構えながら歩き続けたが、呼びとめられることもなく追いかけてくる足音も聞こえず、まずは安堵した。

一ブロックが長く感じる。ようやく曲がり角まできた。

曲がった先は狭い道が真っすぐに通っていて、交差する道がある部分だけに明かりが見える。人通りはあるが、それがどういう人たちなのかはっきりしなかった。三つ目の交差点を右に曲がったところに目的地がある。

一つ目の交差点にさしかかった。いま通ってきた道は街灯がなく暗く寂しかったが、交差する道は妙な活気があった。地域の夏祭りで通りの両側に屋台が並ぶ光景を連想した。二つ目の交差点は一つ目より明かりや人の数、そして騒がしさも半分くらいになっていた。

右折しなければならない三つ目の交差点は、一転して静かだった。交差している道は民家が並んでいるようで、家の中からのかすかな光が見えるだけだった。歩いている人影もなかった。

日本でいう番地に当たるのは、建物番号になっている。一軒一軒確かめながら進む。左側の四軒目が電話でいってきた番号だった。道路に面して高さが二メートル以上あるフェンスがあり、中央に扉がついている。脇にインターフォンがついていた。ピニョン市街で見る住宅としては、かなりグレードが高いように思えた。

右子はヒジャブをとってからボタンを押した。五秒ぐらい経ってから、英語で誰かと訊いてきた。女性の声だった。

「ホテルに電話をもらった日本人です」

建物のドアが開いて若い女性がでてきた。ヒジャブを被っていないがブルシア人のようだった。フェンスの扉を開けると「入って」と英語でいった。

屋内に入ると小さなホールになっていて、階段とドアが二ヶ所にあった。女性は右のドアを開けて右子を招いた。リビングのような部屋だった。

「椅子に座って待っていて」と女性がいった。

右子はソファに座った。

女性が隣のキッチンと思われるところに入ったかと思うと、飲み物をカップに入れて持ってきてコーヒーだといった。砂糖は入っていないとつけ加えた。

「いま、彼を呼んできます」

女性はそういって奥に引っ込んでいった。

右子はテーブルの上のカップを見た。喉は渇いていたが飲む気にはなれなかった。

十分近く待たされた。どうしたのだろうと思ったときに、奥のドアが開いて男が現れた。男はキッチンに寄って、自分のカップを手にして右子の向かい側に座った。

背は百七十センチ台半ばだろうか。黒い髪に浅黒い肌。眉が太く目が大きい。幾何学模様をあしらったろうけつ染めの長袖シャツを着ている。下は黒いスラックス。顔も服装もブルシア人の特徴がでていた。

「どうぞ、飲んでください」といいながら、自分でもカップに口をつける。

「ありがとう。でも、いまは結構です。話を聞かせてください」

「そう急がないで。わたしにコーヒーを飲む時間をください」

男は落ちつき払っていた。落ちつきすぎていると思った。それに、先刻の女性といいこの男といい、コーヒーを飲ませたがっているように感じた。

男が左手でソーサーを持ちあげ、右手でカップを口に運んだ。そのとき左の袖が捲れ、腕時計が見えた。危うく声をあげるところだった。

内野は腕時計のコレクターだった。ヴィンテージものが主体だが、オリジナルの腕時計も三個持っている。目の前の男がしている腕時計は、そのうちの一つだった。カジュアルなデザインで、ブルシアにしてきた時計だ。晩餐会にでるときはフォーマルなタイプの時計に替えていた。

つまりこの時計はホテルの部屋に置いていったのだ。その時計を持っているということは、あの日にホテルの部屋に忍び込んで覚醒剤を置いてきた本人か、その人物から譲り受けたものということになる。

「けっこうです。もうじき、わたしの知り合いもここにくることになっているので、一緒に話を伺ったほうがいいかもしれません」

「知り合い？　誰ですか？」

「弁護士事務所が使っている調査員です」

「聞いていなかった」

「すみません。いい忘れていました」

「八時の約束だったのでは？」

「少し遅れるかもしれないと、ここにくる直前に連絡があったので、もうくるかと思います」

頭は、どうやってここを脱出するかを考えていた。時間稼ぎが効いているうちに。「ちょっと表にいって見てきます」

「いや、うちのものを表に立たせましょう。あなたはここにいてください。コーヒーでも飲んで」

男が奥のドアを開けて、誰かを呼ぶように叫んだ。男が後ろ向きになったいましかない。

右子はそっと立ちあがり、玄関に通じるドアを開けた。きしむ音がした。

背後で男が叫んだ。

右子は構わず、外に通じるドアも開けた。男の声がすぐ後ろで聞こえた。

フェンスの扉に手をかける。開かない。閂錠（かんぬきじょう）がかかっているのだ。

右肩を摑まれ、引き戻される。閂だけは外したが、引っ張られる力のほうが強く前へ進めなかった。

そのときフェンスの扉が開き、誰かに腕を摑まれて道路側に引っ張られた。右肩を摑む力から解き放たれて、身体が道にでた。

「こっちに」そう叫ぶ磯辺の顔が目の前にあった。

家から男がでてきて、また肩を摑まれた。磯辺がその腕をとり、拳の裏で男の鼻柱を打った。男が唸り、腰が砕けた。

磯辺が右子の手をとり、走りだした。

右子も懸命について走った。

交差点を左に曲がり、一気に主要道路まででた。

磯辺は道路の半ばまででて、強引にタクシーをとめ、右子を促して乗った。

「ドールトンホテル」と告げて、シートに深く寄りかかった。

「ありがとう。助かったわ」右子も呼吸を整えながら、シートに身体を預けた。

「だいたい無茶ですよ、こんな夜に一人でいくなんて。ほんとに」

磯辺がこれまで見たこともないような形相で怒りはじめた。

「今回はほんとうにありがたかったわ。あなたが空手部だったのが嘘じゃないとわかったし」

「実戦で空手の技を使ったのははじめてですからね。ほんと、うまく入ってよかった。次回は保証しませんから、無茶はしないでくださいよ」

「でもね、無茶したおかげで、とんでもない証拠を摑んだのよ」

右子は、先刻の男が内野社長のオリジナル腕時計をしていたことを話した。

「オリジナルということは、世界に一つしかないということですか？」

「そうよ。社長が時計職人に頼んでつくってもらったものだから。これで、ホテルの部屋に忍び込んだものがいることを証明できるはずよ」

右子は街の光を見ながら、唇を固く結んだ。

3

ピニョン市の中心街にある高層ビルのエントランスロビーには受付のカウンターがあり、横に警備員が立っていた。

片平右子と磯辺久志は幾重ものセキュリティチェックを受けて二十三階にある法律事務所を訪ねた。会議室に通されてしばらく待つとゲイツ弁護士が現れた。

「あそこは家具付きの賃貸だった。いまのところ、借主は特定できていない」挨拶もそこそこにゲイツがいった。

ここにくる前に、昨夜の出来事を電話で伝えていたのだ。

「もう引き払っているということ？」

右子は昨夜の家の様子を思い浮かべながら訊いた。家具が一通り揃っていたし、生活感があった。もっとも、海外では家具や家電製品がついた賃貸に代々の借主が置いていった食器や小物をそのまま備品として物件に入れてしまうのも珍しくない。そうなると、見てくれは誰かが長年住んでいるような雰囲気になってしまう。

「一ヶ月前払いで、鍵は室内に置いて引き払ったようだね。契約者の名前は偽名だろう」

「じゃあ、今回の目的のために借りたんですね？」

そういってから、目的はなんだったのかと右子は思った。

「最終的には、あなたを殺そうとしたんだろうね」

右子もそう思っていたが、他人の口から殺しという言葉を聞いて、鳥肌が立った。

「最終的には？」

「殺すだけなら、なにも借家を選ぶ必要はないでしょう。彼らは凶器はいろいろ持っているからね。たぶん、あなたがどこまで知っているのか、またその知っていることを誰と共有しているのかを知りたかったんじゃないかと思う」

「どうやって？」

「拷問とか」

やたらにコーヒーを勧めてきたのを思いだして、また鳥肌が立った。

「ところで、さっきお話しした内野社長の腕時計のことですが、証拠になりますよね？」

「うまく使えばね。その腕時計の写真は手に入りますか？」

「製作したところに問い合わせてみます。きのうの男はブラックドラゴンに属していると思うんですが、捜してもらえますか？」

「あなたは絵を描くのは得意ですか？」

「抽象画なら」

ゲイツが苦笑して「それなら午後に絵師を呼ぶので、男の特徴をいって似顔絵を描いてもらってください。警察で似顔絵を担当している人で、たまにアルバイトでやってもらっているんです」

「わかりました。何時ごろに戻ってくればいいですか」

「午後までここにいたほうがいいでしょう。それが済んだら、きょうの夜の便で、日本に帰ったほうがいい。少なくとも国外にでたほうがいいね。向こうも、あなたから話を聞きだすなんて悠長なことはいっていられなくなったから、いつ襲ってくるかわからない」

ゲイツの言葉に、右子は思わず磯辺と顔を見合わせた。が、彼は完全にはいまの話を理解できていなかったようだ。右子が訳して聞かせると「きょうの飛行機を手配します」といって、スマートフォンをとりだした。

4

週末のアメリカ屋では客席のテーブルを四卓繋げ合わせ、そこに銘々が持参したノートパソコンを並べて共同作業をする光景が当たり前になっていた。ストックルームに置かれたサーバー機と各パソコンは無線ＬＡＮで繋がりデータを共有できるようになっている。

さらに大阪とはインターネットを介した会議システムを利用して、互いに顔を見て会話をしながら作業を進められる。さながら繁忙期を迎えた会社のオフィスのようだ。

目的は神津ケミクスへ税務調査を装って押し入った場合に想定される阻害要因を洗いだして

対策を練ることだった。いうなれば完璧なプロジェクト計画の策定である。

プロジェクトリーダーは原島惣介が務めていた。これまでは東京組や関西組、そしてアカベックに在職している組というざっくりとしたグループで、それぞれが自律的に動いてきたが、石倉に指摘されたように偽装税務調査という未経験のことを遂行するには、きちんとプロジェクトチームの形式を整える必要があったのだ。

全体を親プロジェクトとし、子プロジェクトを決行当日とそれまでの準備の二つにわけて検討を進めてきた。

三月下旬からこの体制になり、いまはもう五月も下旬に入ったので、すでに二ヶ月かかっていることになる。しかしまだ半分程度の進捗だった。

プロジェクトのタスクの数を見れば、たしかに石倉がいったように相当の期間が必要だとわかった。週末だけでは進捗がおもわしくないので、都合のつくものは平日の夜にも集まって作業をしていた。去年のいまごろは、石倉のもとで必死にエスアイ・プロジェクトの作業をしていたと、感慨にふけるものもいた。

先崎吾郎はこの日、早めの午後九時にアメリカ屋へいった。夕食がまだだったので、一杯飲んでから店の焼うどんを食べるつもりだった。アメリカにあるイギリス風のパブというコンセプトに逆らうようなメニューがあるのも愛嬌のうちだった。

閉店が十一時だから店にはまだ一般の客がいた。富永春帆にテーブル席へ案内された。カウンター席には二人連れの客がいて、テーブル席は二つ埋まっていた。

いつもはカウンター席に案内されるので不思議に思っていると、春帆がコースターを意味ありげにテーブルに置いて飲み物の注文を訊いていった。彼女はヒップホップダンスが趣味らしく、店にいるときもBGMに合わせて手足や頭、腰を動かしている。頭を動かすたびに、ボブヘアが揺れて小気味よかった。

吾郎はコースターの裏を見た。カウンター席にいる男女は神津ビルの施工を担当した建設会社の設計士だと書かれていた。

春帆が生ビールの中ジョッキとともに無線のイヤフォンを持ってきた。カウンターにあるマイクの音をブルートゥースで聴くことができるものだ。

イヤフォンから聞こえてきた会話から、女性はこの店にくるのが三度目で男性のほうははじめてだということがわかった。女性は前の二回は神津ケミクスの総務部員に連れてこられたらしい。かなり気に入っているようで同僚に「いい店でしょう?」と同意を求めている。

「でもさ、神津社長って不気味だよな」男のほうがいった。

「どうして?」女の声だ。

「あんな隠し部屋みたいなもんつくってさ。なにに使うつもりなんだろう」

「シーッ」見ると、女性が口に人差し指を当てていた。「極秘扱いなんだから、気をつけてよ」そして一拍置いてから言葉をつけ加えた。「社長にもなれば、隠したいものはたくさんあるんじゃない? わたしは上の指示通りに図面を引いただけだから、どんな事情があるかは知らない」

「ぼくは竣工後からメンバーに入ったから、はじめて図面を見たときに、変な設計だなって思ってさ、チーフに訊いたんだよ。そしたら曖昧なこたえしか返ってこなかったから、あんまり表にだしたくない事情があるんだろうなって察したわけだ。でも会社にそんな場所があるってことはさ」

「あんまり詮索しないほうがいいわよ。わたしたち下っ端はいわれた通りに仕事をしていれば」

「まあね。ほかの会社のことだからな。さてと、そろそろいくか？」

「どうぞ。わたしはもう少し飲んでいくわ」

「じゃあ、あした請求してくれ」

「きょうは、わたしがご馳走するっていったでしょ」

「そう。それじゃ、遠慮なく」

男がビジネスバッグを手にとって店をでていった。この二人は神津ケミクスに、社屋の追加工事かなにかの打ち合わせできて遅くなり、食事がてら飲みに寄ったのだろうか。

それにしても隠し部屋みたいなもの、というのが気になった。

「岡本さん、なにかカクテルをつくって」

カウンター席の女性がいった。常連のような口ぶりだ。声の調子が先刻までの同僚との会話のときとは違っていた。年はまだ二十代前半のようだった。

「どんなものがいいですか？」

ます」

「いまは、ちょっと冷静になりたいかな」

「じゃあ、アイスブレーカーにしましょうか。高ぶる心を静めて、というカクテル言葉があります」

「いいわね。カクテルには花言葉みたいなのがあるの？」

「ありますよ。この前津山さんが飲んだマルガリータは無言の愛です」

「ほんとに？　けっこういい選択だったかも」

女性の声はなんだか甘えているような響きがあった。

岡本はアカベックでは設計部で製品デザインを担当していた。女性は設計士らしいから、同じデザイン系の仕事をしていて話が合うのだろうか。

岡本がシェーカーを振ってから、カクテルグラスに注いだ。なかなか様になっていた。

女性は十一時の閉店まで粘った。その間にカクテルを三杯注文し、ずっと岡本と喋っていた。

一般の客がすべて帰り、店の看板の灯が消えたあとに、堀井武史と奥山重夫が店に入ってきた。

カウンター席にいた建設会社の社員同士の会話の録音をみなで聴いた。

「おいおい、この女性は岡本を口説いているんじゃないのか」

女性が一人残ってからの会話を聴きながら、堀井が茶化した。

岡本が再生をとめていった。「ここからは関係のない内容なんで」

堀井はにやつきながら深追いはせずに「隠し部屋か。オーナー企業の自前のビルだから、ありそうだな」

「なにを入れているのかだな」奥山がバッグからノートパソコンをだしながらいった。

「決まっているよ。ふつうに考えれば脱税に絡んだものだね。裏金を現金で置いておくとか裏の帳簿だとか」堀井もノートパソコンをテーブルに置いた。

岡本が小型のプロジェクターを持ってきて堀井のパソコンにケーブルを差した。壁面にパソコンの画面が映しだされ、パブの店内が会議室に変わった。

「隠し部屋については引き続き調査をするとして、きょうは神津ケミクスの社員が外部と接触して、偽の税務調査だと気づくリスクについて分析を進めたいんだ」

堀井はいったんプロジェクトの全体が表示されているタスク表を映しだし、そこからきょうのテーマが書かれた部分をズームアップさせた。この表はプロジェクトの目的を達成するためのタスクを、大きな括りのものから一つひとつが単純明快なレベルになるまでブレークダウンしたものだ。

いま検討しているのは、神津ケミクスの社員が外と連絡できないようにする手段についてだった。

外部との連絡手段には、人間の出入り、電話及びファックスによる通信、インターネットの通信網、携帯及びスマートフォンによる通信などがある。これらによって偽の税務調査だと発覚するリスクを、それぞれの形態ごとに分析して回避方法を検討していく。

電話とファックスの通信を遮断するには、交換機の場所を予め特定しておかなければならない。決行プロジェクトでは、何人でその場所に直行して交換機の電源を切ることができるか、準備プロジェクトでは交換機の場所を探ったり、電話回線がアナログなのかデジタルなのかIP電話なのかなどを調べる方法などについて検討する。

吾郎は会議の合間に、清掃作業中に隠し部屋の場所を探すにはどうしたらいいかを考えていた。

5

梅雨入り宣言を裏づけるような小糠雨(こぬかあめ)の中、先崎吾郎は神津ビルの通用口で待機していた。すぐに秋津オフィスのバンが駐車場に入ってきて、きょうの担当メンバーがおりてきた。

通用口を入ったところで、リーダーが点呼と注意事項をいって作業がはじまった。

「一昨日はごちそうさん」リーダーが持ち場へいく途中に吾郎の肩を軽く叩いた。

「なかなかいい店でしたね。またいきますか」

「おお。また当ててくれよ」

リーダーが笑いながら、持ち場へ向かった。吾郎は例によって一昨日の夜も、競馬に当たったといって、彼に酒を奢(おご)ったのだ。

「よし、いこうか」吾郎は若い同僚にいって最上階へあがった。

神津ケミクスの社長室は十階にある。吾郎は同僚が給湯室とトイレの清掃をしているうちに社長室へ入った。前室に当たるのが秘書室で、奥に社長室のドアがある。ここにあるすべてのキャビネットや抽斗は施錠されている。机の上に書類が積まれていることもない。その点は一般社員がいる階とは違い、厳格に管理されている。

吾郎は社長室のドアを開けて窓際に近づいた。窓を挟むようにプランターが二つ置かれている。この会社は植木のレンタル会社と契約していて、各フロアにあるプランターを定期的に替えているのだ。吾郎は右のプランターの葉をかき分けて根元の土に穴を開け、作業着のポケットから盗聴器をとりだして埋めた。その上に土を軽くかけて見えないようにした。

その日の午後、吾郎は堀井武史と奥山重夫とともに神津ビルの正面玄関の前に立った。十分ほど前に神津ビルの駐車場を見張っていた岡本佳秀から、社長車が戻ってきたと連絡があり、待機していたアメリカ屋をでてきたのだ。

「じゃあ、いきましょうか、親分」

堀井が奥山に声をかける。

奥山を真ん中に、左に堀井、右に吾郎が並んで神津ケミクスに入っていった。吾郎にとっては馴染みのある建物だが、早朝に出入りしているだけなので、ほとんどの社員とは面識がない。それでも早朝出勤してきた社員数名とは会ったことがあるので、念のためにサングラスをかけていた。きょうの演出にはこのほうがいいというのもある。

玄関を入ると真っすぐに受付へ向かった。受付カウンターの向こうにいる二人の女性の顔が強張った。奥山の容貌はそれだけ迫力がある。ゴルフ焼けした浅黒い顔に額や眉間の皺が深く、大きな鼻と常に睨みつけているような目を持っている。その容貌ゆえにきょうの役割が決まったのだ。服は紺地に太いストライプが入ったスーツに赤いネクタイをしている。

お供役の堀井と吾郎は黒いスーツ姿だった。どう見てもその筋のものにしか見えないだろう。

「神津社長にお会いしたい」奥山が太い声でいった。

「あの、どちら様でしょうか」受付の女性が気圧されたように言葉を詰まらせた。

「権田といいます。宍戸さんの紹介で、とお伝え願います」

「あの、社長が在社しているか確認いたします」女性の語尾が震えていた。

「それにはおよびません。さきほど神津さんがここに入られるのを見ているので」

「あ、はい。では、そちらで、おかけになってお待ちください」

「くれぐれも、宍戸さんの紹介だとお伝えください」

奥山は上目遣いに凄んでから、ロビーにある椅子に座った。

やがて、四十代半ばに見える男がエレベーターからおりて、こちらにやってきた。

「神津の秘書をしております松坂です」と、軽く会釈をしてからいった。「神津が会議中なものですから、代わってお話を伺います。どうぞこちらへ」

案内された先は、一階にある応接室だった。

テーブルを挟んで向かい側から、どのようなご用件でしょうか、と訊いてきた。名刺を求めないし、自分からもだそうとしなかった。

「社長さんと直接話がしたいんだがね」奥山が低音のよく響く声でいった。

「ですから、会議にでておりまして」

奥山が大きなため息をついて、松坂を一睨みしてからいった。「用件は、柳沢さんに繋いでほしいんだ。それだけだ」

松坂はわざとらしい咳払いをして顔を横に向けた。おそらく時間を稼ぎ、奥山の言葉の意味を考えているのだろう。つまり柳沢が誰を意味しているのかわかっているのだ。社長の代わりに反社会的勢力と思しき客の応対にでてきたくらいだから、この秘書は神津の裏の顔も知っているに違いない。

「柳沢さんというのは、どちらの？」顔を正面に戻しながらいった。

「柳沢さんといったら、決まっているだろう。なあに、ただとはいわない。おい」と奥山が堀井に向かって顎をしゃくった。

堀井が鞄から分厚い封筒をとりだした。

「これが礼だ」奥山は受けとった封筒をテーブルに置き、秘書の前に押しだした。

「いやいや、いや、困ります」松坂が両手で封筒を押し戻す。

「社長さんに会えんのなら、きょうのところは帰らしてもらう。またくるので、それは預かっといてくれ」そういうと、奥山が立ちあがった。

吾郎は堀井と目配せをして立った。

「ほんとに困ります。これはどうぞお持ち帰りください」松坂が封筒をさらに押してきた。

「なんだと」奥山が凄む。「おれたちに、帰りもまた重いもんを持たせるってのか」

「いえ、いえ、そういうつもりでは」

「なら、受けとっておけよ」そういうと同時に奥山はさっさと部屋をでていった。

堀井が続く。

松坂の「ちょっと待ってくださいよ」という声を無視して、吾郎が最後にでた。

翌々日の朝、吾郎は盗聴器を回収してきて、録音データを大阪にいる寺岡信行に送信した。彼は以前、アカベックの大阪支社で契約社員をしていた。優れたＩＴ技術を持ったＳＥで、何度も正社員にならないかと誘われていたのだが、契約社員のほうがいいといって断っていた。理由は自分の好きなときに思うまま放浪したいというものだった。実際に何年か働いて金が貯まると数ヶ月から半年海外へ旅にでかけるのだ。それもインドやアフリカ、南米などへいく。アカベックでは十年以上働いていて、新しい会社ができるなら、そちらで働きたいといって参加してきた。

午後十一時過ぎ、アメリカ屋が閉店すると、三々五々メンバーが集まってきた。大阪とテレビ会議を繋げる。プロジェクターにパソコンの映像が映しだされた。

東京組八名、大阪組三名がきょうの参加者だった。

寺岡が無音部分をカットしたデータの再生を開始した。画面には、実際の時間経過がわかるようなメーターが表示されている。

最初は神津ケミクスの幹部が神津社長に対し、おもしろくもない報告をしている様子が延々と続いた。

「まだか?」堀井武史が苛立った口調でいった。

そのとき、再生音が慌ただしく部屋に入ってくる靴音に変わった。

「社長、受付に権田様がお見えになっています」一昨日応対した松坂という秘書の声だった。

みなが、これだ、というふうに互いに顔を見合わせる。

「権田? 知らないな」これが神津か。

「そうですよね。予定表には入っていなかったので、おかしいと思ったのですが、なんでも、宍戸さんの紹介だといっているそうです。受付がいうには、どうも反社らしいです」

「というと、あの宍戸か」

「そうかもしれません」

「おまえが会って、どんなやつか見てこい」

「わかりました」

少しの間があった。

「いま帰っていきました」秘書の声がいった。

時間表示が十五分程度経過したのを示している。

「なんだったんだ?」

「それが柳沢さんを紹介してほしいというんです。これはその礼だといって置いていきました」

神津が秘書から封筒を受けとり、中身を検めている気配が伝わってくる。中にはきっちり百万円入っている。帯封がしてあるから、一目で金額がわかるはずだ。

「おまえ、なんでこんなもん受けとったんだ」

「いえ、受けとったのではなく、強引に置いていったのです。わたしは何度も返そうとしたんです」

「無理やり、向こうのポケットにでも鞄にでも押し込めばいいんだよ」

「社長、そうおっしゃいますが、向こうはこうですよ」

「ほんとうにヤクザなのか」

おそらく秘書は、人差し指で自分の頬に傷をつけるなどの仕種をしたのだろう。

「見るからに」

録音を聴いていた全員が奥山を見て、にやりと笑った。

奥山は一人でおもしろくなさそうな顔をしている。

パソコンのスピーカーから小さく舌打ちの音が聞こえた。これは神津のものだろう。

「名刺は?」

「それがなにもださずに」

「馬鹿者」

「申しわけありません」

「返すに返せずか」少しの沈黙があり「滅多なところに置いておくわけにはいかんな。例のところに入れておけ」

「例のところとは、例の？」

「何度もいわせるな」

「はい」

「ついでに、いままで権田という名前がでてきたか見てこい」

少しの間があいて秘書の声がした。「社長、入れてまいりました」

先刻のところから七分十七秒経過している。

「これまでのところ、権田という名前はありませんでした」

「そうだろうな。もういいぞ」

「失礼します」

また間があいたが、すぐに声が聞こえた。

「ああ、神津です。さっき会社へあんたの紹介だといって権田というのがきたんだが、覚えがあるかね」

どうやら宍戸に電話をかけたようだ。

「そうか。おかしいな」

相手がなにかいっているようだ。ときどき頷く声が聞こえる。

「わかった。今度きたらすぐに知らせる。それで時間稼ぎしていればいいんだな。了解だ」

ここで電話が終わったようだ。

このあとはまた退屈な日常的な報告などをする社員の声と受け応えする神津の声が記録されているだけだった。

「よし、うまくいったな」堀井の声が響いた。いつもより力が入っている。「例のところってのが隠し部屋だろう。現金のほかに、高車会関係の記録かメモがあるということがわかった」

「秘書はその隠し部屋の鍵を持っているわけだな。股肱の臣というやつか」奥山がいった。

「こうなると隠し部屋は最重要ターゲットだな。どこにあるか調べるのは絶対に必要だ」

堀井の言葉に、前田宗太が岡本佳秀の肩を小突いた。

勘弁してくださいよ、という岡本の声が聞こえ、みなが彼のほうを見た。

「隠し部屋は、このプロジェクトの成否をわける要になったんだ。どんな手を使っても図面を手に入れるべきだと思わないか」前田がいった。

「ほかの方法で手に入れてください」

「あれば、世話ないよ」

「とにかく、できませんから」

岡本はそういうと、店をでていった。

「どうかしたのか？」堀井が訊ねた。

「神津ビルの設計と施工をしたゼネコンの女の設計士が、岡本目当てにここへ通ってきていたんだよ。施工をしたゼネコンには竣工図があるはずだろう。それを見せてもらえれば、どこに隠し部屋があるかわかるじゃないか。前から岡本に見せてもらえよっていっていたんだが」前田が首を振り、顔をしかめてからいった。「でも、あいつは拒否するんだよ。見せてもらう理由がないって。おまえはデザインが専門なんだから、参考にしたいとかなんとかいえばいいじゃないかといっているんだけどね」

「つまり、岡本も本気ってわけか」堀井がいった。

「どうやらね」

「それで岡本は、相手を騙すようなことはしたくないと」吾郎は思わず口を挟み、堀井や奥山と顔を見合わせた。

6

八月六日、内野匠也に第二審の判決が宣告された。一審と同じ死刑だった。逮捕されてから一年と百八日目だった。

片平右子と磯辺久志は判決を傍聴席で聴いた。ゲイツ弁護士から事前に今回も厳しい判決になるかもしれないといわれていたので予期はしていたが、憔悴しきった内野を目の当たりにして判決を聴くと衝撃は大きかった。

内野の表情は乏しかった。感情が失われているのではないかと思うほどだった。出廷するときにも傍聴席のほうはまったく見なかったし、判決文が読みあげられているときも力なくぼんやりと立っているように見えた。

閉廷後にゲイツ弁護士と会った。上告は当然の動きだが、このまま新しい材料がでなければ、上告が棄却される可能性があるという。そうなれば判決は確定してしまう。

「もちろん最善を尽くしますよ。では、今晩また」ゲイツが別れ際にそういった。


右子は午後八時に磯辺とともにホテルをでた。ショッピングモール内のレストランで食事をして夜の街を歩いた。

「ついてきてる？」右子は磯辺に訊いた。

「たぶん。レストランに入る前にも見たような男がいます」

磯辺が凝った首を回すような仕種をしながらいった。

「何人くらいかしら？」

「三人から五人ですかね」

ブラックドラゴンの男たちがあとをつけているのは間違いなさそうだった。

ショッピングモールの入り口近くは、まだ明るく人通りがある。二ブロックいくと次第に通行人が減っていく。さらに少し先をいって右に曲がれば、人通りが絶えて襲撃には絶好の場所になる。相手に襲う気があるなら、そこで必ず襲ってくるはずだというのが警察の見立てだった。いま警官がその場所の物陰に潜んで待ち受けているはずだ。

ゲイツ弁護士が何度も説得に当たって、ようやく警察を動かしてくれたのだ。ただし、ほんとうにブラックドラゴンが右子の命を狙ってくるようなら、彼らが内野の部屋に覚醒剤を持ち込んだという説を信じてもいいという条件つきだった。実際に襲ってきたら現行犯逮捕できるし、覚醒剤の件の取り調べも可能というわけだ。

そうなると是が非でも襲ってもらわなくてはならなかった。

だいぶ通行人が減ってきた。あと五十メートルほどで右に曲がるところまできた。

「あの角ですね」磯辺がいった。

そのとき背後でいくつもの靴音がした。振り返ると、三人の男が走ってくるのが見えた。まさかメインストリートで襲ってくるとは思っていなかった。

磯辺が勢いよく前にでて、空手の構えをした。空手に用心したのか男たちがいったんとまり、ナイフを構えた。三人が互いに言葉を交わし、二人が磯辺に、一人が右子に向かってきた。

右子はできるだけ相手を引きつけてから、右に身体を移動させた。最初の攻撃はかわせた。

磯辺は最初にかかってきた男の腕をとって、拳の裏で相手の鼻柱を叩いていた。この前も使った技だった。相手は鼻血を流して倒れた。磯辺が男を打って隙ができたところに、もう一人がナイフを突きだした。その切っ先が磯辺の脇腹に食い込んだ。

右子は悲鳴をあげた。

右子に向かってきた男が、その声に驚いたのか一瞬動作がとまった。だが、すぐにナイフを突きだしてきた。こんどは間合いが狭すぎてよける余裕などなかった。

刺されると思ったとき、間近に迫った男の姿が視界から消えた。誰かが横から男に体当たりをしたのだ。見ると、赤羽賢太郎がよろめいた男を殴りつけていた。

磯辺の姿を探す。腹部を押さえて道に倒れていた。彼を刺した男も道に転がっていた。もう一人の男が対峙しているのは、堀井武史だった。柔道の構えから大声を発して威嚇していた。じゅうぶんに相手を怯ませるだけの大音声だった。

しかし相手はナイフを持っている。いったんは身体を引いたが、腰だめにナイフを構えていまにも突進しそうな様子を見せた。

そのとき、叫び声が聞こえた。聞き覚えのある声——。マルトノだった。

直後に、おおぜいの靴音がした。

堀井の相手をしていた男が仲間を立たせている。この場から逃げようとしているのだ。その男こそ、社長の腕時計をしている男だった。絶対に捕まえなければならない相手だ。

右子は駆けていき、その男の左肩を摑んだ。男が振り向き、右手に持っていたナイフを振りあげた。

ナイフはおりてこなかった。堀井が男の右腕を押さえていた。

そこに警官がやってきて男たちを確保した。すぐそのあとに、マルトノがやってきた。

大丈夫かと訊くマルトノに、右子はいまの男の腕時計を必ず押さえるように、警察にいってくれと頼んだ。

そして側にいた警官に救急車を呼んでくれと、英語でいった。警官は理解できないというような顔をした。右子は警官の腕を引っ張り、磯辺のところに連れていった。そしてまた救急車と叫んだ。今度は通じたようで、無線の送話器を手に持った。

「磯辺くん」名前を呼ぶと、磯辺が顔をしかめて口を開こうとした。

「片平さん、怪我は？」

「わたしは大丈夫。いま救急車を呼んでもらっているから、頑張るのよ」

右子はハンカチで傷口を押さえた。

「磯辺」堀井が叫んだ。「頑張れよ」

けたたましいサイレンとともに救急車が到着した。マルトノが救急隊員を誘導してきた。隊員の一人が右子と位置をかわって傷の具合を見た。すぐにストレッチャーに乗せられ、救急車に運ばれた。磯辺が身体の向きを変えられるたびに、うめき声をあげた。

右子は救急車に一緒に乗せてくれと英語と身振りで伝えたが、拒否された。

そばにいたマルトノに、搬送先を問い合わせてくれるように頼んだ。

第九章　決断

1

昨年の慰労会から一年余り経った八月二十一日、東京、大阪、赤部から十九名が京都の円山にあるホテルの会議室に集まった。

会議室では、石倉良雄と奥野将良、吉村忠が前に座り、彼らと対峙するように残りのメンバーが座った。

石倉がすぐに本題に入った。

「検察審査会が不起訴相当の結論をだした」

参加者からため息と唸り声が漏れた。

出版社とライターを相手とした名誉棄損の告訴が不起訴処分とされたことを不服として、検察審査会へ不服申立てをしていたが、起訴には持ち込めなかったのだ。

「もう、公の場で名誉を回復することはできないということですね」原島惣介が出席者を代表するようにいった。

「法的手段は潰えたことになる。内野社長とアカベックの名誉が回復されれば、以前のアカベック復活の目もあると考えていたが、これでその可能性はなくなった。こうなると、わたしも態度を明確にしなければならないと思ったので、こうして集まってもらった。いままでは新会社を設立した場合に、継続的に経営できるかどうかを検討してきたが、すでに会社を辞めて活動している人たちも少なくないことから、検討段階を脱して準備段階へ移行しなければならないと思っている」

「それでは会社を興していただけるのですね」

「ああ。ただし、会社を設立したあと、経営を維持できるか検討してきたが、維持できるという確証は得られていないのだがね」

「つまり、我々とともに冒険をしていただけるということですね」堀井が気負った口調でいった。

「まあ、そういうことになるか」石倉がテーブルの上の水を一口飲んでから続けた。「当面の資金についてはアマノ通商から、三年程度は活動できる額の融資を得られる見込みは立った。逆にいえば、その期間に結果をださなければならないということだ」

「取引先の確保に難航していると伺っていますが」

「当初はどこかの妨害にあって、取引を受けてくれるところがなかった」

「三友商事ですか？」

「おそらくは。多くの企業に圧力をかけることができて、尚且(なおか)つ新会社ができて困るのは三友くらいだからな。しかしそれも最近は緩んできて、いまはいい返事をくれるところがでてきた。相手は九州、東北、北海道と、遠いところばかりだがね」

「けっこうじゃないですか」原島が安堵の表情を見せた。「これで我々も目標が明確になりました」

「ブルシアの情況もお話ししておいたほうがいいですかね」堀井が立ち上がって、詳しい事情を知らない出席者に向けて、これまでの経緯を説明したあとで、語気を一段と強めて続けた。

「片平さんたちの囮作戦の結果、ブラックドラゴンのメンバー三人を逮捕することができましたが、その代償として磯辺が腹を刺されてしまいました。救急車で病院に運ばれて手術をし、なんとか大事にいたらずに済みました。いまは帰国して日本の病院に入院中です。で、逮捕された男たちですが……」

内野のオリジナル腕時計を持っていた男は、それを街で拾ったと主張し、内野が泊まったホテルの部屋に覚醒剤を持ち込んだ覚えはないと犯行を否認している。覚醒剤を包んでいた袋からその男の指紋が検出されたのだが、たまたまどこかで手にした袋を、誰かが覚醒剤を包むのに使ったのだろうともいっている。直接証拠ではないから、強弁で押し通そうとしているらしい。しかし理由もなく片平や磯辺を襲撃するわけがないのは、裁判所もわかるはずなので、ホテルの部屋で発見された覚醒剤は、内野以外の何者かが持ち込んだと考えるに足る新たな証拠がでたとして、昨日上告をしたところだった。

「内野社長の裁判は好転の兆しが見えたわけです。裁判では第一に、内野社長の覚醒剤所持容疑を晴らすことにありますが、もう一つ、高車会の依頼でブラックドラゴンが動いたのだと証明する目的もあります。あとは日本で我々がやらなければなりません。神津ケミクスと高車会の関係を暴き、すべてが神津の罠だったと証明すれば、内野社長とアカベックの完全な名誉回復ができるのです。それには最終手段しかありません。我々の名誉回復をして、神津の陰謀を暴いてやりましょう」

出席者の目が一斉に石倉を向いた。

「税務調査に偽装して神津ケミクスの不正を暴く計画のことだね」石倉が確認するようにいった。「みんなも大まかな計画を聞いていると思うが、別の方法を考えた人はいないか?」

石倉はたっぷりと時間をとったあとでいった。「ないようだね。では計画の内容を詳しく聞かせてもらおうか」

原島の合図で携帯用のプロジェクターがテーブルの上に置かれ、パソコンとケーブルで繋がれた。前方にスクリーンがおりてきた。

スクリーンには、決行プロジェクトと準備プロジェクトの文字が二段になって表示された。

「最初に決行プロジェクトの説明をします」原島が石倉を見ていった。スクリーンが詳細な説明画面に切り替わる。

「当日は神津ケミクスの近くにある三つの拠点に分かれて集合します。そこでマルサの職員にふさわしい服装に着替え、それぞれの役割に必要な道具を受けとります」

原島が時系列に沿って説明を進めていく。

神津ケミクスに到着して抜き打ちの税務調査であることを通告したあとからは同時併行の多重タスクが発生する。

「偽の税務調査だとばれてしまうのが最大の障害になるので、最初にその手当をしなければなりません」

スクリーンにリスク管理表が映しだされた。

「分析の結果、ご覧のようなリスクが存在しているわけですが、最初にこれらの回避手段を講じなければなりません」

人が出入りできないように正面玄関と通用口に人員を配し通行止めにする。電話やファックスを使用できないように交換機の電源を落とす。インターネットを使用できなくするために、サーバー室のコンピューターと外部の通信を遮断する。携帯電話やスマートフォンを使えないようにするために、必要箇所に電波妨害機を設置する。

「次に税務調査を行う本隊ですが」

原島は神津ビルの断面図のポンチ絵を表示させ、神津ケミクスの部署配置を説明したあとでいった。「会計部門は八階にあるので、ここに直行します」

会計部門のレイアウト図が表示された。

「高車会のフロント企業であるアールオー株式会社との取引記録があるのはこのキャビネット、海外の幽霊企業との取引記録があるのはその隣のキャビネットです。鍵はすべてキーボックスに収められており、ボックスを開ける暗証番号を知っているのは、ここところにいる社員です」

原島はレーザーポインターで一つひとつ示しながら説明していく。

会計部門での行動を詳細に説明したあと、別動隊に言及した。

「会計部門のほかにもう一つ重要なターゲットがあります。それは隠し部屋を開けさせることです。脱税したと思われる現金のほかに、高車会への金品供与の記録があることがわかっています。また政治家への闇献金、脱税の二重帳簿などもある可能性があります。ただ隠し部屋の場所はまだわかっていません。これは今後の課題です」

原島は約一時間かけて決行プロジェクトの説明を終えた。出席者から一様に吐息が漏れた。

「少なくとも五十人必要なのか」元役員の奥野将良がいった。「揃うかね？」

「いま心を同じくしている仲間は六十名以上います」原島が強い調子でいった。

「この計画の詳細を知ったら、必ず抜けるものがでてくるぞ。それも少なくない数だろう」

「その歩留まりを考えて五十名を想定したんです。もし奥野さんが懸念しているような事態になったら、計画の変更をするしかありません。残った人数で最善の策を練るまでです。それはさておき」

原島は次に準備プロジェクトの説明をはじめた。こんどは決行プロジェクトの一つひとつのタスクが目的となり、そこから数段階にブレークダウンしていき、具体的な行動に落とし込んでいっている。この説明にも一時間強をかけた。

「以上が決行プロジェクトと準備プロジェクトの内容です」原島が言い終えて石倉を見た。「是非、ご決断ください」

石倉が目を閉じ、黙考しはじめた。長い沈黙が続いた。

出席者はなにもいわずに待った。

石倉の目が開き、みなの肩が一斉に動いた。

「とんでもない計画だな。いくら真実を突きとめるためとはいっても、法に触れる方法だ」

石倉の言葉に原島が口を開きかけた。それを石倉が目で制した。

「だがわたしが反対してもきみたちはやるつもりだろう。これだけ綿密にプロジェクトを計画したのだから、本気の度合いはわかるよ。尋常な方法が潰えたいま、非常識な方法しか残っていないのもたしかだし、きみたちだけに法を犯させるわけにはいかない。どうだろう？」最後は吉村と奥野にいった。

「わたしは端からやる気ですよ」

吉村が断定口調でいった。

一方、奥野は小首を傾げた。「やり遂げたあとは、全員逮捕されるわけだ。出所するまで新会社は活動できないのじゃないか？」

「偽計業務妨害や威力業務妨害などに問われることになると予測されますが、実際のところ、懲役刑にはならないと思っています」原島がこたえた。「悪くても執行猶予がつくと思っています。うまくいけば、首謀者と目されない大多数は起訴猶予や不起訴処分でいけるのではないでしょうか。神津の悪事を暴くことができたとしてですが。そうなれば、企業活動はできるわけです」

「首謀者は？」

「検察が形をつくるために、数人には厳しい求刑をしてくるかもしれませんが、それはみなでカバーしていけばいいと思っています」

「そうか」そういって、奥野が黙った。

「この計画だと、現在アカベックに在籍しているものも参加しなくてはならない」石倉が在籍者を代表してきている出席者に顔を向けた。「よくみんなと話し合ってくれ。無理強いは絶対にしないように。丁寧な説明と各自の自律的な判断を尊重することを肝に銘じてほしい」

石倉の言葉にみなが頷いた。

「さて原島さんの説明だと、不確定要素は隠し部屋の場所がまだわかっていないことだが、解決の見込みはあるのかな？」石倉が訊いた。

「当てがないこともないのですが、しかしこれは事前に知っておかなければならないので、早急に目途をつけたいと思っています」

そういってから、原島が堀井を見た、大丈夫かと問いたげな表情をした。

「不確定要素はもう一つ、日程だね？」

「はい。決行日と時間帯については、神津ケミクス側にキャビネットや隠し部屋を開けられる人間が揃っていなければなりませんし、向こうの社員があまり多いようだとこちらの監視も行き届かないので、人数が減る時間帯を選ぶ必要があります。しかしみんなの生活があるので、新会社の設立のタイミングとの兼ね合いなども考慮して、日程を決める必要があります」

出席者の顔に、いよいよだという高揚感が漂ってきた。

2

長い髪が潮風になびき、光っていた。岡本佳秀は海面できらめく黄金の筋に目を奪われている津山しおりの横顔を見て、大きく息を吐いた。先刻から何度も切りだそうとし、そのたびに躊躇して口を噤んでしまっていた。

朝から鎌倉にきて観光気分を味わったあとに足を延ばして江の島へやってきた。九月の終わりの海辺は夏の賑わいの残り香がかすかに漂っているようだった。

「風が気持ちいい」しおりが伸びをしながらいった。

「こっちにきて、はじめて観光した気分だな」

「ヒデさんはこれからもずっと東京にいる?」

「それはわからないな。関西に戻るかもしれないし、東京にいるかもしれない」

「関西に戻るとしたら兵庫に?」

「いや、そのときは大阪になると思う」

「大阪?」しおりが眉間に皺を寄せた。

「大阪は嫌い？」

「ちょっとね。苦手意識があるかも。大学の同級生で何人か大阪の人がいたけど、テンポが合わなかったような気がする」

しおりは東京の下町の出身で、大学は都内の私立大学に通っていた。

「そういえば、なぜ大学で建築を？」

「父が建設会社をやっていたから、中学のころから大学は建築学科にいけといわれていたの。デザイン系の仕事は興味があったから、それ自体はよかったけどね」

「じゃあ、お父さんは跡を継がせたいんだ」

しおりは一人っ子だと聞いている。

「わたしにじゃなくて、婿さんにね。父は古い人だから、女が社長になるなんて考えてもいないのよ。わたしに建築をやれっていったのは、同じ学科の男たちなら将来建設関係の仕事をするでしょうし、わたしが卒業して建設関係の仕事をしていればそういう男の人と知り合う機会も多いでしょう？　ようするに、建設の仕事をしている男を婿にして跡を継がせようとしているのよ」

「それでいまはゼネコンにいるわけだ」

「就職先は自分で選んだの。父の会社には入りたくなかったから。でも、結局は向こうの思い通りになっているようでおもしろくないけど」

「いずれにしても、結婚相手の条件は跡を継ぐことか」

「うん。それはあくまでも父がいっていること。わたしはそんなことを考えてはいない。気になる？」

「そりゃあね」

しおりが黙って砂浜を歩いていく。

二人は数分無言で歩いた。

「ヒデさんは、いまの仕事をずっと続けていくの？」しおりが突然振り返っていった。

「たぶん変わっていくんじゃないかな」

「他人事みたいな言い方ね」

「先が読めないんだ」

「デザインの仕事に戻る？　戻りたい？」

しおりには、大学を卒業して製品のデザインをする仕事に就いていたことがあるといっていた。

「そうだな。やっぱり」

「じゃあ、戻れるといいね」

「ああ。きみはいまの仕事、好きなの？」

「うん。現場はけっこうおもしろい。まだ使い走りだけど。でも、現場監督をやれっていわれたら自信ないかな」

「神津ビルが最初の現場？」

「二つ目」

「あそこの担当だったから、うちの店にくるようになったんだよね」

「うん。あそこの総務の人が連れていってくれたのが最初だから」

「あの、変な頼みなんだけど、あのビルの図面を見せてもらうことはできるかな?」

「図面って?」

「竣工図……」

「なぜ?」

「ちょっと興味があって」

「それだったの。きょうはなんか変だなって思っていた。ずっと、なにかいいたそうだったもの。違うことを想像しちゃって、わたし馬鹿みたい」

「いや、まあ、無理にとはいわないよ。無理ならいいんだ」

「そんなことはないんでしょう? 見ないと困るんじゃない? 会社にヒデさんと同じ大学をでた人がいるの。その人にデザイン系の学科の同窓会名簿を見せてもらったのよ。ヒデさんは卒業してアカベックに入ったんでしょう? アカベックってよく知らなかったので調べてみたら、医療機器のメーカーだった。神津ケミクスと同業じゃないの。どういうこと?」

「いや、それは」

「ひょっとして、お店の人はみんな元アカベックの人たちなの?」

佳秀は大きく息を吸って吐いた。

「そうなのね」しおりが力なくいった。「なにを考えているのかわからないけど、きっと悪いことなのよね。こそこそとやっているんだから」

「ごめん」

「なにを謝っているの？　図面を見るのが目的でわたしとつきあったこと？」

しおりの目から涙が溢れてきた。

「それは違う。それだけは違うんだ」

「どう違うの？」いうほどに、しおりの涙が増してきた。

「しおりを好きだから、いままでいいだせなかったんだ。これだけは信じてくれ」

「もう、いいわ」

「しおり」

「それで、なにを知りたかったの？　図面から」

しおりが無表情になって佳秀を見た。

「前にきみがいっていた、あのビルにある隠し部屋のようなところがどこなのかを知りたかった」

「そんなこと、わたしがいった？」

「きみが同僚と話しているのが聞こえたんだ」

「盗み聞きの間違いでしょ。それでわたしとつきあいはじめたんだから」

「だからそれは」

「もういいわ。うちの会社は神津ケミクスと秘密保持契約を結んでいるのよ。図面を外部の人に見せれば契約違反だわ。わたしは会社に対して背信行為をすることになる。懲戒処分の対象だということはわかっている？」

「悪かった。無理をいってごめん。もういいんだ」

佳秀は頭をさげた。

しおりがしゃがんで、潮や砂で摩滅し先端が丸くなった小枝を拾いあげた。砂浜を上から見ていたかと思うと、小枝で四角をいくつも描きはじめた。

「ここがエレベーターの昇降路」といいながら、二つの四角に対角線を引いた。「この裏側に部屋があって、二階から九階はだいたい倉庫になっているんだけど、十階は展示室になっている」

そういって、しおりは展示室の外郭を描いてからその中の一ヶ所を小枝で示した。「ここに小部屋があるの。展示室だけは神津さんが別の専門業者に発注することになっていたので、うちの会社は躯体（くたい）までだった。落成記念のときに展示室もお披露目されたんだけど」

しおりはそこでいったん言葉を切ってから続けた。「展示品は創業時からの歴代の製品と、神津社長の医療機器関連の骨董品コレクションね。おかしいと思ったのは、小部屋がなかったこと。開口部があるはずのところは備えつけの書棚だったわ。だから隠し部屋だと思ったの」

「しおり」

「もう頭に入ったでしょう？」そういうと、しおりは足で砂をならし、描いた図形を消した。

「顧客の秘密を喋っちゃったから、もう会社にはいられないね。ねえ、いま教えたのがどんなことに使われたかわかるのはいつ？」

「来年の二月には」

「そう。じゃあ、わたしは年内には会社を辞めるわ。さよなら」そういい残すと、彼女は砂浜に足跡を残しながら歩いていった。

佳秀は声をかけることも、あとを追うこともできずに、立ち尽くした。

3

八月の京都で決行プロジェクトの全貌（ぜんぼう）が示されてから脱退者が相次いだ。

石倉とともに新会社設立の準備をしていた元役員の奥野将良が京都での会議後に離脱した。九月中旬には大竹忠雄が石倉の命を受けて、メンバーを一人ひとり訪ねて、新会社では給料が相当さがることと今回計画している決行プロジェクトは犯罪に当たることを説明して、それでも参加するかどうかを確認して回った。その結果、アカベックに留まっている部課長級の四名、一般社員の五名が離脱した。

脱退者から計画が漏れる可能性を指摘する声があがったが、石倉はなにも手を打たなくていいと断言した。リスク分析を徹底するように要求しているのと矛盾するようだが、石倉にいわせれば、そもそも互いに熟知した人間同士が信頼し合って進めてきた計画なのだから、いまになって漏洩を危惧するのはおかしい。未知の分野に挑む場合のリスク管理とは根本が異なるのだという。その一言でみなも納得した。

新会社の設立は二月、決行プロジェクトの実行は年明けの一月と決した。すでに退職しているものたちの生活もそれが限界だった。

このスケジュールに合わせて、アカベックに在籍しているものの退職日は十一月末日と十二月末日となった。人数は合計二十二名である。

在籍者の退職準備は八月以降本格的に進められていて、技術の伝承やノウハウの伝授など、退職してもアカベックの業務に支障がないようにしてきた。

新会社は東京と大阪に拠点を置くことにし、東京組と大阪組はそれぞれオフィス用に適当な物件を探している。

東京組はそのほかに、決行プロジェクトに合わせて関西から上京してくる仲間たちの宿の手配も進めていた。

残る不確定要素は日程を決めるプロセスだった。時間帯は定時の終業時刻以降にすることは決まっていた。居残っている社員は少ないほうがいいが、キャビネットを開けられる人間は残っていなければならない。これに該当する社員の出退勤パターンは、日々人手をかけて記録をとって詳細に把握している。

隠し部屋の鍵は神津社長と秘書の松坂が持っている。社長が外出するときに、松坂が同行することが多いので二人は一組と考えていい。結局は神津社長が必ず社内にいる日時をどのように調べるかが課題だった。

先崎吾郎は清掃業務のときに社長室や秘書室に入り、社長のスケジュールがわかるものがないか探ったが目に見えるところにはなかった。

手詰まり感があるまま十月も中旬に入った。

吾郎はこのところ頻繁にアメリカ屋に通っていた。この日も午後八時ごろにいくとテーブル席はいっぱいで、カウンター席の入り口に近いところが一つ空いているだけだった。吾郎がその席に座ると富永春帆が、いらっしゃいといいながらコースターを置いた。吾郎はスコッチのダブルを注文し、コースターの裏を見た。奥のカウンター席にいる二人が神津ケミクス総務部だと略号で書かれていた。

他の客が多いためか、きょうはイヤフォンは渡されなかった。

一時間ほど店内の喧騒を肴にウイスキーをちびちびと飲んでいた。テーブル席にいた神津ケミクスの三人とその隣のテーブルにいた客が帰り、店内の騒がしさがだいぶ減ってきたときに富永春帆の声が聞こえた。

「へえ、そんなことをしてるの。おもしろそう」

話している相手は、神津ケミクスの二人だった。

店長の前田宗太が近づいていく。

「会社で毎年恒例の将棋大会があるんですって」富永春帆が振り返って前田にいっている。

「ほう。どんな大会なんですか？」前田が神津ケミクスの社員に訊いた。

「一ヶ月くらいかけてやるんだよ。毎年エントリーできるのは十六人。トーナメント方式で終業後に一試合ずつ」

「試合じゃなくて対局っていうんだよ、あれは」隣の同僚が口を挟む。

「どっちでも話はわかるんだよ。で、決勝はやはり終業後だけど、大会議室でね、プロ棋士の解説まであるから観戦する社員はけっこういるよ。勝敗が決まったら表彰式もあるしね」

吾郎はウイスキーのお代わりを富水春帆に注文し、ついでにコースターを替えてくれといった。彼女はグラスにウイスキーを注ぎながらコースターの裏を見てから、神津ケミクスの社員に訊いた。

「プロの棋士って誰なんですか？　有名な人？」

「ええっと、なんていったかな？」隣の同僚に訊いている。

「九段とからしいけど。昔、なんとかっていうタイトルをとったことがあるとか。名前がでてこないな。もう引退したっていっていたような」

「でも凄いわね、元プロ棋士でも、そういう人がきてくれるなんて」

「社長が知り合いなんだよ。同じ力士のタニマチ仲間らしい」

「社長が贔屓にしている関取は誰なんです？」

「いまは関脇の大勝竜（だいしょうりゅう）だね。昔から駿河野（するがの）部屋を応援しているんだよ」

「で、決勝戦は社長も観戦するんですか？」

「なにしろ社長杯将棋トーナメントっていうくらいだし、優勝者には社長賞がでるからね」

「へえ、社長のポケットマネーで？」

「いや、違うようだよ」そういってから、男は慌てた様子で後ろを振り返り、ほかに神津ケミクスの社員がいないのを確認してほっとしたらしく言葉を続けた。「経理のやつがいってたけど、会社の金からでているらしい」

「その大会はいつやるんですか？」

前田がさらに突っ込んだ質問をした。

「新年の行事だから、一月」

「決勝戦の日は決まっているんですか」

「年明けに対戦表が発表されるんで、それまではわからないね」

富永春帆が吾郎に目配せをしてきた。こんなところでいいか、という表情だった。

吾郎は帰宅してから、インターネットで棋士のプロフィールが載っているサイトや棋士が公開しているブログなどを片っ端から調べた。相撲の愛好家は何人もいたが、その中で大勝竜か駿河野部屋を贔屓にしていて、九段で引退しているという具合に絞っていくと、宝田宗明九段にいきついた。棋聖を一期経験していた。いまは日本橋で将棋道場を経営している。

吾郎は大竹忠雄にすぐに上京してくるように要請した。大竹の将棋の実力は県代表クラスである。強ければ、宝田九段から直接指導をしてもらえる可能性は高くなるはずだ。吾郎自身の棋力では中途半端なのだ。

大竹はすぐにいくから、住むところを手配してくれと、即答してきた。

一週間後には東京での生活をはじめ、宝田九段の将棋道場に通いだした。

吾郎は一月ほど経った十一月末、将棋道場へいく大竹についていった。すでに大竹はみなから一目置かれるような存在になっていた。宝田九段に何度か指導対局をしてもらったらしい。

道場からの帰りに、東京駅近くの居酒屋へ寄った。

「なにかわかったか?」

「先生は企業の将棋部の指導なんかも頼まれるようだね。引退してもけっこう忙しくしているようだ」

「神津ケミクスに関しては?」

「会社の中でトーナメントをやっているところはあるかって水を向けてみたんだ。一社だけそういう例はあるといっていた。医療関係の機械をつくっている会社という言い方をしていたから神津ケミクスに間違いないと思う。社内でトーナメントをしても、アマチュアなら十六人の実力が拮抗しているなんて考えにくいから、毎年同じ人が優勝するか、二人が交互にとか、そんなふうになって盛りあがらないんじゃないかと思うじゃないか」

それは吾郎としても疑問だった。同じ人間だけが毎回優勝するのではおもしろくない。

「そしたら、社内での段があって、ハンデをつけるらしい」

「駒を落とすのか?」

「そう。だから番狂わせはけっこうあるらしいんだ。これまでの決勝で最大のハンデは六枚落ちだって」

落とす六枚は、飛車と角、そして桂馬、香車を二枚ずつだ。

「なるほど。で、日程についてはわかったか？」

「いや、まだだ。自然な流れで訊くタイミングがなかなかないんだ。変に怪しまれたらそれで終わりだからな」

「そうだな。まあしかし、関西の連中も東京に集まってきているから、早いとこ日程を確定したいね。そういえば、明日石倉さんがこちらに移ってこられるんだったな」

「宿泊先は？」

「富永春帆さんの実家がウイークリーマンションを経営していて、一部屋確保している。南武(なんぶ)線の平間(ひらま)にあるんだが、当面はそこにいてもらう予定だ」

「そうか。じゃあ、おれは一刻も早く決勝戦の日を聞きだすことに専念するよ」

大竹がぐい呑みの酒を干して、唇を引き締めた。

吾郎も同じように一気に飲んで頷き返した。

4

「アカベックで年内にあと十三名が辞めるといってきました」

小林通夫が黒部史郎の専務室に慌ただしく入ってくるなりいった。

「Sの技術者は入っているのか？」

「二人とも退職願をだしてきました」

「ほかはどのランクだ？」

黒部は小林にアカベックの社員のランク付けをさせていた。

Aは絶対に必要な人間で、いなくなれば会社全体の業績に影響がでるレベル。Bはいたほうがいい人間で、いないと部門業務に影響がでるレベル。Cはほかの人間と代替がきくレベル。

Sは技術力において他社との差別化を可能とし、将来の製品戦略を左右する人物である。

「十一月末に辞めた九名はAが三名でBが六名でした。今回はSが二名、Aが三名、Bが八名です」

「石倉は会社を立ちあげるのを諦めていなかったか……」

黒部が吐息とともにいった。

「やはりそうなのでしょうか」

「優秀な社員がそれだけ一斉に退職する理由がほかに考えられるか」

「実際の退職まで一ヶ月ありますので、引きとめ工作をします」

「それはきみが主導してやれ。金に関心を示したらSとAは金で釣れ。会社があなっていては、愛社精神に訴えることもできないだろう。可能性があるのは金ぐらいだ。Bは言葉だけでいい」

「承知しました」

「ところで石倉の監視をしていた調査員からはどんな報告がきていたんだ?」

「目立った動きはないという報告でした。どこかを訪問するとか、誰かが訪問してくるとか、そういうことがまったくないそうです。夜の街に遊びにでるのだけは相変わらずのようですが」

「石倉がそう見せかけたのだ。監視態勢を強化しろ。新会社の設立が近いということは、おそらく資金の目途がついたんだろう。誰が金をだすのか突きとめるんだ。最後はその金の出所を断つしかないぞ」

「わかりました」

「買収されそうになった企業が、焦土作戦といって価値のある特許や重要資産をほかに移してしまう方法があるだろう」

「はい」

「アカベックの場合は、それが人材なんだよ。このままだとなんの魅力もないアカベックに金を使ったことになる」

「人は職業選択の自由があるので、かえって面倒です」

そのとき小林がスマートフォンをとりだし、画面を確認してからいった。

「失礼します。京都にいっているものからです」

電話中の小林の表情が険しくなっていった。

「石倉は自宅に帰っていないそうです」

「どういうことだ？」

「三日連続で夜遊びがなかったそうです。昼の外出も一切ないとのことです。ほかの家族は全員家にいるようですが」

「至急、在宅を確認させろ。もしいなかったら、行き先を突きとめるんだ」

いい終えた黒部の口から唸り声が漏れた。

5

片平右子は、やっとここまできた、という思いに浸りながら、ピニョン市高等裁判所の傍聴席にいた。昨年の八月二十日に上告し、十一月初旬に最高裁が高等裁判所への差し戻し審理を決定した。そして年が明けて一月十八日の今日、ようやく差し戻し控訴審の審理がはじまったのだ。ゲイツ弁護士によると、これでもブルシアでは迅速に処理されたのだという。

傍聴席は三割程度しか埋まっていなかった。日本の記者は一人もきていないようだった。

昨夏に二審で死刑判決がでてしばらくは、日本のマスコミでも頻繁に報じていたが、すぐにほかの大きなニュースに隠れてしまった。いまはほとんど報道されることがなくなっている。

内野匠也が法廷に現れた。頬がこけ、肌は土気色になり、表情がなかった。無造作に切られた短髪の半分以上が白くなっていた。年が二十も三十もいったようだった。

そのうち、涙で彼の姿が歪んできた。右子は自身に、しっかりして、と声をかけた。

審理が進み、弁護側の証人として、内野の腕時計を持っていた男が証言台に立った。

「いよいよだね」隣にいたマルトノが囁いた。

男は右子と磯辺久志に対する殺人未遂の現行犯で逮捕されたわけだが、当初は内野が泊まったホテルの部屋に覚醒剤を置いたことは否認していた。しかしそのとき押収された覚醒剤を包んだ袋から男の指紋が検出され、さらには過去の覚醒剤が絡んだ事件の証拠品から検出された指紋が、男のそれと一致した。その数は五件を超え、男が常習的かつ大規模な売買に関与していたのが明らかになったのだ。ブルシアでは死刑を免れないケースである。

そこでゲイツ弁護士と所属法律事務所がブルシア政府筋に働きかけた。

情況的には内野が冤罪だったのは明らかになった。いま日本政府は黙っているが、冤罪だったと知れば、外交問題になるだろう。いまのうちにブルシアは、国として最大限の誠意を見せておくべきだ、この国には司法取引の制度があるのだから、それを使って一日でも早く男の証言を引きだせと説得したのだ。

そしてついに検察が動き、男に死刑を有期刑に減じてやるからといって、証言を引きだしたのだ。

法廷ではブルシア人の弁護士がひとしきり喋ったあと、証言台に近づき、男になにかをいった。

「一昨年の四月二十一日、ドールトンホテルにいったか、と訊いている」マルトノが訳してくれた。今日は内野の側にも通訳らしい人物がいて、逐一翻訳してくれているようだ。

男がブルシア語で「はい」といったのは、右子にもわかった。

「何時にいった？」

「午後九時ごろだった」

「ホテルではなにをした？」

「フロント係を呼んでマスターキーを借りた」

このフロント係がドゥイという女性だ。すでに身柄が確保されており、ブラックドラゴンが関係する闇金融から多額の借金をしていたために、組織からの指示には従わなければならなかったと供述している。ほかにも、ブラックドラゴンと敵対している組織や取引相手がドールトンホテルに泊まったときに、情報収集の手先として使われていたようだ。

「マスターキーで１５２７号室に入り、覚醒剤を置いたのか？」

「はい」

「なぜ、そんなことをした？」

「依頼されたからだ」

「依頼してきたのは誰だ？」

「日本のコウシャカイ」と、男がはっきりといった。

ついに、証言がとれた。右子は内野を見た。

彼はかすかに首を動かし、証言台のほうを向いた。そして瞼を閉じた。

判事が審理の終了を告げたあと、検事と弁護士に話があるので残るようにといった。右子は法廷の外で待った。しばらくすると弁護士たちがでてきて、ゲイツだけが右子に近づいてきた。

「今日、決定的な証言があったし、検察もそれは認めているので、次回で結審しようという話になったよ」

「それはいつですか？」

「具体的な日程はこれからだけど、二、三週間ぐらいあとかな。できるだけ早くしてもらうようにする」

ということは、二月の上旬から中旬ということになる。

神津ケミクスに乗り込んで、神津の陰謀を暴く計画には、右子や磯辺も参加することにしているが、決行は一月下旬になりそうだ。すべてはこれからの数週間で決着がつく。

「わたしは日本でやることがあるので、いったん帰国しますけど、判決言い渡し日には必ずきます。日程が決まったら教えてください」

右子の言葉には自然に力が入った。

第十章　決行

1

決行日が決まった。

年末に、大竹忠雄が宝田九段から、神津ケミクスの社長杯将棋トーナメントの決勝が一月二十八日月曜日に行われることを聞きだしたのだ。仕事始めが一月四日金曜日で、翌週からトーナメントを開始すると、一日一局ということだから二十五日までに準決勝を終えることができる。妥当な日程で信憑性は高いと思われた。

関西に家を持つ多くの仲間は年末年始も東京に残り、決行プロジェクトの事前シミュレーションを繰り返し行っていた。

一月二十六日には決行当日にメンバーが集まる三拠点に、必要な機材を運び込んだ。服は、男性は黒っぽいスーツに白いシャツ、女性もやはり黒かグレーのパンツスーツに合わせることにしている。

一月二十七日の日曜日の昼過ぎ、先崎吾郎は大竹忠雄とともに、宝田九段の将棋道場へいった。

宝田は奥で中年の男と話していた。

「待とうか」

大竹はそういって、すぐ近くで対局中の盤面を眺めた。一人は七十がらみの白髪の男で、相手をしているのは二十代前半に見える青年だった。

「いやあ、すっかり押し込まれてしまってね」老人が大竹の顔を見上げていった。

「そんなこといって、ぼくを油断させようとするんですよ。お年寄りは口も指し手のうちなんだから」青年がまぜっかえす。

「うまいことというね」大竹が笑った。

局面はたしかに老人が若干形勢不利に見えるが、いうほど押し込まれているわけではない。

二人とも初段以上の棋力がありそうだった。

しばらく対局を眺めていると、奥で宝田と話していた男が立ちあがって入り口のほうへ歩いてきた。

大竹が目配せして、奥へ向かった。

挨拶代わりのちょっとした雑談をしてから大竹が切りだした。「また指導対局をお願いしたいのですが」

「いいですよ」宝田が鷹揚にこたえる。

「明日の夜はお時間ありますか」

「ちょっと待ってくださいよ」宝田が上着のポケットから小さな手帳をとりだして見た。「いいでしょう」

大竹が驚いたという顔つきで吾郎を見た。明日の夜は神津ケミクスの将棋大会の決勝があるはずで、断られると思っていたのだ。日程の最終確認のつもりだったのだが。

「ええと、あ、うっかりしていました。以前伺ったことを忘れていました。二十八日はどこかの会社で将棋大会の決勝があって、先生はそこに呼ばれておられるのではなかったですか」

「ああ、あれはね、延期になったんだよ。なんでも社長の知り合いが亡くなって通夜にでなければならなくなったとかでね」

「そうだったんですか。いつに延期になったんですか」

宝田の眉があがった。怪訝な表情に見える。

「うむ」と、小さく唸るようにしてから「水曜日になったんだが……」といった。なぜそんなことが知りたいのかと続けたかったのかもしれない。

「それでは明日の六時ごろに参りますので、よろしくお願いします」大竹は頭をさげると、吾郎を促して入り口に向かった。

道場をでると、大竹が大きな吐息を漏らした。「参ったなあ。焦ったよ」

「明日は中止だ。石倉さんに連絡してくれ。おれは原島さんに」そういいながら吾郎はスマートフォンをとりだした。

間もなく石倉から全メンバーに中止のメールが送られた。決行日は三十日に変更するが、当日の朝に最終確認をして、あらためて通知するとあった。リスク分析により、いつでも中止できるように備えていたのが役立った。

三十日の朝、吾郎は神津ケミクスの社内にある掲示板に、決勝の日程変更の貼り紙があり、それが今日の日付になっているのを確認した。

石倉から、あらためてメンバーに本日決行の通知があった。

2

午後から雪がちらつきはじめ、四時を過ぎると郵便ポストや街路樹がうっすらと白いものに覆われてきた。

悪天候の場合は現地の見張りを増やすことにしていた。資料の入ったキャビネットや金庫を開けられる人間が早く帰宅する可能性があるからだった。

見張り以外のメンバーは、アメリカ屋やメンバー宅の三ヶ所に集まり服装を整え、最終的にアメリカ屋に集合することになっている。

先崎吾郎は神津ケミクスの見張りを終えてからアメリカ屋へいった。もうすでにほかの二拠点からの移動も済んでいた。準備をしながら、堀井武史が点呼をとって回っていた。

「先崎さんが最後かな」堀井がそういいながら手にした用紙を見て、苦い顔をした。

「どうした？」吾郎は気になって声をかけた。

「一人きていない」

「遅れているのかな？」

「いや、電話しても、メールしても応答なしなんだ。最後の最後で離脱なんて、信じられないよ」

「そいつの担当階は？」

「五階だ。遊軍組から充当するしかないな」堀井が手にした紙に目を落としながらいった。

「そうすると、ここにいるのは四十七人か」

店内は黒い服で埋まっていた。

服装が整ったものたちは、自分が持つ道具を点検していた。腰に吊るすホルダーに収めた工具類、電波妨害機の作動点検、ビデオカメラ――。

「みんな、その場で聞いてくれ」原島惣介が大きな声をだした。「石倉副社長からお話がある」

話し声がぴたりとやんだ。

「みなさん、長い間よく志を維持してこられた。それがいかに困難だったことか。今回のことで、わたしはあらためてアカベックが得難い会社だったと再認識しました。そういう会社は、いまの時代滅多にない。ないなら自分たちでつくるしかない。そう考えたのは自然なことだったのかもしれません。ただその前に、濡れ衣を着せられた内野社長とアカベックの汚名をそそがなければならない。今日の目的は神津の陰謀を白日の下に晒すことにあります。そのために、あらゆる事態を想定して綿密な計画を立ててきましたが、最後の詰めはみなさん一人ひとりの裁量に委ねられます。いよいよアカベックの社員なら、その点はじゅうぶんに認識しておられると思います。いよいよアカベック魂を発揮するときがきました」

「はい」という声が店内に響いた。

「最後に確認だ」原島が声を張りあげた。「各自インカムのチェックは完了しているな？　不具合はなかったか？　きょうのチーム編成の基本は三人一組だ。我々に与えられた時間は三十分。その中で目的を達成するように計画を練ってきた。各自、自分の役割に徹するようにしてほしい。では出発する」

原島が石倉を見た。石倉はアメリカ屋に残る寺岡信行に向かって「頼んだよ」といってから、階段をあがっていった。

外は暗くなっていた。路上にうっすらと雪の膜ができているのがわかった。

二列縦隊となって進む。小雪が顔にかかる。百五十メートルほどいったところで京葉道路から一本入った通りとの交差点に到達した。

石倉が立ちどまって合図をすると、約半数が神津ビルの裏手へ向かった。

本隊は直進して京葉道路を右折した。すぐに神津ビルの前にでる。通行人がなにごとかかと、すれ違いながら見ていく。

石倉が先頭で玄関を入る。

受付には男性社員が二人立っていた。

「なんですか」一人が大声をだして石倉の前に立った。二十数名の黒い集団がいきなり入ってきたのだから、困惑するのも無理はなかった。

「東京国税局査察部です」原島がすっと前にでて、よく通る声でいった。「神津ケミクスに法人税法違反の疑いがあって裁判所から臨検、捜索、差し押さえの許可をもらって調査にきました」

いったん言葉を切って令状を広げて見せると、最後に相手を睨みつけながらいった。「ご協力願います」

「ちょ、ちょっと」男がつかえながらいった。「いま、確認してくるので、待っててください」

「これは強制調査です」

原島が後ろを振り向いたのを合図に、全員が持ち場に急いだ。

正面玄関を三人で固め、受付に石倉と原島が司令塔として残った。ほかは、上層階組はエレベーターで、中層階以下を担当するものは階段でのぼった。

裏の通用口でも同時に行動を起こした。経理部門を担当する二班六名はエレベーターで、ほかは階段を駆けあがった。

二階へは磯辺久志と元開発部の菅原利之、近藤行生がいった。

居残っている神津ケミクスの社員は各島に一人か二人といったところだった。慌ただしく入ってきた外部の人間に、大部分のものが席から立ちあがった。

三人は素早く電波妨害装置を廊下とオフィススペースに設置した。この階にはコンピューターサーバーや電話交換機が置かれている。

「東京国税局です。これから強制調査を実施しますので、みなさんは動かないでください」

磯辺が二階にいる神津ケミクスの社員たちを制している間に、菅原が情報システム部へいき、コンピューターサーバー室の鍵を開けるように要請した。鍵を持った部員とともに廊下へでてコンピューターサーバー室へ入った。

室内には十数台のサーバー機がラックに並んでいた。それぞれの機器が発する回転音や送風音が部屋中に充満していた。

菅原はラックの周囲を巡って光ファイバーのケーブルを探しだすと、それぞれ接続しているサーバー機からケーブルを抜いた。これで神津ビル内ではインターネットを使えなくなる。

同時に隣の小部屋で、近藤が電話交換機の電源を切っていた。

「いきなり、なにをするんですか」

案内をしてきた神津ケミクスの社員が叫んだ。「裁判所の令状をもとに強制調査をしています。外部との通信をすべて遮断して行います」菅原が大声で叫びかえした。

三階から七階へはそれぞれ三名ずついき、電波妨害装置を設置するとともに、神津ケミクスの社員たちの動きを制した。

電波妨害装置は、携帯電話とＷｉ－Ｆｉに使われている周波数の電波に作用するが、メンバーが使っているインカムには影響を与えない。また、ビデオカメラの通信も特殊な周波数を使い、神津ケミクスの玄関に持ち込んだ中間装置でＷｉ－Ｆｉ電波に変換してアメリカ屋のサーバー機に情報を送っている。これらの機器は技術職のメンバーの手作りだった。

会計部門がある八階へは二つの班がいった。

前田宗太が電波妨害装置を設置し、大竹忠雄が東京国税局の強制調査であることを告げた。

島岡佑樹が神津ケミクスの山崎という社員の前に立った。

「会計資料が入ったキャビネットを開けてください」

「えっ、なんだ、いきなり」

「さきほどいった通り、裁判所から臨検、捜索、差し押さえの許可がでています。開けてください」

「キャビネットには鍵がかかっているから。いまは……」

「だからあなたにお願いしているのですよ。あなたがキーボックスの暗証番号を知っているのはわかっています。無駄な時間をとらせないでください」

島岡の言葉を聞き、山崎の顔に驚愕の表情が走った。しかし観念したようで、キーボックスの前に歩いていった。

「経理財務が管理しているキャビネットを全部開けてください」

山崎がキーボックスから鍵を緩慢な動作でとる。

「手伝います」島岡がキーボックスからさらうように鍵をとった。

この部門に居残っている社員は十名ほどだったが、いまは近くのもの同士が話しながら、半ば茫然とした表情で島岡と山崎のやりとりを見ていた。

鍵にはタグがついていて、それぞれに番号が書かれていた。キャビネットにも番号札が貼ってあるので、どこの鍵なのかわかる。島岡は自分の担当分の鍵を見つけると、残りを別班の赤羽賢太郎に渡した。

島岡は目的のキャビネットを開けた。ここには昨年度の総勘定元帳がプリントアウトされたものが入っている。膨大な紙の資料だが、先崎吾郎が清掃業務の合間にキャビネットの中のどのファイルを調べればいいかを特定していた。

該当するファイルはすぐに見つかった。分厚いファイルを抱えて近くにあった小さなテーブルに置いた。何ページ目かもわかっている。そのページを開いて側にいた山崎にいった。

「このアールオー株式会社からの請求書をだしてください」

マスクをした前田がビデオカメラで帳簿の該当箇所をズームアップする。

山崎が憮然（ぶぜん）とした顔でほかのキャビネットから分厚いファイルをとりだして捲った。

「はい、どうぞ」

「市場調査の費用ですね。すると、この調査結果が納められているはずですね。見せてもらえますか」

「ここにはありませんよ」

「どこの部署からきたのか、わかるでしょう？」

請求書には神津ケミクス側の検印が押されている。ほかの請求書は三つから四つの印影が残されているが、当該の請求書には一つしか押されていなかった。それは神津と読めた。

島岡はビデオカメラを持つ前田が撮影しやすいように身体をずらしながら山崎に訊いた。

「この印は誰のものですか？」

山崎が一拍の間を置いてこたえた。「社長のですが」

「社長の押印しかないということは、この取引は社長直々のものということになりますか」

「いや、それはなんとも。わたしにはわかりません」

「わからないで処理しているのですか」

「そういうわけでは。決裁権限がある役職の印があれば処理しますからね」

「このアールオーという会社は暴力団の関連会社ですが、知っていましたか」島岡は山崎の顔を凝視しながらいった。

「え？　とんでもない。知りませんよ、そんな」

「あとは、神津社長に直接訊くしかないということですか」

島岡がいうと、山崎が曖昧に頷いた。

もう一つの班では赤羽が海外取引が記載されているファイルを開き、近くにいた女性社員にいった。「ここに記載された会社からの請求書を見せてください」

彼が示したのは、ブルシア、マレーシア、ベトナムの幽霊会社だった。

女性が、先刻山崎が請求書のファイルをだしてきたキャビネットへいき、別のファイルを持ってきた。ページを捲り、該当するところに付箋を貼りつけた。

内容はコンサルティングフィーとマーケットリサーチに対する請求だった。

「これらの納品物はありますか」

「コンサルティングフィーのほうは時間精算になっているので、納品物はないと思いますけど」

「マーケットリサーチのほうは報告書があるでしょう?」

「あると思いますが、わたしには、わかりません」

「確認していない?」

「そこまではしていません」女性はいちいち確認などするわけがない、という顔つきでこたえている。

「どこにいけば見られますか?」

「ええと、担当部署は」と、彼女は請求書を覗き込む。印影は神津のものしかない。はっとしたような表情を浮かべた。

赤羽は持っていたファイルの該当箇所を示していった。「担当部署は社長室になっていますが、請求書への押印は神津社長だけですか。社長室が担当なら室長の判が押されていそうなものですがね」

「社長が直接使われている経費も社長室という扱いになります」

「なるほど。するとこれは社長直々に発注している取引ということですね?」

「おそらく」

赤羽が満足げに頷いた。

そのころ寺岡信行はアメリカ屋で二十七インチモニター二台を前に、忙しくキーボードを打ち、マウスを動かしていた。

ここのコンピューターには神津ビルで撮影している十二台のカメラの映像が送られてきている。一台のモニターは十二画面に分割されて受信した映像が映しだされ、もう一台は四分割されており、こちらは編集用と送信用に使われている。

国税局と警察、そして報道機関へは直前にこの映像を配信しているサイトのURLを流している。ある企業の不正を糺すための行動だと断っているが、先方がどれだけ信じたかはわからない。

一般向けにもいくつかのSNSで情報を流し、拡散されるような工作をしていた。実際に、いまおもしろいものをやっているというつぶやきが広まっていた。

これまで神津ビルの受付で国税局の査察であると告げた場面と会計部門での調査光景を配信した。社名はまだでないようにしている。神津ビルの内部は映っているが、外部は映っていない。映像にでてくる人物の顔にはぼかしが入っている。リアルタイムにそういう処理をするソフトウェアを使っているのだ。

神津ビル十階の役員フロアでは二班が動いていた。一つは先崎吾郎が班長で、もう一つは片平右子が班長を務めている。

先崎が社長室の入り口で国税局の強制調査だと告げた。中には男性一名と女性二名がおり、身構える様子を見せた。

片平は部屋の奥で互いに寄り添うように立っている女性たちの前に歩み寄った。まず相手が社長秘書であることを確認してからいった。

「取引先のアールオー株式会社への発注は、社長室が担当していたと経理ではいっています。アールオーから納品されたもの、あるいは受けたサービスを証明するものを提出してください」

「アールオー株式会社ですか？」秘書の一人が考えるような表情を見せたのち「そのような会社は知りません」

「秘書の方たちが知らないということは、社長自ら先方とやりとりしていたのですね？」

「そうだと思います」

この秘書はアールオー株式会社が反社のフロント企業であることを知らないのだろう。決定的なことを、あっさりとこたえた。

寺岡は会計部門でアールオーへの支払いが確認され、それが社長直々の取引だということを秘書の言葉から引きだしたところで、予め作製していた映像を配信した。

アールオーが入っているマンションの建物全体の映像からはじまる。二階にあるドアの一つにズームしていく。そのドアのアップに切り替わる。アールオー株式会社というプレートがはっきりと映しだされた。

再びマンションの二階部分を映している映像に変わる。数秒後にそこから三人の男女がでてきた。建物をでてコインパーキングまで歩く姿をノーカットで追う。彼らが駐車場で黒いバンに乗り込んだあと、車のナンバープレートをズームアップする。バンが走りはじめると、撮影者がカメラを回し続けながら車に乗ってあとを追う。

一般道や高速道路を追跡するところは大部分を割愛してところどころしか放映していないが、その都度バンのナンバープレートがわかるようにしている。

最後にバンが首都高速七号小松川線の錦糸町出口から一般道におり、そこから高車会組事務所の前につくまでを映して、挿入映像が終わった。

これでアールオー株式会社が反社会的勢力である高車会と関係し、そことの取引は社長直々の指示であることが示されたことになる。

片平右子はブルシア、マレーシア、そしてベトナムの取引先についても女性秘書に質問をした。

「経理では、これらの取引先への支払いも社長が直接指示をしているといっていますが、あなたたちはこの相手先からの手紙や荷物が社長宛に届いたのを見たことがありますか？」

片平から海外の企業名が書かれたメモを渡され、秘書は少し考えるような顔をしたあとで首を振った。「ちょっと覚えがないですね」

カメラがメモをクローズアップする。会社名と住所が書かれているのが読みとれる。

寺岡が地図ソフトを使用し、ブルシアの企業の住所を入力して検索ボタンをクリックすると、画面の一点にピンが刺さり、周辺が拡大表示された。ピンが刺さった場所を道路側から見た映像を表示させると、なにかの店であることがわかる。

映像が手持ちのカメラで撮影された動画に切り替わる。赤羽賢太郎が現地で撮影してきたものを映しているのだ。店のウインドウに近づき、内部を映す。一目で有名ブランド品だとわかるバッグが棚に並んでいるのが見える。手前にはいくつかのショウケースがあり、財布などの小物や腕時計などが入っているのがわかる。

同じようにマレーシアとベトナムの住所も検証していく。マレーシアではレストラン、ベトナムでは民家だった。

先崎は一人いた男性秘書と向き合った。奥山が権田と名乗って神津ケミクスに乗り込んだときに応対した松坂という男だ。

「社長はどこにいらっしゃいますか？」

「わたくしは知りません」

「では、あとで話を聞くとして、あなたには金庫の鍵を開けてもらいたい」

「金庫はここにはありません。経理のほうにあるので」

「それはふつうの金庫でしょう。わたしがいっているのは、なんていうか、あなたとか社長とか、一部の人しか知らない金庫のことですよ。隠し金庫とか隠し部屋とかいわれるものだ」

「そんなもの、ありませんて」

「この階の展示室の中にあるはずだ」

「とんでもない」

「とにかく展示室の鍵を持って一緒にきてもらおうか」先崎は秘書の背中を押した。

廊下へでてエレベーターの裏側にある展示室の前に立った。

「開けてください」

秘書が渋々といったていでドアの鍵穴に鍵を入れた。

中に入ると、左右と中央にガラスケースが並んでいるのが見えた。ケースの中には神津ケミクスの旧製品が収められている。左右の壁には説明用のパネルが貼られており、中央のガラスケースには医療機器関連の骨董品が陳列されている。

先崎は秘書を奥へいくように促した。後ろからカメラ担当の岡本佳秀がついてきている。

奥の壁は半分がガラス戸つきの書棚、残りが書棚と同じつくりのケースになっていて、古文書のようなものが飾られている。書棚には神津ケミクスや業界に関係した書籍が並んでいるようだ。

展示室の内部につくられたという小部屋への入り口は見えなかった。

岡本が書棚を手で押したが、まったく動かなかった。

「この裏側に部屋があるはずだが、開けてもらえませんか」

先崎は皮肉っぽい口調でいった。

「なんのことですか」秘書がとぼけた表情でいった。

「いいですか。我々はこの奥に隠し部屋があることはわかっているんです。あくまでもないというならぶち壊すまでですが、それでもいいのですか。裁判所から強制調査の許可を得ているので、実際にやれるんです。その前に開けるほうが賢明ですよ」

「べつに隠し部屋じゃないですよ。単に予備のスペースなんですから」

脅しが効いたのか、秘書が存在を認めた。

「では、開けてください」

秘書がスーツの内ポケットからパスケースのようなものをとりだしてカードを抜きとると、壁に貼ってある火気厳禁と書かれたプラスティックのプレートにかざした。

すると書棚の三分の一が奥にスライドしていったんとまると、こんどは右にスライドした。

先崎の口から感嘆の声が漏れた。外国の富豪の家で、脱税の金を隠匿するために書棚の奥に隠し部屋をつくっていたというニュースを目にしたことがある。昔ながらの方法だがまさか実際につくるものがいるとは——。

秘書が先崎を見た。どこか余裕のある顔つきに感じられた。

先崎が中に入り、岡本が続いた。

中は薄暗い。入り口側の壁にぼんやりとスイッチが見えたので、押すと明かりがついた。

中にはなにもなかった。空っぽなのだ。

秘書を見ると、勝ち誇ったような顔をしている。

先崎はインカムのマイクに向かい吐き捨てるようにいった。「隠し部屋発見。ただし中は空。なにも入っていない」

「なんだって。まったく？」堀井の声だった。

「ああ。紙一枚落ちていない」

「神津社長はどこにいる？　誰か捕捉しているか？」石倉の声だった。

「社長室にはいません」片平がこたえた。

「各階で見たものはいるか？」

「二階、見ていません」

「五階にはいません」

結局どの階にも、神津を目撃したものはいなかった。

神津がこの建物に入ったのを確認しており、偽の査察をはじめた時点ではたしかに社内にいたはずなのだ。査察開始後は一階の出入り口は正面も通用口も封鎖していて、一人も外にでていない。

では、どこにいるのか？

「みんな、もう一度捜してくれ。こうなれば、神津社長を問い詰めるしかない」

各階で捜索がはじまった。

六階では若手に電波妨害装置を守らせて堀井武史がフロアの探索に当たった。この階は営業部門で、ちょうど外回りから帰って営業報告書を書いているような時間帯だったから各島に数人は残っている状態だった。若い社員が多く神津がいればすぐにわかりそうだった。

オフィス内の廊下側通路を歩いている堀井の前に背の高い男が立った。

堀井が立ちどまって顔をあげると、男が睨むような目つきでいった。

「国税の査察は日没後に開始することはできないはずじゃないのか？」

「あなたは？」堀井が睨み返した。

「三友商事の小林です。三友はこの会社の親会社に当たるのは？」

「むろん、知っていますよ。で、日没云々の件ですが、法律が改正されたのはご存じないようですね。裁判所の許可があれば、日没後に開始できるようになったんですよ。もう施行しています」

小林が憮然とした顔を向けてきた。

「携帯やインターネットを使えないようにしているのは、やり過ぎだろう」

「調査中、出入りを禁じることができるのと同じことですよ。併行して関係各所の調査を実施しているので、外部と連絡をとられると支障があるんです。それも裁判所の許可がでていますよ。では、調査中ですので失礼」

堀井は小林の脇を通って、オフィスの奥へ向かった。

調査開始から二十五分経過しており、限度とした三十分が迫っていた。物的証拠が見つかれば、その時点で警察に連絡して投降する。自ら警察に通報することが重要なのだ。この状況が別のルートで警察に知れて強制排除されるのでは大義名分が立たない。

先崎は屋上と十階の探索を終えて、再び展示室の前に立った。

廊下で落ちつきなくうろうろ歩いていた松坂が立ちどまって先崎のほうを見た。

「もう一度展示室を見よう」

先崎は岡本にいって、展示室の扉を開けた。ケースが並ぶ中を奥へと進んだ。隠し部屋の扉が開いたままになっている。白い壁に白い天井。二メートル四方ほどの、なにもない空間だ。

カメラ係の岡本が壁際にいき、ポケットからなにかをとりだして「これを持っていてもらえますか？」といった。しゃがんで壁にメジャーの先端を押しつけている。

先崎はいわれるままにそこを指で押さえた。岡本が対面する壁までメジャーを伸ばしていく。

「ちょっと廊下までつきあってください」

メジャーを巻き戻して、岡本は展示室をでていった。展示室を囲う壁づたいに何ヶ所か測った。

「どうしたっていうんだ？」先崎が訊く。

「いま測ったのは柱の間隔や間仕切り壁の位置と、ドアなどの開口部の位置関係なんですが」

岡本は囁くようにいった。近くで松坂が所在なげに立っていた。「そうすると、あの隠し部屋のサイズがおかしいんですよ」

「どうおかしいんだ？」

「もっと大きくとれるのに、なぜそうしなかったかということです。間仕切り壁のところまで広げたほうが、施工が楽なんですよ。いまの位置だと、隠し部屋のためによけいな壁をつくっていることになります」

「あとどのくらい広げられるんだ？」

「いまのと同じくらい。二メートルはとれますね。奥行も同じくらい余裕があります」

「そういうことか。それだけの余裕があるなら隠し部屋の中の壁一面分を自動扉にしてさらに奥に部屋をつくれるってわけだ」

先崎は廊下にいる松坂に近づき、腕をとると展示室に押し込んだ。彼がそわそわしながら廊下にいたわけがわかった。社長の居場所を知っていたからなのだ。

奥の隠し部屋の前まで連れていった。片平右子と富永春帆も入ってきた。

「この中にもう一つドアがあるはずだ。開けてもらおうか」

先崎は松坂の腕を掴んだままでいった。

「そんなドアは知りません」松坂が自由な右手を大げさに振って否定した。

隠し部屋の壁にはなにも突起がないので、どこかの壁を開閉させるとしたら、やはりカードキーしかないはずだ。

「ここを開けたカードキーをだせ」

「カードですか」秘書はまだとぼけている。

先崎は松坂の上着の襟を持ちあげ、内ポケットからカードをとった。

隠し部屋の前にいき、中の壁を見た。

壁は白い塗装で仕上げられているが、床や天井と壁、壁と壁の境はボーダーのようなものを巡らせている。

「どれかが自動ドアになっているはずだ。この中のどこかにカードキーの読み取り装置が埋め込まれているんだろう」

しかしどの壁にも凹凸がなく、プレートの一枚も貼られていない。岡本が壁に目をつけるようにして探す。

「どうだ、なにかあるか？」

先崎が訊くと、岡本は「いえ」とこたえた。

当てが外れたか——。

そのときインカムを通じて、石倉の声がした。

「これ以上、時間はかけられない。みんな打ち切る用意をしてくれ」

つまりこの時点までに得られた材料を持って自首するということだ。神津ケミクスと高車会のフロント企業との関係や海外の幽霊会社を使った裏金づくりは証明できるが、神津社長と高車会の宍戸とが結託して内野を陥れたことを示す証拠はまだ得られていない。

「ちょっと待ってください。十階の先崎ですが、隠し部屋の中にもう一つの隠し部屋がある可能性があります。いまその解錠方法を探しているところです。あと五分ください」

「わかった。それ以上の延長はしない。各階はあと五分、外部との通信遮断を維持してくれ」

「先崎さん、手伝うぞ」

大竹忠雄が展示室に入ってきた。

「こちらの壁にカードキーの読み取り装置が埋め込まれていると思うんだが」

「代わろう」

大竹は細い金属の棒の先に球状の塊がついているものを手にしている。工場で製品のチェックに使う打音検査用の道具だった。

「おれはこれが得意でね。いつも持っているんだよ」

そういうと、壁を軽く叩きはじめた。広い範囲を粗くチェックしたあとに、次第に範囲を狭めていく。

「あ、ここだな」大竹が先崎と片平の顔を見ながら、二度、三度と叩いてみせた。たしかに音の高さが違っていた。

「さすが、生産管理部」そういいながら、先崎は大竹が示した位置に、カードキーを置いた。

反対側の壁がスライドしはじめた。岡本のカメラが動く壁を捉える。

もう一つの隠し部屋が現れた。

神津義孝がいた。

チャコールグレーのいかにも良質な生地で仕立てられたダブルのスーツ姿の隙のないいでた

ちとは逆に、呆けた顔で立っている。手に帳簿のようなものを持って、足元にはちぎられた紙片が散らばっていた。

先崎は「神津社長ですね」といいながら奥へ入り、神津の腕を押さえて帳簿をとりあげた。それを片平が受けとり、まだ残っているページを捲った。その様子を岡本のカメラがズームアップして撮っている。

「高車会へ支払われた金額の履歴がある」さらにページを捲って続けた。「一昨年の三月と五月に高車会の宍戸に二百万円ずつ渡している。内野社長に宍戸の接待をさせた前後に支払っているわね」

「ほかには？」先崎が神津を睨みつけながら訊いた。

「政治家の分もあったわ。柳沢へ五百万、八百万、三百万、千二百万、この先はちぎりとられているけど、まだまだありそうね」

「こちら十階です。神津社長を確保しました。高車会への金の流れと柳沢への闇献金の記録がありました。それと」先崎は床に積みあがった現金の束を見た。「億単位の現金です」

「よくやった。じきに当局が駆けつけるだろう。各階は撤収し、十階に集合してくれ」石倉の声がインカムから響いた。

寺岡は拳を握りしめて小さくガッツポーズをすると、隠し部屋で神津社長が立ち尽くしている様子と、床に帳簿の紙片が散乱し現金が壁際に積まれている映像を配信した。そして神津ケミクスの社名をテロップで流した。

十階に石倉と原島が到着した。その後も階段を使って各階を担当していたメンバーが集まってきて、展示室が人で埋まった。

神津義孝は隠し部屋の入り口まで引きだされ、先崎や片平のチームの面々に囲まれていた。

石倉が神津の前に歩みでた。

神津が叫んだ。「なんなんだおまえたちは。国税のものじゃないな」

「その通り、我々は国税局のものではありません。国税と偽って御社に踏み込んだことは申しわけありませんでした。これもあなたの不正を暴くための方便だと考えて実行しました」

「誰だおまえは？」

「わたしは旧アカベックで副社長をしておりました石倉です。ここにきているものたちは、やはり元アカベックの社員です。内野社長が着せられた謂れのない汚名をそそぐのと、アカベックが反社会的勢力とつきあいがなかったことを証明し、それらが神津さん、あなたの画策した陰謀だということを暴くためにきました。むろん我々の行動は法律に違反するでしょう。その罰は受けるつもりですが、同時にあなたにも相応の罰を受けてもらいます。この隠し部屋に裏帳簿や裏金があったことはすでに当局の知るところとなっています。この偽査察の様子は我々が広くインターネットで配信しました。そしていま警察に通報しているところなので、すぐに捜査員が到着するでしょう。あなたはもう逃げられません」

「なんていうことをしてくれたんだ」神津の握った拳が震えていた。

そのとき展示室の入り口から大声が聞こえてきた。

「社長、いらっしゃいますか。いま受付に警察と国税局がきて社長に面会したいといっています」

「なんでもない。帰ってもらえ」神津が叫んだ。

石倉が原島に目配せをした。

原島は展示室の入り口にいき、警察からの面会要請を取り次いだ神津ケミクスの社員にいった。

「神津社長を我々は拉致している。速やかに警察をここへ連れてきなさい」

「えっ」と、その社員は原島の顔を凝視した。いまはじめて社外の人間がおおぜいで社長を取り囲んでいるのがわかったようだ。驚いた様子でエレベーターホールへ駆けていった。

数分後に多くの足音がして、展示室の前でとまった。

アカベックの元社員たちは展示室の左右のガラスケースの前に整列していた。

正面の奥にある書棚の前では、石倉と原島が神津義孝の両脇を固めるようにして立っていた。

捜査員が中に入ってくる。

「わたしはこの計画を首謀した石倉と申します。ことの顚末は我々が配信した映像をご覧になっておわかりかと思います。神津社長と神津ケミクスの取り調べについては、よろしくお願いいたします。証拠保全のために、ここで発見された帳簿や現金は差し押さえたほうがよろしいかと思います」

「それはいま手続き中だ」

一番前にいた捜査員が穏やかな口調でいった。

「今回のことでは我々も法を犯したことは重々理解しておりますので、この場で投降いたします」

「わかった。あなたたちがおとなしく任意同行を承諾してくれれば、お互い手間を省けるんだがね」

「もちろんです。わたしを含めここに四十六名おりますが、全員その覚悟です」

「結構だ。あいにく無粋な車しか用意できないが、到着したらそれで警察署まできてもらう。まずは一階に移動してもらおうか」

「わかりました。みんな速やかに階段で一階へおり、ロビーで整列するように」

石倉はあとのほうをメンバーに向けて指示をした。

みなが展示室をでるのと入れ違いに、入ってきたものが叫んだ。

「裁判所から令状がでました」

「では、神津さん、裁判所から差し押さえの許可がでましたので、その奥の部屋に立ち入らせてもらいますよ」

捜査員の重々しい声がした。

石倉ら一行は捜査員に誘導されて神津ビルの正面玄関をでた。目の前に灰色の護送車が停まっている。

周りには野次馬がおおぜい集まってきていた。

報道陣もきていて、さかんにマイクを向けてくる。

石倉が先頭で護送車に乗り込んでいった。原島たちメンバーが続く。みな顔をあげ、報道陣の問いかけに無言で車に乗り込んでいく。

岡本もまた前を向いて歩いていたが、気配を感じて顔を横に向けた。

津山しおりがいた。目が合った。彼女が小さく頷いたように見えた。岡本は頷き返して、護送車に乗った。

第十一章　再起

拘置所をでてきた内野匠也の足取りはまるで老人のようだった。高裁で無罪判決が下されて即時釈放となったのだが、長く劣悪な環境での生活を強いられたために歩くのさえ覚束ないように見えた。

片平右子は「匠也さん」と呼びながら走り寄り、その身体を支えた。

「右子」

掠れた声だった。それでも一年十ヶ月ぶりに聞く声は鼓膜を激しく震わせた。右子は支える手に力を込めて一歩一歩地面を踏みしめて進み、マニー・ゲイツの車の後部座席に内野を導いた。

日本の報道陣がマイクを突きつけてきたが、ゲイツは構わずに車を発進させた。

「病院に直行しますよ」

後ろを見ると、バイクに乗ったカメラマンや記者が追いかけてきた。

病院で検査を受け、帰国するのはいいが、日本についたらすぐに病院へいきなさいといわれた。

右子は航空会社へ電話して一番早い便を押さえた。

ゲイツが報道陣に気づかれないように車をだして空港まで送ってくれた。

空港につくとゲイツが改まった姿勢で右子に向き合った。「今回の件では、ぼくもいろいろ学んだよ。あなたの協力なしにはできなかったわ。マルトノにもわたしの感謝の気持ちを伝えて頂戴」

「あなたの愛の力で勝ちとった勝利だ。おめでとう、ユウコ」

「たしかに伝えるよ。じゃあ、あなたたちの幸せを祈っている」

右子と内野は最後にゲイツと握手をして出国ゲートに向かった。

帰国便の座席はエコノミーの二人席だった。飛行中、内野は右子に身体を預けながら、何度も「夢みたいだな」といった。一審に続き二審でも死刑判決がでたとき、諦める気持ちが芽生えてきたのだという。

「マニーから聞いたよ。きみがなにをしてくれたか。彼はきみのことをストロング・レディと呼んでいたんだ」

右子は睨む真似をした。

成田につくとタクシーで東京へ向かった。長いフライトで内野の体力は消耗していた。予約してある中央区の病院では、磯辺久志が待っていてくれた。

「社長、こちらへどうぞ」磯辺が車椅子を示した。

「きみには重傷まで負わせてしまって、済まなかった」内野が絞りだすようにいった。

「大丈夫です。いまは前より健康体になっていますから」磯辺が明るくいった。

検査後、内野はしばらく入院することになった。

右子は磯辺に「ほんとうに、ありがとう」と頭をさげた。

「堀井さんにいわれましたよ。おまえは馬鹿だって。恋敵を助けるために一生懸命になるなんて正気じゃないと」

「磯辺くん……」

「堀井さんは、こうもいってくれました。おれはそういう馬鹿が好きなんだって。わたし自身もそういう自分が見られてよかったです。だから、幸せになってください」

磯辺は早口でいうと、病院をでていった。


内野匠也はオフィスビルを見上げた。二週間入院したのち、一週間の自宅療養を経て、きょうが社会復帰一日目だった。出がけに右子から無理をしないようにいわれていたが、約二年間のブランクを早く取り戻したい気持ちが強かった。

ビルの中に入り、エレベーターを七階でおりると、廊下がまっすぐに続いている。左右にほかのテナントの入り口をいくつか見ながら進み、もっとも奥のドアの前まできた。ガラスのドアに朱色で株式会社アカベと書かれていた。

スイングドアを開けると、電話が台の上に置かれており、それが受付だった。その横に壁と同色の白いドアがある。

匠也は緊張を覚えながらレバーハンドルを押してドアを開けた。およそ十五メートル四方のオフィスが目に入ってきた。二十人ほどが立ち話をしたり席についたりしている。

「社長」堀井武史の相変わらずの大声が室内に響いた。

全員が一斉に立ちあがり、拍手が起こった。

「お帰りなさい、社長」

堀井の言葉に続いて、銘々が「お帰りなさい」といってくれた。

赤羽賢太郎が近づいてきて「ずいぶんスマートになられましたね。体力が戻るまでは、無理はなさらないでください」

「病院でだいぶ回復したから、見た目よりは元気だよ。大丈夫」

「そうですか。では、さっそく臨時株主総会をはじめたいと思いますので、こちらへどうぞ」

赤羽がガラスで仕切られた会議室を示した。中にはテーブルを挟んで十脚の椅子が並んでいた。壁際に大きなモニターがあり、大阪にいる石倉良雄や原島惣介たちが映っている。画面の向こうから、やはり「社長、お帰りなさい」という声が聞こえてきた。

ひとしきり挨拶が済むと、石倉が臨時株主総会の開会を告げた。

「本総会における議決権を有する株主数は四十七名、その議決権個数は三万個、本総会に出席の株主数は、委任状を提出していただいた方を含め四十七名、その議決権個数三万個となりました。したがって本総会の議案を審議するために必要な定足数を満たしています」

株式会社アカベの資本金は三千万円で、石倉と匠也が二人で五十五パーセントをだして大株主となっている。匠也は私財を銀行への担保に提供させられ、その後担保権を実行されて大部分を失ったが、石倉が一部残るように手を打ってくれていたのだ。

資本の残りは四十四人の正社員と一人の契約社員がそれぞれだせる額を出資している。当面の運転資金は、アマノ通商と利府社長個人が合計五億円の私募債を購入してくれた。

東京の会議室には十名が着席し、残りの社員がその周りに立った。大阪でも同じような状態になっている。

「本日の第一号議案は、新任取締役一名の選任についてです。招集通知の参考資料に候補者の詳細を記載しております」

モニター画面にも内野匠也の経歴が映しだされた。

「原案について質問等はありませんか」石倉は一拍置いてから続けた。「ないようなので、拍手をもって賛成を示していただきたいと思います」

「異議なし」と参加者が唱和するようにいって、拍手が鳴り響いた。

「ありがとうございました。異議がないものと認め、原案通り可決し承認されました。では引き続き第二号議案の審議に移ります」

議案は、内野匠也を代表取締役とするものだった。株式会社アカベは取締役が石倉一人で発足し、取締役会も監査役も置いていない。定款で代表取締役は株主総会で決めることになっているのだ。

この議案も可決され、これで代表取締役社長に内野匠也、代表取締役副社長に石倉良雄という体制になった。

「では最後に、新社長からご挨拶をいただきましょうか」石倉がモニター越しに匠也を見て促した。

「取締役として選任していただき、ありがとうございます」匠也は立ちあがってそういうと言葉を続けた。「ブルシアでの差し戻し控訴審で無罪判決がでて、こうして生きて帰ってくることができました。これもみなさんが、わたしやアカベックが反社会的勢力と関わりがないことを証明してくれたお陰です。いくら感謝してもしきれません」

偽の税務調査に関わった四十六名は偽計業務妨害罪で書類送検されたが、その後全員起訴猶予となっていた。被疑事実は明白だが訴追するほどではないと見なされたのだ。

そのほかに岡本佳秀が神津ビルの裏手にある建物の非常階段へ不法侵入し、ウェブカメラをとりつけた器物損壊罪があるが、これはビルのオーナーが告訴せずに不起訴になった。一緒に行動した高松君平のことは誰も警察に告げなかった。

先崎吾郎と島岡佑樹が神津ケミクスの社内資料を撮影しパソコンを不正使用した件は、神津ケミクスから被害届がでているが、処分はまだ決まっていなかった。

「この会社は、みなさんが以前のアカベックのような会社で働きたいという熱意によってつくられたと聞きました。わたしが恩返しできるとしたら、以前のアカベックをここに再生することだと思っています」匠也は強い決意を込めて、挨拶を締めくくった。

「では、臨時株主総会はこれにて終了します」石倉の穏やかな声がした。「みなさんはそれぞれ仕事に戻ってください」

三友商事専務取締役の黒部史郎は小林通夫を伴い、新大阪駅の近くにある高層ビルへ入っていった。エレベーターホールへいく途中の壁にテナントの名前が書かれたプレートが掲げられている。十七階に株式会社アカベの名があった。

「こういう日がくるとは思いませんでした」小林がエレベーターをおり、吐息を漏らしながらいった。「それにしても、我々はすっかり悪者にされてしまいました」

今回の出来事は世間の関心を呼び、マスコミが大々的にとりあげていた。論調は元アカベック社員の善に神津の悪という構図だった。三友商事も神津義孝の後ろ盾として名前があがっている。元アカベック社員の敵だから、つまり悪者扱いされているのだ。

逆に元アカベック社員に対しては、起訴しないように求める署名運動すら起きた。

一昨年ブルシアで逮捕された内野匠也を厳しく糾弾したことなど忘れてしまったかのようだった。

「神津が危険人物だとわかっていながら片棒を担いでしまったんだ。そのつけは払うしかないんだよ」黒部はそういって、口元を歪めた。

神津義孝は架空取引と脱税と暴対法違反による容疑で逮捕された。柳沢保官房副長官への贈賄、および柳沢の口利き疑惑に関しては両人とも否定しているが、隠し部屋から金品供与の記録が発見されており、あきらかに分が悪い。

受付で来意を伝えると、オフィスの中にあるガラス張りの会議室へ通された。ガラスの向こうでは、一見すると統一感のない机の配置の中で、二十人ほどの人間が声高に話しながら動いていた。

「ずいぶん、雑然としていますね」小林が黒部に顔を向けていった。

「活気があると見るかだな」黒部も囁くようにいった。

そこへ二人の男が入ってきた。一人は以前ナイトクラブで見たことがあるので石倉良雄だとわかった。もう一人は先崎吾郎と名乗った。

石倉がゆったりとした調子でいった。「さて、きょうのご用向きを伺いましょうか」

「お話ししたいことは二つあります。一つ目は先崎さんと島岡さんが神津ケミクスに不法侵入してパソコンを不正に使用したことについて神津ケミクスは被害届をとりさげることにしました」

「意外なお申し出ですね」石倉が大して驚いた様子を見せずにいった。

「その代わりこれからお話しする二つ目の用件を聞いていただきたい」黒部は姿勢を正して続けた。「アカベック株式の五十一パーセントを取得していただきたいのですよ」

「それは、また——」

石倉が、驚いているというよりあきれたような口調でいった。

「神津ケミクスは反社との交際が明るみにでて以来、一昨年のアカベックと同じ道を辿っています。つまり我々は再生を要する企業を二つも抱えることになったわけです。それでアカベックだけでも、ほかに経営をお任せしたいのです。いま会社の価値は低いので、御社に金銭的な負担をかけることにはなりません。資金面でも三友銀行が全面的にバックアップしていきます。いかがでしょう。昔でいえば、御家再興ということになると思いますが」

これだけ好条件を提示したのだから、興味がないわけがないだろう。黒部は石倉の目を見た。

「御社が四十九パーセントを保有し続けるのですか？」石倉がいった。条件に不満があるような言い方だった。

「我々としても投資した金を、ある程度は回収しなければなりません」黒部は石倉の質問の意味を考えながらこたえた。「経営をあなた方にお任せして会社の価値をあげていただき、将来はその四十九パーセントを売却して傷口を小さくしたいと思っています。むろん、売却先は御社を最優先としますが」

先崎吾郎は黒部のいうことを聞きながら、石倉の洞察力に驚いていた。三友商事から面会の申し入れがあったときに、向こうの用件がなんなのかを看破していたのだ。今回提示された条件もほぼ正確にいい当てていた。

吾郎は自分の役割を果たすべく、黒部に向かっていった。「さきほどから伺っていると、こちらの不法侵入には目をつぶるからと恩に着せるような言い方をしておられるが、わたしは立件されてもかまいませんよ。それだけの覚悟をもってやったことなので」

「いや、そんなつもりは」

「被害届をとりさげることと、過半数の株で妥協することが同等とは思えないんですがね」

「どちらも御社にとっては、いい話かと」

「過半数の株を譲渡したら、我々が喜ぶとでも？」

「悪い話ではないと思いますがね」黒部の口調に苛立ちが加わってきた。「まあ、わたしどもの誠意を表したつもりです」

「誠意を示すおつもりなら、百パーセント譲渡すると提案されるべきではないですか？」

「それは厳しい。弊社の株主が納得しません」

「アカベックは内野家が絶対多数の株を持っていたから自由な経営ができたわけですよ。三友さんが少しでも議決権を持っている会社を返してもらっても意味がありません」

「さきほど申しあげたように、我々も回収をしなければならないわけでして」

吾郎は独り言のように「それなら議決権のない配当優先株でじゅうぶんでしょう」

「なんとおっしゃいました？」黒部が吾郎のほうを向いた。

「普通株式はすべて手放して、その代わりに数パーセントの配当を得られる種類株式をつくって、三友さんはそれを持てば、地道ですが回収する道ができるのではないかと、ちょっと思ったんですけどね」

黒部が眉間に皺を寄せて小林と顔を見合わせた。

「つまり、経営権をすべて譲渡して、物言わぬ株主に徹しようと、そういうことですか？」

「それは、いい考えだ」

石倉がさも感心したようにいった。じつはこれが最初から考えていた落としどころだった。

石倉のとぼけぶりは大したものだ。吾郎は笑いをこらえて黒部たちを見た。

「黒部さん。我々にとってアカベックがどういう会社だったのかを、あなた方はまだ軽く考えていらっしゃるようだ。御社にとっては売買の対象になるようなとるにたらない会社かもしれませんが、そこには人生をかけ、誇りをもって働いている社員がいるんです。彼らから、その大事なものを奪った代償を、御社にはこれから払ってもらわなければなりません」石倉が言葉を切り、吾郎を見た。

吾郎は、全社員を代表する思いで、大きく頷き返した。

「さてと、具体的な条件を詰めていきましょうか」

石倉が前を向いて、楽しそうな顔でいった。

解説

細谷正充
（文芸評論家）

年末恒例の物語といえば「忠臣蔵」である。江戸城松の廊下の刃傷沙汰を発端にした、一連の騒動は、あまりにも有名なので、あらためて説明する必要はないだろう。元禄の世を震撼させた大事件であり、『仮名手本忠臣蔵』を始め、これを題材とする物語が生まれることになった。近代に入り、大衆小説が勃興すると、やはり「忠臣蔵」物が、多数、書かれるようになる。映画からテレビドラマという変遷はあったが、映像作品も、次々と製作された。赤穂浪士の討ち入りが十二月十四日だったことから、年末になると「忠臣蔵」を題材にした小説が出版され、テレビドラマが放送されたものである。

しかし平成になると、新たな「忠臣蔵」物が減っていく。忠義による仇討という内容が、時代の空気と合わなくなったのであろうか。とはいえ平成以降も優れた作品が上梓されており、「忠臣蔵」という物語のポテンシャルの高さを証明している。さらに、二〇一九年十一月に光文社から書き下ろしで刊行された、本書の底本である『蟻たちの矜持』のような、「忠臣蔵」をモチーフにした現代エンターテインメントまで存在するのだ。それにしても、なぜ作者は、このような作品を執筆したのか。理由を説明するために、まず経歴を見る必要がある。

建倉圭介は、一九五二年、岩手県に生まれる。京都工芸繊維大学建築学科卒。一九九七年、『クラッカー』（応募時タイトル「いま一度の賭け」）で、第十七回横溝正史賞（現・横溝正史ミステリ大賞）佳作に入選。自分を閑職に追い込んだ上司への復讐と金のために、主人公が手を染めたコンピューター犯罪が、予想外の方向に転がっていく、面白い作品だった。一九九七年には、藤田まこと主演でドラマ化もされている。藤田の有名なギャグ「当たり前田のクラッカー」を意識したキャスティングであろうか。それは冗談として、藤田のキャラクターが役柄に合っていた。

デビュー以後、建倉作品の傾向は、大きくふたつに分かれる。歴史冒険小説と企業ミステリーだ。歴史冒険小説は二冊。第二次世界大戦末期を舞台に、アメリカの原爆投下を察知した日系二世の主人公が祖国に向かう『デッドライン』と、GHQ占領下の東京で、マッカーサーの命を狙う女と、フィリピンから帰還した男の人生が絡まる『マッカーサーの刺客』である。ちなみに『デッドライン』は、「このミステリーがすごい！」のベストテンにランクインし、大藪春彦賞の候補にもなった。

一方の企業ミステリーだが、そうした指向は『クラッカー』から現れていた。横溝正史賞の選者の内田康夫は選評で、

「平凡な人間の哀愁をうまく描けているし、サラリーマン小説として読んでも面白い」

と述べているのだ。企業の中の人間が巧みに描かれているからこそ〝サラリーマン小説として読んでも面白い〟という言葉が出てきたのだろう。二〇一二年の『東京コンフィデンス・ゲーム』（文庫化に際し『ディッパーズ』と改題）は、不当な借金を背負った主人公が、詐欺チームを結成して、亡き父親が興したIT企業相手に、自社買収詐欺を仕掛ける。二〇一五年の『ブラックナイト』は、経営不振の住宅メーカーの危機に、集められたはみだし社員たちが立ち向かう。注目すべきは、どちらも企業を題材や舞台にしており、なおかつ主人公側がチームを組んでいることだ。このふたつの組み合わせの行き着いた先が、「忠臣蔵」だったのではなかろうか。

もう少し詳しく説明するために、忠臣蔵をモチーフにした作品に目を向けたい。豊田有恒（とよたありつね）のSF『地球の汚名』のような小説も幾つかあるが、より留意したいのは映像作品だ。映画なら、杉江敏男（すぎえとしお）監督の『サラリーマン忠臣蔵』『続・サラリーマン忠臣蔵』、古澤憲吾（ふるさわけんご）監督の『おしゃれ大作戦』、テレビドラマなら山内和郎演出の『サラリーマン忠臣蔵　華麗なる復讐』が挙げられる。ドレスメーキング学校を舞台に、女性たちを四十七士（しじゅうしちし）に準（なぞら）えた『おしゃれ大作戦』はともかく、他の作品は企業を舞台にして、サラリーマンを四十七士にしているではないか。

なるほど、現代で「忠臣蔵」をやろうとするならば、企業が相応（ふさわ）しい。愛社精神に満ちたサラリーマンだから赤穂浪士のように、多数の人間が一致団結して困難に立ち向かえる。企業ミステリーで、チームを活躍させてきた作者は、そのことに気づいたのではないか。だからこそ本書は、生まれるべくして生まれた作品といえるのである。

前置きが長くなってしまった。そろそろ本書の内容に入ろう。政府筋の意向により、医療機器業界の同業三社が、共同でブルシア国の入札に参加することになった。しかし、三社のリーダーとして動く「神津ケミクス株式会社」の社長・神津義孝の仕事のやり方に、「アカベック」社長の内野匠也は納得がいかない。裏金を要求したり、反社の会社を「アカベック」に使わせたりと、神津は怪しい動きを見せている。そしてブルシア国での晩餐会の席で、内野は神津の罠に嵌り、警察に捕まってしまった。さらに内野のホテルの部屋から覚醒剤が発見される。ブルシア国で、覚醒剤の所持は重罪であり、死刑になる可能性が高い。

これにより「アカベック」は混乱に陥る。反社と関係しているという週刊誌の記事も出て、会社は急速に追い詰められていく。副社長の石倉良雄が奔走するも、メインバンクの強硬な姿勢により、ついに「アカベック」は倒産。しかし、一連の騒動は、あまりにもおかしな点が多すぎる。内野の秘書であり、恋人でもある片平右子は、秘書室の磯辺久志をボディガードにして、反社の会社を見張る。石倉は、「アカベック」からスピンアウトした新たな会社を作るよう、社員たちから求められた。内部監査室の先崎吾郎は仲間たちと、「神津ケミクス株式会社」に対して工作を仕掛ける。こうした「アカベック」社員たちの行動を追いながら、物語はクライマックスに向かっていくのだった。

本書の読みどころは多いが、最初に挙げておきたいのが「忠臣蔵」の組み込み方である。内野匠也が浅野内匠頭（あさのたくみのかみ）、石倉良雄が大石内蔵助（おおいしくらのすけ）、神津義孝が吉良上野介（きらこうずけのすけ）など、「忠臣蔵」を知っている人なら、名前を見ただけで元の人物が分かる。それだけではなく、「忠臣蔵」のお馴染みのエピソードを、巧みにストーリーに織り交ぜているのだ。たとえば最初の方の無茶な納期は畳替えの件、ドレスコードの嘘は長裃（ながかみしも）の件、元ネタありのエピソードが大量に投入されている。営業本部の高松君平が、自分と妻の両親から責められ、仲間から抜けてしまうのは、いうまでもなく高田郡兵衛（たかだぐんべえ）の浪士脱落のエピソード。よくもまあ、ここまで「忠臣蔵」と対応させたものだと感心してしまった。しかも違和感が、まったくない。昔も今も、人間と社会の本質は変わらないものだと、あらためて実感してしまったのである。

その一方で、大きく変わっている部分もある。内野匠也の扱いだ。「忠臣蔵」の浅野内匠頭は、刃傷沙汰の後、あっという間に切腹させられた。だが内野の裁判は長引く。片平や磯辺の奮闘により、内野は助かるのか。それとも浅野内匠頭のように、望まぬ死を強いられるのか。どちらに転ぶか分からず、サスペンスが高まるのである。

ああ、こんなことを書いてきて何だが、「忠臣蔵」を知らなくても、本書は面白く読める。片平たちの他にも、先崎と仲間たちが物語を盛り上げる。「アカベック」の社員になる前は自衛隊員だったという先崎は非合法な行動も辞さずに、「神津ケミクス株式会社」の秘密に迫っていくのだ。さらに、神津の会社を抱える「三友商事」の専務取締役・黒部史郎と、その意を受けた経営企画室長の小林通夫が、石倉たちの動向を気にかけて調べる。大量の人々の思惑が絡み合い、勢いよく進むストーリーが楽しい。

そしてクライマックスの、雪降る一月三十日（旧暦だと十二月十四日）。まさか「忠臣蔵」のように、石倉たちが神津の首級を挙げるわけにもいくまい。討ち入りをどうするのだと思っていたら、こんなとんでもない手を使ってくるとは！　現代の「忠臣蔵」は、とことん痛快である。

そしてこの物語を通じて、企業のひとつの理想が見えてくる。「アカベック」の社員たちは、なぜ会社が倒産した後も、苦しい戦いを続けられたのか。「アカベック」を調べた小林が黒部に報告する言葉に答えがある。小林は、「先代社長の口癖が、属人的で性善説が究極の効率化だというんです。いまでも暗黙の社是になっているようです」といい、

「今回分析してみて、ちょっとうらやましくなりました。うちはルールやマニュアルでがんじがらめじゃないですか。儲けに直結しないことまで締めつけなくてもいいじゃないかと思いますよ。もっと社員を信用して、裁量の範囲を広げてやれば、やる気も倍増すると思いますけど」

と続けているのだ。「アカベック」がそのような会社だったから、たくさんのサラリーマンが立ち上がった。隠忍自重の果てに、痛快な逆転劇を演じた。これは令和の夢物語だ。だから、江戸時代の人が「忠臣蔵」に夢中になったように、今を生きる私たちは本書に夢中になってしまうのである。

本書は『蟻たちの矜持』（二〇一九年十一月　光文社刊）
を改題したものです。

光文社文庫

退職者四十七人の逆襲　プロジェクト忠臣蔵

著者　建倉圭介

2021年12月20日　初版1刷発行

発行者　鈴木広和
印刷　新藤慶昌堂
製本　榎本製本

発行所　株式会社 光文社
〒112-8011　東京都文京区音羽1-16-6
電話 (03)5395-8149 編集部
8116 書籍販売部
8125 業務部

ISBN978-4-334-79280-0　Printed in Japan

組版　萩原印刷